静山社ペガサス文庫✨

ルイスと不思議《ふしぎ》の時計《とけい》 3

魔法《まほう》の指輪《ゆびわ》

ジョン・ベレアーズ 作　三辺律子 訳

息子《むすこ》のフランクへ

もくじ

主《おも》な登場《とうじょう》人物《じんぶつ》

ルイス・バーナヴェルト
両親《りょうしん》を自動車事故《じどうしゃじこ》で亡《な》くし、おじと暮《く》らしている少年《しょうねん》。

ローズ・リタ・ポッティンガー
ルイスの親友《しんゆう》。おてんばな女《おんな》の子《こ》。

ジョナサン・バーナヴェルト
ルイスのおじ。魔法使《まほうつか》いだが、少《すこ》したよりない。

ツィマーマン夫人《ふじん》
ジョナサンのおとなりに住《す》んでいる、しっかり者《もの》の魔女《まじょ》。

オレー・ガンダーソン
ツィマーマン夫人《ふじん》のいとこ。

ガート・ビガー
食料品店《しょくりょうひんてん》を経営《けいえい》する女性《じょせい》

アガサ（アギー）・サイプス
ローズ・リタが旅先《たびさき》で出会《であ》った少女《しょうじょ》

第《だい》1章《しょう》　ローズ・リタの涙《なみだ》

「いやよ、いや、いや、ぜったいにいや！　そんなばかみたいなユニフォーム、ぜったい着《き》ないからね！」ローズ・リタ・ポッティンガーは部屋《へや》のまんなかに立《た》っていた。下着姿《したぎすがた》で、怒《いか》りに燃《も》えた目《め》で母親《ははおや》をにらみつけている。母親《ははおや》は、アイロンをかけたばかりのガールスカウトのユニフォームを抱《かか》えていた。

「なら、これをどうすればいいわけ？」ポッティンガー夫人《ふじん》は、うんざりしたように言《い》った。

「捨《す》てりゃいいでしょ！」ローズ・リタは金切《かなき》り声《ごえ》でさけんだ。そしてユニフォームをひっつかむと、床《ゆか》に投《な》げ捨《す》てた。じわっと涙《なみだ》が浮《う》かんできた。顔《かお》がまっかにほてった。

「さっさと持《も》っていって、かかしに着《き》せるなりなんなりしてよ！　いい、これが最後《さいご》よ、ママ。わたしはガールスカウトだろうとキャンプファイアー・ガールだろうとなる気《き》はないから。この夏《なつ》、キッチ・イッティ・キッピィのキャンプなんかにいく気《き》はないし、マシュマロを焼《や》いたり、みんなで楽《たの》しく歌《うた》ったりするのもごめんよ。この夏《なつ》は毎日《まいにち》家《いえ》の塀《へい》で、うんざりするまでテニスの壁打《かべう》ちをするんだから……うんざりするほど……」もうだめだった。ローズ・リタは両手《りょうて》を顔《かお》におしあて、わっと泣《な》きだした。

ポッティンガー夫人《ふじん》はローズ・リタに腕《うで》をまわして、ベッドにすわらせた。「ほら、ほら」夫人《ふじん》はローズ・リタの肩《かた》をなでながら言《い》った。「そんなにひどくないはずよ……」

ローズ・リタは顔《かお》からぱっと手《て》をはなした。そしてメガネをむしりとると、ぼやけた目《め》で母親《ははおや》をにらみつけた。「ううん、ひどいにきまってる。なにからなにまで最悪《さいあく》。めちゃくちゃよ！　今年《ことし》の夏《なつ》はルイスと遊《あそ》ぼうと思《おも》ってたのに、ルイスったら、あのばかみたいなボーイスカウトのキャンプにいくって言《い》うんだから。学校《がっこう》がはじまるまでずっと帰《かえ》ってこないのよ。そのあいだわたしはずっとこの町《まち》にかんづめで、やることも、いっしょに遊《あそ》ぶひともいない」

ポッティンガー夫人《ふじん》はため息《いき》をついた。「だったら、ほかのボーイフレンドでも見《み》つけたらどう？」

ローズ・リタはメガネをかけなおすと、母親《ははおや》をギロリとにらみつけた。「ママ、いったい何度《なんど》言《い》えばわかるの？　ルイスはわたしのボーイフレンドじゃない。親友《しんゆう》よ。まえにマリー・ギャラハーがそうだったみたいにね。ルイスが男《おとこ》でわたしが女《おんな》だからって、なにがちがうっていうの？」

ポッティンガー夫人《ふじん》は辛抱《しんぼう》づよく娘《むすめ》に向《む》かってほほえんだ。「いい、ローズ・リタ、やっぱりちがうのよ。それはあなたもわからなくちゃいけないわ。ルイスは十二歳《さい》だし、あなたは十三歳《さい》よ。このことについては近《ちか》いうちに話《はな》さなきゃいけないわね」

ローズ・リタは顔《かお》をそむけて、窓《まど》の網戸《あみど》のまわりをぶんぶん飛《と》びまわっているハエを見《み》つめた。「やめてよ、ママ。話《はな》す必要《ひつよう》なんてない。ともかく、今《いま》はいやよ。今《いま》はひとりにしておいてほしいだけ」

ポッティンガー夫人《ふじん》は肩《かた》をすくめて、立《た》ちあがった。「わかりましたよ、ローズ・リタ。おおせのとおりにしますよ。ところで、ルイスのお餞別《せんべつ》にはなにをあげるの？」

「ボーイスカウト公認《こうにん》の本物《ほんもの》の着火《ちゃっか》キット」ローズ・リタはむすっとして言《い》った。「わかる？　それでルイスが自分《じぶん》に火《ひ》をつけて、重度《じゅうど》のやけどを負《お》えばいいと思《おも》ってるわけ」

「まあまあ、ローズ・リタ」母親《ははおや》はなだめるように言《い》った。「ほんとうは、そんなことちっとも思《おも》っていないくせに」

「あらそうかしらね？　じゃあママ、言《い》わせてもらうけどね……」

「じゃあ、わたしはいきますから」ポッティンガー夫人《ふじん》はさえぎるように言《い》った。娘《むすめ》の癇《かん》癪《しゃく》に付《つ》きあうのはもうたくさんだったし、これ以上《いじょう》聞《き》いていたら、今度《こんど》はこっちが爆発《ばくはつ》しそうだったのだ。

ポッティンガー夫人《ふじん》は立《た》ちあがって、部屋《へや》を出《で》ていった。ドアがパタンと閉《と》じ、ローズ・リタはひとりになった。ローズ・リタはベッドに身《み》を投《な》げだして泣《な》いた。しばらくそうして泣《な》いていたけれど、すっきりするどころか、ますますみじめになっただけだった。そこで起《お》きあがって、なにか元気《げんき》が出《で》るようなものがないかとやっきになって部屋《へや》を見《み》まわした。バットとボールを持《も》って、広場《ひろば》にフライを打《う》ちにいこうか。いつもいい気分転換《きぶんてんかん》になる。ところがたんすの扉《とびら》をあけたとたん、またもやどっと悲《かな》しみが押《お》しよせてきた。たんすの釘《くぎ》に、ぽつんと黒《くろ》いベレー帽《ぼう》がかかっていた。ちょっとまえまでローズ・リタはその帽子《ぼうし》をずっとかぶっていたけれど、今《いま》はくだらないと思《おも》うようになっていた。もう半《はん》年近《としちか》く、黒《くろ》いベレー帽《ぼう》はたんすにかけっぱなしで、ほこりをかぶっていた。そして今《いま》、なぜかそれを見《み》たとたん、ローズ・リタはまたわっと泣《な》きだした。

いったいわたしはどうしちゃったんだろう？　それを知《し》るためなら、なんだって投《な》げだしただろう。十三歳《さい》になったことと関係《かんけい》があるのかもしれない。もうローズ・リタはティーンエイジャーで、子《こ》どもではなかった。次《つぎ》の秋《あき》には七年生《ねんせい》になる。七年《ねん》生《せい》と八年生《ねんせい》は中学生《ちゅうがくせい》だ。中学《ちゅうがく》の生徒《せいと》は、高校《こうこう》のとなりにある大《おお》きな黒《くろ》い石《いし》づくりの建物《たてもの》に通《かよ》う。高校生《こうこうせい》みたいに廊下《ろうか》にロッカーがもらえるし、専用《せんよう》の体育館《たいいくかん》もあって、土曜《どよう》の夜《よる》にはダンスもある。でもローズ・リタはダンスなんていきたくなかったし、相手《あいて》がルイスだろうとほかのだれかだろうと、デートだってしたくなかった。望《のぞ》みはただひとつ、子《こ》どもでいつづけることだけだった。野球《やきゅう》をしたり、木登《きのぼ》りをしたり、ルイスと船《ふね》の模型《もけい》を作《つく》っていたかった。ローズ・リタにとって、中学《ちゅうがく》に通《かよ》うのは、歯医者《はいしゃ》にいくようなものだった。

ローズ・リタはたんすの扉《とびら》を閉《し》めると、部屋《へや》をふりかえった。ふりむきざまに、鏡《かがみ》に映《うつ》った自分《じぶん》の姿《すがた》が目《め》に入《はい》った。そこには、よれよれの黒髪《くろかみ》にメガネをかけた、背《せ》の高《たか》いガリガリのさえない女《おんな》の子《こ》がいた。男《おとこ》の子《こ》に生《う》まれればよかった、とローズ・リタは思《おも》った。

さえない男《おとこ》の子《こ》には、さえない女《おんな》の子《こ》ほどの問題《もんだい》はない。それに、男《おとこ》の子《こ》はボーイスカウトのキャンプにいけるけれど、女《おんな》の子《こ》はいけない。男《おとこ》の子《こ》が集《あつ》まってフライやゴロの練習《れんしゅう》をしてもだれもへんだと思《おも》わないし、日曜日《にちようび》に教会《きょうかい》へいくのに、ストッキングとプリーツスカートとのりでバリバリになったブラウスを着《き》る必要《ひつよう》もない。ローズ・リタに言《い》わせれば、男《おとこ》の子《こ》の人生《じんせい》は楽《たの》しかった。けれどもローズ・リタは女《おんな》の子《こ》として生《う》まれたわけで、それはかりはどうしようもできないように思《おも》えた。

ローズ・リタは水槽《すいそう》のそばにいって、金魚《きんぎょ》にえさをやった。くちぶえを吹《ふ》きながら、軽《かる》くステップを踏《ふ》んだ。外《そと》はすばらしい天気《てんき》だった。太陽《たいよう》が輝《かがや》き、みんな芝生《しばふ》に水《みず》をまいたり、子《こ》どもは自転車《じてんしゃ》に乗《の》ったりしている。くよくよするのをやめれば、悩《なや》みなんてどこかへ吹《ふ》きとぶかもしれない。けっきょくのところ、すてきな夏《なつ》になるかもしれないんだから。

その夜《よる》、ローズ・リタは、ルイスの送別《そうべつ》パーティにいった。ほんとうはいきたくなかったけれど、そういうわけにもいかないと思《おも》ったのだ。いくらローズ・リタを見捨《みす》ててキャンプにいくとはいえ、ルイスはまだ親友《しんゆう》だったし、ルイスの気持《きも》ちを傷《きず》つけたくなかった。

ルイスはハイストリートのてっぺんの、大《おお》きな古《ふる》い屋敷《やしき》に住《す》んでいた。いっしょに住《す》んでいるジョナサンおじさんは、魔法使《まほうつか》いだった。となりに住《す》んでいるツィマーマン夫人《ふじん》は魔《ま》女《じょ》だ。とはいえ、ふたりはまっくろい衣装《いしょう》でうろついたり、魔法《まほう》の杖《つえ》をふりまわしたりはしない。でも、ちゃんと魔法《まほう》の使《つか》いかたを知《し》っていた。ローズ・リタが見《み》たところでは、ツィマーマン夫人《ふじん》のほうがジョナサンよりも魔法《まほう》にくわしいようだけれど、ツィマーマン夫人《ふじん》はそれをひけらかしたりしなかった。

いざいってみると、その夜《よる》のパーティはとても楽《たの》しくて、ローズ・リタは悩《なや》んでいたことなんてきれいさっぱり忘《わす》れてしまった。ルイスに腹《はら》を立《た》てていることすら忘《わす》れてしまうほどだった。ツィマーマン夫人《ふじん》はルイスとローズ・リタに新《あたら》しいトランプのゲームを教《おし》えてくれた（ウィンストン・チャーチルが好《す》きだった、クラビヤッシュとシックスパック・ベジークだ）。それからジョナサンがお得意《とくい》の魔法《まほう》を使《つか》って、幻想《げんそう》ショーをひろうしてくれた。四人《にん》は潜水服《せんすいふく》を着《き》て大西洋《たいせいよう》の海底《かいてい》を歩《ある》いている気《き》になって、沈《しず》んだガリオン船《せん》やタイタニック号《ごう》を見《み》たり、タコの戦《たたか》いまで見物《けんぶつ》した。ショーが終《お》わると、レモネードとチョコレートチップ・クッキーの時間《じかん》だった。みんな玄関《げんかん》のポーチに出《で》て、遅《おそ》くなるまで、食《た》べたり飲《の》んだり、ブランコいすをこいだり、笑《わら》ったり、おしゃべりをしたりした。

パーティが終《お》わったのは、真夜中近《まよなかちか》くだった。ローズ・リタはツィマーマン夫人《ふじん》の家《いえ》の台所《だいどころ》にすわっていた。今夜《こんや》は泊《と》まることになっている。ローズ・リタはツィマーマン夫人《ふじん》のところに泊《と》まるのが大好《だいす》きだった。ローズ・リタにとってツィマーマン夫人《ふじん》は第《だい》二のおかあさんみたいな存在《そんざい》だ。ツィマーマン夫人《ふじん》にならなんでも話《はな》せるような気《き》がする。ローズ・リタは台所《だいどころ》のテーブルにすわって、最後《さいご》の一枚《まい》のチョコレートチップ・クッキーを少《すこ》しずつかじりながら、紫《むらさき》の夏用《なつよう》のガウンをはおってガスコンロの前《まえ》に立《た》っているツィマーマン夫人《ふじん》の後《うし》ろ姿《すがた》を見《み》ていた。小《ちい》さなおなべでミルクを温《あたた》めている。ツィマーマン夫《ふ》人《じん》はパーティのあとはホットミルクを飲《の》まないと、気持《きも》ちが落《お》ちつかなかった。味《あじ》はきらいだけれど、これがないと眠《ねむ》れないのだ。

「楽《たの》しいパーティだったわ、ね、ロージィ?」ツィマーマン夫人《ふじん》はミルクをかきまぜながら言《い》った。

「うん。ほんと」

「最初《さいしょ》はね」ツィマーマン夫人《ふじん》がゆっくりと言《い》った。「パーティをするのには反対《はんたい》だったんですよ」

ローズ・リタはびっくりした。「ほんとうに？」

「ええ。あなたが傷《きず》つくと思《おも》ったのよ。そうじゃなくても、もう傷《きず》ついているのに。つまり……ルイスに置《お》いてきぼりにされるから」

ローズ・リタはルイスがキャンプにいくことをどう思《おも》っているか、ツィマーマン夫人《ふじん》に話《はな》していなかった。ツィマーマン夫人《ふじん》が自分《じぶん》のことをよくわかっていることに、ローズ・リタは驚《おどろ》いた。もしかしたら、魔女《まじょ》だってことと関係《かんけい》あるのかもしれない。

ツィマーマン夫人《ふじん》はおなべに指《ゆび》を入《い》れて味見《あじみ》をした。それから紫《むらさき》の小花模様《こばなもよう》のマグカップに注《そそ》いで、ローズ・リタの向《む》かいにすわり、ミルクをすすった。

「うっ！」ツィマーマン夫人《ふじん》は顔《かお》をしかめた。「今度《こんど》は睡眠薬《すいみんやく》でも入《い》れようかしら？　さて、話《はなし》は戻《もど》るけど、ルイスのことを怒《おこ》っていたんでしょう？」

ローズ・リタはじっとテーブルを見《み》つめた。「うん、そうよ。ジョナサンおじさんとツィマーマン夫人《ふじん》がいるから、今夜《こんや》はきたの」

ツィマーマン夫人《ふじん》はくすくす笑《わら》った。「たしかに、あなたとルイスはしっくりいってない感《かん》じでしたよ。どうしてルイスがキャンプにいく気《き》になったかわかる？」

ローズ・リタはクッキーをかじって、じっと考《かん》がえた。それからやっと言《い》った。「そうね、わたしと遊《あそ》ぶのにあきて、イーグルスカウト（二十一個以上《こいじょう》の勲功《くんこう》バッジをもらったボーイスカウト）かなにかになりたくなったんじゃないの」

「はんぶんはあたりよ」ツィマーマン夫人《ふじん》が言《い》った。「ボーイスカウトになりたいってところはね。でも、あなたの親友《しんゆう》でいることにあきたんじゃありませんよ。あなたといっしょにキャンプにいければいいのにって思《おも》ってるんじゃないかしら」

ローズ・リタは目《め》をぱちぱちさせて、涙《なみだ》をこらえた。「ほんとうに？」

ツィマーマン夫人《ふじん》はうなずいた。「ええ。それでね、キャンプから帰《かえ》って、すごいことがいろいろできるようになったことをあなたに報告《ほうこく》するのを、ルイスは楽《たの》しみにしているのよ」

ローズ・リタはわけがわからなくなった。「どういうこと？　そんなの、矛盾《むじゅん》してる。ルイスはわたしが好《す》きだから、わたしから離《はな》れて、わたしがいなくてどんなに楽《たの》しかったか報告《ほうこく》したがってるってこと？」

ツィマーマン夫人《ふじん》は笑《わら》った。「なるほど、そういうふうに考《かんが》えれば、たしかに矛盾《むじゅん》して聞《き》こえるわね。わたしが思《おも》うに、ルイスの頭《あたま》のなかも混乱《こんらん》してるんでしょうよ。あの子《こ》は縄《なわ》を上手《じょうず》にむすんだり、カヌーをこいだり、大自然《だいしぜん》のなかをハイキングしたりできるようになりたいのよ。そして帰《かえ》ってきて、あなたに話《はな》して、あなたに一人前《いちにんまえ》の男《おとこ》の子《こ》だと思《おも》われたいの。今《いま》よりもっと好《す》きになってもらうために」

「わたしは今《いま》のままのルイスが好《す》きなのに。一人前《いちにんまえ》の男《おとこ》の子《こ》になるとかならないとか、ばかみたい」

ツィマーマン夫人《ふじん》はいすに寄《よ》りかかってため息《いき》をついた。テーブルの上《うえ》に細長《ほそなが》い銀《ぎん》の箱《はこ》が置《お》いてあった。ツィマーマン夫人《ふじん》は箱《はこ》をとると、ふたをあけた。なかは濃《こ》い茶色《ちゃいろ》の葉巻《はまき》だった。

「吸《す》ってもいいかしら？」

「どうぞ」ローズ・リタはまえにもツィマーマン夫人《ふじん》が葉巻《はまき》を吸《す》っているのを見《み》たことがあった。最初《さいしょ》は驚《おどろ》いたけれど、すぐになれた。ローズ・リタが見《み》ていると、ツィマーマン夫人《ふじん》は葉巻《はまき》のはしをかみきり、近《ちか》くのゴミ箱《ばこ》に吐《は》きすてた。それからぱちんと指《ゆび》を鳴《な》らすと、空中《くうちゅう》からマッチが出《で》てきた。ツィマーマン夫人《ふじん》は葉巻《はまき》に火《ひ》をつけ、マッチを空中《くうちゅう》に戻《もど》した。するとマッチはふっと見《み》えなくなった。

「灰皿《はいざら》の節約《せつやく》よ」ツィマーマン夫人《ふじん》はそう言《い》って、にやりと笑《わら》った。そして二、三回葉巻《かいはまき》をふかした。長《なが》い煙《けむり》が優雅《ゆうが》な渦《うず》を巻《ま》きながら、あいた窓《まど》のほうへ流《なが》れていく。しばらくふたりはだまっていた。それから、ツィマーマン夫人《ふじん》が口《くち》を開《ひら》いた。「すぐに納得《なっとく》できないのはわかるわ、ローズ・リタ。どうして人《ひと》が自分《じぶん》を傷《きず》つけるようなことをするのか、理解《りかい》するのは難《むずか》しいからね。けど、ルイスがどんな子《こ》か考《かんが》えてごらんなさい。あの子《こ》はぽっちゃりしていて恥《は》ずかしがりやで、いつも本《ほん》に鼻《はな》をつっこんでるわ。スポーツは得意《とくい》じゃないし、こわいものはすべてと言《い》ってもいいくらい。それで、あなたはどう？　あなたは正真正銘《しょうしんしょうめい》のおてんば娘《むすめ》で、木登《きのぼ》りもできるし、足《あし》も速《はや》い。このあいだ、ソフトボールの試合《しあい》で相手《あいて》チームを三振《さんしん》にとっているのを見《み》ましたよ。あなたはルイスができないことがなんでもできる。ね、これでどうしてルイスがキャンプにいくかわかった？」

ローズ・リタは信《しん》じられないような気持《きも》ちで言《い》った。「わたしみたいになるため？」

ツィマーマン夫人《ふじん》はうなずいた。「そのとおり。あなたみたいになるため。そしてもっとあなたに好《す》きになってもらうため。もちろん、それだけじゃないわ。たとえば、ルイスはほかの男《おとこ》の子《こ》みたいになりたがっている。ふつうになりたいのよ。かしこい子《こ》はみんなそう思《おも》うわね」ツィマーマン夫人《ふじん》は皮肉《ひにく》っぽく笑《わら》って、葉巻《はまき》の灰《はい》を流《なが》しのなかに落《お》とした。

ローズ・リタの顔《かお》がくもった。「わたしに言《い》ってくれれば、なんでも教《おし》えてあげたのに」

「それじゃだめなんですよ。女《おんな》の子《こ》に教《おし》えてもらうわけにはいかないの。プライドが傷《きず》つくから。ずいぶん話《はなし》がずれちゃったわね。さて、明日《あす》ルイスはキャンプにいって、あなたはなにもやることがないのに、このニュー・ゼベダイの町《まち》にいなくちゃならない。そこでだけれど、わたしはこのあいだ、びっくりするような手紙《てがみ》をもらったんですよ。死《し》んだいとこのオレーからね。オレーのことは話《はな》したことがあったかしら？」

ローズ・リタはちょっと考《かんが》えた。「うーん、ないと思《おも》う」

「そうね、話《はな》してないわね。オレーはね、変《か》わり者《もの》のじいさんだけど……」

ローズ・リタが、わって入《はい》った。「ツィマーマン夫人《ふじん》、さっき〝死《し》んだ〟って言《い》ったけど、そのひとつって……」

ツィマーマン夫人《ふじん》は顔《かお》をくもらせてうなずいた。「ええ、悲《かな》しいことだけれど、神《かみ》さまのもとに召《め》されたの。オレーは死《し》ぬまぎわに、わたしに手紙《てがみ》をよこしたんですよ……ええと、待《ま》って。手紙《てがみ》をとってきて、見《み》せたほうが早《はや》いわね。それを見《み》たら、オレーがどんな人物《じんぶつ》だったかわかってくると思《おも》いますよ」

ツィマーマン夫人《ふじん》は立《た》ちあがって、二階《かい》にあがっていった。しばらくのあいだ、散《ち》らかった広《ひろ》い書斎《しょさい》で、ツィマーマン夫人《ふじん》があちこちにぶつかる音《おと》や、紙《かみ》のガサガサいう音《おと》が聞《き》こえていた。それからツィマーマン夫人《ふじん》はおりてきて、ローズ・リタにくしゃくしゃになった紙《かみ》をわたした。小《ちい》さな穴《あな》がいくつもあいている。字《じ》が書《か》いてあったけれど、下手《へた》だしふるえていて、インクがあちこちに飛《と》びちっていた。

「この手紙《てがみ》は、サインが必要《ひつよう》な法律文書《ほうりつぶんしょ》の束《たば》といっしょに送《おく》られてきたの。あまりにも妙《みょう》なんで、どう考《かんが》えていいのかわからないんですよ。ともかく、読《よ》んでみて。ひどいけど、なんとか読《よ》めるわ。ああ、そうそう、オレーはなにか大切《たいせつ》なことを書《か》くときは、羽《はね》ペンを使《つか》うくせがあったの。紙《かみ》にあいている穴《あな》はそのせいですよ。さあ、読《よ》んでごらんなさい」

ローズ・リタは手紙《てがみ》を受《う》けとると、読《よ》みはじめた。

一九五〇年《ねん》五月《がつ》二十一日《にち》

フローレンスへ

これがわしの書《か》く最後《さいご》の手紙《てがみ》になるだろう。先週《せんしゅう》、突然病気《とつぜんびょうき》になっちまった。どうしてだか見当《けんとう》もつかん。今《いま》まで生《い》きてきて、一日《にち》だって病気《びょうき》になったことはなかったのに。おまえさんも知《し》ってのとおり、わしは医者《いしゃ》なんて信《しん》じちゃいない。それで自分《じぶん》で治《なお》そうとした。近所《きんじょ》の薬屋《くすりや》で薬《くすり》を買《か》ったけれど、ちっともききやしなかった。というわけで、やつらが言《い》うように、どうやらわしにも年貢《ねんぐ》の納《おさ》めどきがきたようだ。実際《じっさい》、おまえさんがこの手紙《てがみ》を受《う》けとったときには、わしは死《し》んどるだろう。わしがくたばったら、この手紙《てがみ》を遺書《いしょ》といっしょにおまえさんに送《おく》るように言《い》っといたからな。

さあ、用件《ようけん》にうつろう。おまえさんにこの農場《のうじょう》をのこすことにした。おまえさんはわしのただひとりの生《い》きとる親戚《しんせき》だし、おまえさんのことは気《き》にいっとったからな。おまえさんのほうはそうでもなかったようじゃが。まあ、過去《かこ》のことは水《みず》に流《なが》そう。

この農場《のうじょう》はおまえさんのものだ。喜《よろこ》んでくれることを祈《いの》っとるよ。それから、最後《さいご》に重要《じゅうよう》なことを言《い》っておく。

〝戦《たたか》いの草原《そうげん》〟のことは覚《おぼ》えとるかい？　このあいだ、わしはあそこを掘《ほ》りかえしていて、魔法《まほう》の指輪《ゆびわ》を見《み》つけたんだ。またわしがふざけてると思《おも》うじゃろうが、実際手《じっさいて》にとって、はめてみりゃ、おまえさんにもわしが正《ただ》しいことがわかるはずだ。このことは、だれにも言《い》っとらん。言《い》ったのは近所《きんじょ》に住《す》んどるやつくらいじゃ。たしかにわしは少《すこ》しばかしおかしいかもしれんが、わかっとることはわかっとる。この指輪《ゆびわ》は魔《ま》法《ほう》の指輪《ゆびわ》だ。指輪《ゆびわ》はわしの机《つくえ》の左下《ひだりした》の引《ひ》きだしに入《い》れて、かぎをかけてある。弁護士《べんごし》に、玄関《げんかん》のかぎといっしょに、引《ひ》きだしのかぎを送《おく》らせるからな。さあ、これでさしあたり言《い》うべきことは言《い》ったろう。運《うん》がよければ、またいつか会《あ》えるじゃろう。悪《わる》けりゃ、そうだな、よく言《い》うように、新聞《しんぶん》の漫画欄《まんがらん》で会《あ》おう！（第二次世界大戦《だいじせかいたいせん》のころ、よく使《つか》われたジョーク）は、は、は！

いとこのオレー・ガンダーソンより

「へえ！」ローズ・リタはツィマーマン夫人《ふじん》に手紙《てがみ》を返《かえ》しながら言《い》った。「へんな手紙《てがみ》！」

「でしょう？」ツィマーマン夫人《ふじん》は悲《かな》しそうに頭《あたま》をふりながら言《い》った。「書《か》いたひともへんなら、手紙《てがみ》もへんですよ。かわいそうなオレー！　オレーは一生《いっしょう》農場《のうじょう》から出《で》ずじまいだったんですよ。それもたったひとりで。家族《かぞく》もいない、友《とも》だちもいない、近所《きんじょ》づきあいもない、なんにもない、でね。そのせいで、ちょっとおかしくなっちまったんでしょうね」

ローズ・リタの顔《かお》に失望《しつぼう》の色《いろ》が浮《う》かんだ。「ってことは……？」

ツィマーマン夫人《ふじん》はため息《いき》をついた。「ええ、あなたをがっかりさせたくはないけど、オレーが自分《じぶん》のことを、少《すこ》しばかりおかしいと言《い》ったのは、そのとおりだと思《おも》いますよ。毎日《まいにち》を少《すこ》しでも面白《おもしろ》くするために、いろいろな話《はなし》を作《つく》ってたんでしょうね。〝戦《たたか》いの草原《そうげん》〟の話《はなし》は、オレーの子《こ》ども時代《じだい》からひっぱってきたものよ。他愛《たあい》ないごっこ遊《あそ》びを、後生大事《ごしょうだいじ》に覚《おぼ》えていたんでしょう。やっかいなのは、あまりにも長《なが》いあいだ覚《おぼ》えていたものだから、いつのまにかほんとうだと思《おも》ってしまったことね」

「どういうこと?」ローズ・リタは言《い》った。

「簡単《かんたん》なことですよ。つまりね、子《こ》どものころ、わたしはしょっちゅうオレーの農場《のうじょう》へいっていたの。オレーのおとうさんのスヴェンもまだ生《い》きていてね。とても親切《しんせつ》なひとで、いつもいとこやらおばさんやらを招待《しょうたい》して、長《なが》いあいだ泊《と》めてくれたものよ。オレーとわたしはよくふたりで遊《あそ》んでいた。それである夏《なつ》に、農家《のうか》の裏《うら》を流《なが》れている小川《おがわ》のそばの草地《ち》で、ネイティヴ・インディアンの使《つか》っていた矢《や》じりを見《み》つけたんですよ。子《こ》どもっていうものが、どんなだか知《し》ってるでしょう? わたしたちは、見《み》つけたたったひとつの矢《や》じりから、どうしてこの矢《や》じりがここにあったのか物語《ものがたり》を作《つく》ったんです。開拓者《かいたくしゃ》とネイティヴ・インディアンの一団《いちだん》との戦《たたか》いがここであったんだってね。戦《たたか》いに参加《さんか》したネイティヴ・インディアンや開拓者《かいたくしゃ》たちの名前《なまえ》まで考《かんが》えて、そこの草《くさ》っぱらを〝戦《たたか》いの草原《そうげん》〟と名《な》づけたんです。この手紙《てがみ》を見《み》るまで〝戦《たたか》いの草原《そうげん》〟のことなんてすっかり忘《わす》れてましたけどね」

ローズ・リタはひどくがっかりした。「指輪《ゆびわ》の話《はなし》はうそだってことはまちがいないの? ほら、おかしなことばかり言《い》っているひとだって、たまにはほんとうのことを言《い》うじゃない？　ね、そうでしょ？」

ツィマーマン夫人《ふじん》は、あなたの気持《きも》ちはわかりますよ、というようにほほえんだ。「残《ざん》念《ねん》ですけどね。でも、オレー・ガンダーソンのことはわたしのほうが知《し》っていますからね。あのひとは正真正銘《しょうしんしょうめい》の変人《へんじん》ですよ。ナンキンムシなみにね。でも、変人《へんじん》だとしても、わたしに農場《のうじょう》をのこしてくれたことはたしかだし、あのひとが変《か》わり者《もの》だからといって遺書《いしょ》の信憑性《しんぴょうせい》をあらそおうっていう親戚《しんせき》もいませんからね。だから、わたしはこれから農場《のうじょう》を見《み》にいって、必要《ひつよう》な書類《しょるい》にサインをしてこようと思《おも》ってるんです。農場《のうじょう》はロワーペニンシュラ（ミシガン州南部《しゅうなんぶ》。ミシガン湖《こ》とヒューロン湖《こ》のあいだの地域《ちいき》）の先《さき》っぽの、ペトスキーの近《ちか》くにあるんですよ。だから、法律上《ほうりつじょう》のめんどうな手続《てつづ》きがすんだら、フェリーでアッパー半《はん》島《とう》（ミシガン州北西部《しゅうほくせいぶ》。スペリオル湖《こ》とミシガン湖《こ》のあいだの半島《はんとう》）にわたって、あのあたりを一周《しゅう》するつもり。ガソリンが配給制《はいきゅうせい》じゃなくなったのに、車《くるま》で長旅《ながたび》に出《で》てなかったけど、このあいだ新《あたら》しい車《くるま》を買《か》ったんですよ。だから運転《うんてん》したくてむずむずしてるんです。あなたもいっしょにくるでしょう？」

ローズ・リタは天《てん》にものぼる気《き》持《も》ちだった。テーブルを飛《と》びこえて、ツィマーマン夫人《ふじん》を抱《だ》きしめたい衝動《しょうどう》にかられた。けれどそのとき、ひとつめんどうな問題《もんだい》があることを思《おも》いだした。

「うちの親《おや》が許《ゆる》してくれるかな？」

ツィマーマン夫人《ふじん》は、まかせておきなさいというようにほほえんだ。「もう手筈《てはず》はすべて整《ととの》えてあるんですよ。二、三日《にち》まえ、あなたのおかあさんに電話《でんわ》して、お許《ゆる》しを得《え》たんです。おかあさんは、大賛成《だいさんせい》してくれましたよ。あなたを驚《おどろ》かせるために、ないしょにしておくことにしたんです」

ローズ・リタの目《め》に涙《なみだ》が浮《う》かんだ。「信《しん》じられない！　ありがとう、ツィマーマン夫人《ふじん》。ほんとうにありがとう」

「どういたしまして」ツィマーマン夫人《ふじん》は台所《だいどころ》の時計《とけい》を見《み》た。「そろそろ寝《ね》たほうがいいわ。明日《あす》のために体調《たいちょう》を整《ととの》えておかなくちゃね。ジョナサンとルイスは、明日《あす》はここで朝《あさ》ごはんよ。そうしたら、ルイスはキャンプへいって、わたしたちはミシガンの大自然《だいしぜん》へ出《で》かけましょう」ツィマーマン夫人《ふじん》は立《た》ちあがって、台所《だいどころ》の流《なが》しで葉巻《はまき》をもみけした。それから居間《いま》へいって、電気《でんき》をすべて消《け》して戻《もど》ってくると、ローズ・リタはまだ頬《ほお》づえをついてテーブルにすわっていた。顔《かお》には夢見《ゆめみ》るような表情《ひょうじょう》が浮《う》かんでいた。

「まだ魔法《まほう》の指輪《ゆびわ》のことを考《かんが》えているんでしょう？」ツィマーマン夫人《ふじん》はふっと笑《わら》うと、ローズ・リタの背中《せなか》をたたいた。「まったくあなたってひとは」ツィマーマン夫人《ふじん》は首《くび》をふりふり言《い》った。「あなたのやっかいなところは、いつも魔女《まじょ》といっしょにいるもんだから、魔法《まほう》ってものがまるでタンポポみたいににょきにょき道路《どうろ》の割《わ》れ目《め》からはえてくると思《おも》っていることですよ。ところで言《い》ったかしら？　もうわたしには、魔法《まほう》のかさはないのよ」

ローズ・リタはふりかえって、信《しん》じられない思《おも》いでツィマーマン夫人《ふじん》をじっと見《み》つめた。

「ほんとうに？」

「ええ。あなたも覚《おぼ》えていると思《おも》うけれど、まえのかさは闇《やみ》の影《かげ》との戦《たたか》い（第《だい》二巻《かん》『闇《やみ》にひそむ影《かげ》』参照《さんしょう》）でぼろぼろになってしまった。完全《かんぜん》にだめになってしまったんですよ。ジョナサンがクリスマスに新《あたら》しいものをくれたけれど、もうわたしにはそのかさを魔法《まほう》のかさに変《か》える力《ちから》はなかった。もちろん、今《いま》でもわたしは魔女《まじょ》ですよ。なにもないところからマッチをとりだすこともできるしね。でも、もっと本格的《ほんかくてき》な、もっと強力《きょうりょく》な魔法《まほう》となると……言《い》ってみれば、もう一度《いちど》マイナーリーグに戻《もど》ってしまったってとこね。どうしようもないことなんですよ」

ローズ・リタはひどく悲《かな》しかった。ローズ・リタはツィマーマン夫人《ふじん》のかさが魔力《まりょく》を発揮《はっき》するところを見《み》たことがあった。いつもはただの黒《くろ》いぼろがさにしか見《み》えないのに、ツィマーマン夫人《ふじん》が呪文《じゅもん》を唱《とな》えると、たちまち長《なが》い魔法《まほう》の杖《つえ》に変身《へんしん》する。てっぺんについたクリスタルの玉《たま》のなかで、紫《むらさき》の星《ほし》が燃《も》えるように輝《かがや》く。それこそ、ツィマーマン夫人《ふじん》の偉大《いだい》な魔力《まりょく》の源《みなもと》なのだ。それが失《うしな》われてしまった。それも永遠《えいえん》に。

「なにか……なにか方法《ほうほう》はないの？」ローズ・リタはたずねた。

「残念《ざんねん》だけどね。今《いま》やわたしも、ジョナサンと同《おな》じで手品師《てじなし》に毛《け》がはえたようなものですよ。それでなんとかやっていかないとね。悲《かな》しいけれど。さあ、はやく寝《ね》ましょう。明日《あす》は長旅《ながたび》がまってますからね」

眠《ねむ》い目《め》をこすりながら、ローズ・リタは階段《かいだん》をあがった。泊《と》まるのは、お客用《きゃくよう》の寝室《しんしつ》だった。とてもいごこちがよくて、ほかの部屋《へや》と同《おな》じように紫《むらさき》のものにあふれている。壁紙《かべがみ》は小《ちい》さなスミレの花束《はなたば》の模様《もよう》だし、部屋《へや》のすみっこに置《お》いてある寝室用《しんしつよう》のおまるも、紫《むらさき》のクラウンダービー（英国王室《えいこくおうしつ》の認可《にんか》の印《いん》として王冠《おうかん》の標《しるし》がついている磁器《じき》）だ。たんすの上《うえ》には、ほとんど紫《むらさき》一色《しょく》の絵《え》がかかっている。絵《え》には〝H・マチス〟とサインしてあった。ツィマーマン夫人《ふじん》が第《だい》一次世界大戦《じせかいたいせん》のまえにパリにいったときにフランスの画家《がか》からプレゼントされたものだった。

ローズ・リタは枕《まくら》に頭《あたま》をしずめた。ジョナサンの家《いえ》の上《うえ》にぽっかりと浮《う》かんだ月《つき》が、家《いえ》の小塔《しょうとう》や急勾配《きゅうこうばい》の屋根《やね》や切妻《きりづま》に銀色《ぎんいろ》の光《ひかり》を投《な》げかけている。ローズ・リタは夢《ゆめ》を見《み》ているような、不思議《ふしぎ》な気分《きぶん》だった。頭《あたま》のなかで、魔法《まほう》のかさと魔法《まほう》の指輪《ゆびわ》が追《お》いかけっこをしている。オレーの手紙《てがみ》のことが浮《う》かんできた。もし、オレーの机《つくえ》のなかにしまいこまれた指輪《ゆびわ》がほんとうに魔法《まほう》の指輪《ゆびわ》だったら？　そうだったら、すごい！　ローズ・リタはため息《いき》をついて、寝返《ねがえ》りをうった。ツィマーマン夫人《ふじん》はかしこいひとだ。いつだって、自分《じぶん》が言《い》っていることをよくわかっている。たぶん、古《ふる》い指輪《ゆびわ》のこともツィマーマン夫人《ふじん》の言《い》うとおりなのだろう。あの話《はなし》はぜんぶ、作《つく》り話《ばなし》にすぎないのだ。けれどもうとうとしながら、もしオレーの手紙《てがみ》がほんとうだったらどんなにいいだろうと、ローズ・リタは思《おも》わずにはいられなかった。

第《だい》2章《しょう》　農場《のうじょう》へ

次《つぎ》の朝《あさ》、ツィマーマン夫人《ふじん》は朝《あさ》ごはんにマフィンを焼《や》いた。ちょうどオーブンからお皿《さら》を出《だ》したとたん、裏口《うらぐち》のドアがあいて、ジョナサンとルイスが入《はい》ってきた。ルイスはぽっちゃりしていて、顔《かお》はまんまるだった。背中《せなか》に大《おお》きくBSA（ボーイスカウト・オブ・アメリカ）とついた、ま新《あたら》しいボーイスカウトのユニフォームに、まっかなネッカチーフを巻《ま》いている。髪《かみ》はワイルドルート印《じるし》のヘアクリームでぴっちり分《わ》けて、なでつけてあった。後《うし》ろからジョナサンが入《はい》ってきた。ジョナサンは夏《なつ》だろうと冬《ふゆ》だろうと、いつも同《おな》じだ。赤《あか》いひげをはやし、パイプをくわえ、あせたカーキ色《いろ》のズボンと青《あお》い作業《さぎょう》シャツ、赤《あか》いベストといういでたちだった。

「やあ、紫《むらさき》ばあさん！」ジョナサンはごきげんで言《い》った。「マフィンはできたのかい？」

「一皿目《さらめ》はね、ひげじいさん」ツィマーマン夫人《ふじん》はぴしゃりと言《い》って、重《おも》い鉄《てつ》のオーブン皿《ざら》をドンとテーブルの上《うえ》に置《お》いた。「今日《きょう》は二皿《さら》しか焼《や》いてませんからね。マフィンは四つまでで、がまんしてちょうだい」

「おまえさんの食《た》べっぷりを見《み》てりゃ、ひとつもらえるだけでも運《うん》がよかったと思《おも》うね、このおにばばあ！　おいルイス、ばあさんのフォークには気《き》をつけろよ。先週《せんしゅう》、わたしは手《て》の甲《こう》のここんとこをぶすりとやられたんだ」

こんな調子《ちょうし》で、ジョナサンとツィマーマン夫人《ふじん》は朝《あさ》ごはんの用意《ようい》ができるまで憎《にく》まれ口《ぐち》をたたきあっていた。それからルイスとローズ・リタもいっしょにテーブルにつくと、今度《こんど》は急《きゅう》に静《しず》かになってもくもくと食《た》べはじめた。最初《さいしょ》ルイスは、ローズ・リタと目《め》を合《あ》わせることができなかった――ローズ・リタを置《お》いてきぼりにすることをまだ気《き》にしていたのだ。ところがしばらくして、ローズ・リタがにんまりとした笑《え》みを浮《う》かべているのに気《き》づいた。ジョナサンも気《き》づいた。

「さあ、もういいだろう！」ジョナサンはとうとうしびれをきらしてさけんだ。「いったいどんなすごいことを隠《かく》してるんだ？　ローズ・リタときたら、まるでわたしには秘密《ひみつ》がありますって顔《かお》にかいてあるみたいじゃないか」

「べつにたいしたことじゃないよ」ローズ・リタはにやっと笑《わら》った。「ちょっとツィマーマン夫人《ふじん》とだれも住《す》んでいない古《ふる》い農場《のうじょう》を探険《たんけん》しにいくだけ。そこには霊《れい》がとりついていて、家《いえ》のどこかに魔法《まほう》の指輪《ゆびわ》が隠《かく》してあるの。隠《かく》した男《おとこ》はおかしくなって、隠《かく》したあとに納屋《なや》で首《くび》をつったのよ」

ルイスとジョナサンはあんぐりと口《くち》をあけた。ローズ・リタはちょっとばかり大《おお》げさに話《はなし》を作《つく》りかえていた。ローズ・リタの悪《わる》いくせだ。ふだんはうそなんてまったくつかないのに、チャンスと見《み》るやいなや、いきなりあっと驚《おどろ》くようなものすごいことを言《い》いだすのだ。

ツィマーマン夫人《ふじん》は渋《しぶ》い顔《かお》でローズ・リタを見《み》た。そして「あなたは本《ほん》を書《か》くべきね」とそっけなく言《い》った。「ここにいるわが友人《ゆうじん》がどう言《い》おうと、わたしはハロウィーン・ツアーの企画《きかく》をしてるわけじゃありませんからね。わたしのいとこのオレーが――あなたは覚《おぼ》えてるでしょう、ジョナサン？　――亡《な》くなって、わたしに農場《のうじょう》をのこしたんです。それを見《み》にいって、ついでにその辺《へん》をぐるりとまわってこようってわけですよ。ローズ・リタにもいっしょにきてくれるように、たのんだんです。今《いま》までないしょにしていたことはあやまるわ、ジョナサン。でもあなたのことだから、うっかり秘密《ひみつ》をもらしてしまうにちがいないと思《おも》ったのよ。自分《じぶん》が秘密《ひみつ》を守《まも》るのは得意《とくい》じゃないってことはわかってるでしょう？」

ジョナサンはツィマーマン夫人《ふじん》に向《む》かって顔《かお》をしかめてみせたけれど、ツィマーマン夫《ふ》人《じん》は見《み》てみぬふりをした。「さあて！」ツィマーマン夫人《ふじん》はいすに寄《よ》りかかると、にっこり笑《わら》ってローズ・リタとルイスを見《み》た。「これでふたりとも、夏休《なつやす》みにすることができた。そうじゃなきゃね」

「そうだね」ルイスはむっつりして言《い》った。なんだ、けっきょくローズ・リタのほうがいい思《おも》いをするみたいだ。

朝《あさ》ごはんが終《お》わると、ルイスとローズ・リタはあとかたづけを申《もう》しでた。ツィマーマン夫《ふ》人《じん》は二階《かい》の書斎《しょさい》へいってオレーの手紙《てがみ》をとってくると、ジョナサンに見《み》せた。ローズ・リタがお皿《さら》を洗《あら》い、ルイスがふいているあいだ、ジョナサンは真剣《しんけん》な面持《おもも》ちで手紙《てがみ》を読《よ》んでいた。ツィマーマン夫人《ふじん》は台所《だいどころ》のテーブルにすわって、鼻歌《はなうた》を歌《うた》いながら葉巻《はまき》を吸《す》っている。手紙《てがみ》を読《よ》みおわると、ジョナサンはなにも言《い》わずに手紙《てがみ》をツィマーマン夫人《ふじん》に返《かえ》した。なにか考《かんが》えこんだようすだった。

しばらくすると、ジョナサンは立《た》ちあがって、となりの自分《じぶん》の家《いえ》に戻《もど》っていった。そして大《おお》きな黒《くろ》い車《くるま》をバックさせて表《おもて》へ出《だ》すと、歩道《ほどう》によせてとめた。後《うし》ろの座席《ざせき》は、ルイスのキャンプ用品《ようひん》でいっぱいだ。寝袋《ねぶくろ》、リュック、『ボーイスカウトの心得《こころえ》』、ハイキング用《よう》シューズ。クエイカー・オーツの箱《はこ》には、ツィマーマン夫人特製《ふじんとくせい》のチョコレートチップ・クッキーがいっぱい入《はい》っていた。

ローズ・リタとツィマーマン夫人《ふじん》は歩道《ほどう》に立《た》ち、運転席《うんてんせき》にすわったジョナサンの横《よこ》にルイスが乗《の》りこんだ。

「いってらっしゃい、げんきでね」ツィマーマン夫人《ふじん》が言《い》った。「キャンプを楽《たの》しんでらっしゃい、ルイス」

「いってきます、ツィマーマン夫人《ふじん》」ルイスは手《て》をふりかえした。

「おまえさんたちもミシガンの大自然《だいしぜん》を楽《たの》しんでくるんだぞ」ジョナサンが言《い》った。「あとな、フローレンス」

「え、なんです？」

「ひとことだけ。念《ねん》のためほんとうになにもないか、オレーの机《つくえ》のなかを調《しら》べてきたほうがいいぞ。わからんからな」

ツィマーマン夫人《ふじん》は笑《わら》った。「もし魔法《まほう》の指輪《ゆびわ》を見《み》つけたら、すぐに郵便小包《ゆうびんこづつみ》で送《おく》りますよ。でもわたしだったら、小包《こづつみ》がくるんじゃないかとかたずをのんで待《ま》つようなまねはしませんけどね。あなたはオレーに会《あ》ったことがあるでしょ、ジョナサン。彼《かれ》の頭《あたま》のねじがゆるんでることくらい、わかってるはずよ」

ジョナサンはパイプを口《くち》からはずすと、ツィマーマン夫人《ふじん》をまっすぐ見《み》つめた。「ああ、オレーのことならよくわかっとるよ。それでもやっぱり、気《き》をつけたほうがいいと思《おも》うんだ」

「ええ、わかりましたよ。気《き》をつけますから」ツィマーマン夫人《ふじん》はむとんちゃくに言《い》った。心配《しんぱい》することなんてないと思《おも》いこんでいたのだ。

それからもう一度《いちど》四人《にん》でいってらっしゃいを言《い》いあい、手《て》をふってから、ジョナサンは車《くるま》を出発《しゅっぱつ》させた。ツィマーマン夫人《ふじん》はローズ・リタに急《いそ》いで帰《かえ》って用意《ようい》してくるように言《い》った。それから自分《じぶん》もなかに入《はい》って、荷物《にもつ》をまとめた。

ローズ・リタは家《いえ》に向《む》かって丘《おか》をかけおりた。うれしくてうれしくて、一刻《いっこく》も早《はや》く出発《しゅっぱつ》したくてたまらなかった。ところが、家《いえ》の玄関《げんかん》をあけたとたん、父親《ちちおや》の声《こえ》が飛《と》びこんできた。「いいか、次《つぎ》のときは、まずわたしに相談《そうだん》してほしいものだね。自分《じぶん》の娘《むすめ》をあんな変《か》わり者《もの》のばあさんといっしょにほっつきまわらせるまえにな。まったく、ルイーズ。おまえときたら……」

ポッティンガー夫人《ふじん》がさえぎった。「ツィマーマン夫人《ふじん》は変《か》わり者《もの》なんかじゃありません」夫人《ふじん》はきっぱりと言《い》った。「あのひとは信頼《しんらい》できるひとで、ローズ・リタのとてもいい友《とも》だちなんです」

「信頼《しんらい》できる、か！　ほおう！　葉巻《はまき》を吸《す》って、あのなんとかっていうひげの金持《かねも》ちと付《つ》きあってるのにかね。あの手品《てじな》をやる男《おとこ》だ。名前《なまえ》は……知《し》ってるだろう？」

「もちろん、知《し》ってますとも。ご自分《じぶん》の娘《むすめ》がそのなんとかっていうひとの甥《おい》とまるまる一年《ねん》も親友《しんゆう》だったら、いいかげん名前《なまえ》くらい覚《おぼ》えていてもよさそうなものですけどね。わたしにはわかりませんよ、どうして……」

言《い》いあいはまだつづいた。ポッティンガー夫妻《ふさい》は台所《だいどころ》のドアを閉《し》めて言《い》いあらそっていた。けれども、ポッティンガーさんはふつうにしゃべっているときでさえ、声《こえ》が大《おお》きかったし、ポッティンガー夫人《ふじん》も今《いま》は負《ま》けじと声《こえ》をはりあげている。ローズ・リタはドアの外《そと》でしばらく聞《き》いていた。過去《かこ》の経験《けいけん》から、口《くち》をはさんでもいいことはないと知《し》っていたのだ。というわけで、そっと足音《あしおと》をしのばせて二階《かい》へあがり、荷物《にもつ》をつめはじめた。

ローズ・リタはいつも旅行用《りょこうよう》に使《つか》っている古《ふる》びた黒《くろ》い手《て》さげカバンに、下着《したぎ》、シャツ、ジーンズ、歯《は》ブラシと歯《は》みがき粉《こ》、あとほかに必要《ひつよう》だと思《おも》われるものを、ぽんぽんほうりこんだ。ドレスやらブラウスやらスカートを入《い》れなくてすむのは、うれしかった。ツィマーマン夫人《ふじん》はけっしてローズ・リタにおしゃれをしろとは言《い》わない。好《す》きなものを着《き》させてくれる。でも、いつまでもおてんば娘《むすめ》でいるわけにはいかないのだ。そう思《おも》ったとたん、ローズ・リタはまた暗《くら》くなった。中学生活《ちゅうがくせいかつ》では、スカートやらストッキングやら口紅《くちべに》やらおしろいやらデートやらダンスが待《ま》ちうけているのだ。ほんとうに男《おとこ》の子《こ》だったらよかった。そしたら……

すると、外《そと》からクラクションの音《おと》が聞《き》こえた。ツィマーマン夫人《ふじん》だ。ローズ・リタは急《いそ》いでカバンのチャックを閉《し》めると、階段《かいだん》をかけおりた。玄関《げんかん》を出《で》ると、母親《ははおや》がにこにこしながら立《た》っていた。父親《ちちおや》の姿《すがた》はない。ということは、嵐《あらし》は過《す》ぎ去《さ》ったのだろう。外《そと》の道路《どうろ》にツィマーマン夫人《ふじん》がいた。ま新《あたら》しい一九五〇年型《ねんがた》プリマスの運転席《うんてんせき》にすわっている。箱《はこ》型《がた》の背《せ》の高《たか》い車《くるま》で、山型《やまがた》のトランクがついていた。クロムメッキの細《ほそ》い金属《きんぞく》でフロントガラスが左右《さゆう》に分《わ》かれていて、車体《しゃたい》には小《ちい》さな角《かく》ばった字《じ》で〝クランプルック〟と書《か》いてある。このモデルの名前《なまえ》だ。色《いろ》は鮮《あざ》やかな緑《みどり》だった。これには、ツィマーマン夫人《ふじん》はおかんむりだった。注文《ちゅうもん》したのは粟茶《あわちゃ》だったからだ。でも、返品《へんぴん》するのはめんどうでそのままにしていた。

「ローズ・リタ! こんにちは、ルイーズ!」ツィマーマン夫人《ふじん》はさけんで、ふたりに手《て》をふった。「今日《きょう》は旅《たび》びよりね」

「ほんとうに」ポッティンガー夫人《ふじん》はにっこりして言《い》った。ポッティンガー夫人《ふじん》は、ローズ・リタがツィマーマン夫人《ふじん》と旅行《りょこう》にいかれることになってほんとうに喜《よろこ》んでいた。夫《おっと》の仕事《しごと》の関係《かんけい》で、ポッティンガー家《け》は夏《なつ》じゅうニュー・ゼベダイにいなければならなかった。ルイスがいなくなって娘《むすめ》がどんなにさみしい思《おも》いをするか、ポッティンガー夫人《ふじん》はそれなりにわかっていた。運《うん》のいいことに、ツィマーマン夫人《ふじん》の魔法《まほう》の力《ちから》のことはなにも知《し》らなかったし、耳《みみ》に入《はい》ってくるうわさも信《しん》じていなかった。

ローズ・リタは母親《ははおや》のほおにキスをした。「いってきます、ママ。二、三週間《しゅうかん》で帰《かえ》ってくるわ」

「わかったわ。楽《たの》しんでらっしゃい。ペトスキーに着《つ》いたら、はがきを書《か》いてね」

「うん」

ローズ・リタは玄関《げんかん》の階段《かいだん》をかけおりて、後《うし》ろの座席《ざせき》にカバンをほうりこむと、前《まえ》へまわって助手席《じょしゅせき》にあがりこんだ。ツィマーマン夫人《ふじん》はギアを入《い》れ、マンション通《どお》りを走《はし》りだした。旅《たび》がはじまったのだ。

ツィマーマン夫人《ふじん》とローズ・リタは国道《こくどう》一二号線《ごうせん》から一三一号線《ごうせん》にはいり、グランドラピッズ（ミシガン州《しゅう》の都市《とし》）をぬけてまっすぐ北《きた》へ走《はし》った。空《そら》は晴《は》れわたっていた。電柱《でんちゅう》や木《き》やバーマシェーヴの看板《かんばん》（アメリカン・セイフティ・レザー社《しゃ》のシェービングクリーム。冗談《じょうだん》まじりの文《ぶん》を書《か》いた看板《かんばん》を中西部《ちゅうせいぶ》の道路《どうろ》沿《ぞ》いに大量《たいりょう》に立《た》て、売上《うりあげ》を伸《の》ばした）が、ひゅんひゅん通《とお》りすぎていく。畑《はたけ》では、ジョン・ディアやミネアポリス・モリーン、インターナショナル・ハーベスターなどと書《か》かれた農機具《のうきぐ》が働《はたら》いている。機具《きぐ》はどれも青《あお》や緑《みどり》や赤《あか》や黄色《きいろ》など、鮮《あざ》やかな色《いろ》に塗《ぬ》られていた。ときどき、ツィマーマン夫人《ふじん》は車《くるま》を路肩《ろかた》によせて、長《なが》い刃《は》のついたトラクターを通《とお》してやらなければならなかった。

ビッグラピッズ（ミシガン州中部《しゅうちゅうぶ》の市《し》。マスキーゴン川《がわ》にのぞむ）に着《つ》くと、ツィマーマン夫《ふ》人《じん》とローズ・リタは食堂《しょくどう》で昼食《ちゅうしょく》をとった。すみっこにピンボール・マシーンがあり、ツィマーマン夫人《ふじん》はどうしてもプレイすると言《い》いはった。ツィマーマン夫人《ふじん》はピンボールの天《てん》才《さい》だった。フリッパーの動《うご》かしかたはもちろん、しばらく同《おな》じマシーンで遊《あそ》べば〝反則《はんそく》〟のライトをつけずに機械《きかい》の横《よこ》やてっぺんをたたいてボールを思《おも》う方向《ほうこう》へ動《うご》かすこつもつかんでしまう。そんなわけで一ゲーム終《お》わるころには、三十五回《かい》ぶんのボーナスゲームがたまっていた。ツィマーマン夫人《ふじん》はボーナスゲームを、あんぐりと口《くち》をあけて見《み》ていた店《みせ》の常連客《じょうれんきゃく》にゆずった。みんな、女《おんな》のひとがピンボール・マシーンで遊《あそ》んでいるのを見《み》たのははじめてだった。

昼食《ちゅうしょく》が終《お》わると、ツィマーマン夫人《ふじん》はスーパーマーケットとパン屋《や》に寄《よ》った。農場《のうじょう》に着《つ》いたら、夕飯《ゆうはん》は庭《にわ》で食《た》べる計画《けいかく》だった。トランクに入《い》れた大《おお》きな金属製《きんぞくせい》のクーラーに、サラミと、ボローニャ・ソーセージと、デビルドハムの缶詰《かんづめ》と、バニラアイスクリームが一クォートと、炭酸水《たんさんすい》が三本《ぼん》と、ピクルス一びんがしまわれ、酵母《こうぼ》パンとチョコレートケーキは木製《もくせい》のピクニックバスケットのなかにおさまった。それからガソリンスタンドで、砕《くだ》いた氷《こおり》を買《か》って、食《た》べ物《もの》が腐《くさ》らないようにクーラーのなかに入《い》れた。その日《ひ》は暑《あつ》く、町《まち》を出《で》るとき通《とお》った掲示板《けいじばん》の温度計《おんどけい》は三十二度《ど》をさしていた。

ツィマーマン夫人《ふじん》は、あとは農場《のうじょう》までどこにも寄《よ》らずにいきますからね、と言《い》った。北《きた》へ進《すす》むほど、しだいに山《やま》はけわしくなった。なかには、とても車《くるま》では登《のぼ》れそうもなく見《み》えるものもある。ところが、実際《じっさい》に登《のぼ》りはじめると、山《やま》は平《たい》らになってしまうように思《おも》えるのはふしぎだった。ローズ・リタがまわりを見《み》まわすと、いつのまにか松《まつ》の木《き》に囲《かこ》まれていた。矢《や》のように走《はし》る車《くるま》の窓《まど》から、松《まつ》の清《きよ》らかな香《かお》りがただよってくる。ふたりは、北《きた》ミシガンに広《ひろ》がる広大《こうだい》な森《もり》に近《ちか》づきつつあった。

夕方《ゆうがた》ごろ、ローズ・リタとツィマーマン夫人《ふじん》はラジオの天気予報《てんきよほう》を聴《き》きながら、砂利道《じゃりみち》をのんびりと走《はし》っていた。すると、なんのまえぶれもなしに、車《くるま》のスピードが落《お》ちはじめた。そしてそのまま、ぴたりと止《と》まってしまった。ツィマーマン夫人《ふじん》はキーを回《まわ》して、アクセルを何度《なんど》も踏《ふ》んだ。しかし、モーターがブウン、ブウンと鳴《な》るだけで、エンジンは始《し》動《どう》しない。それを十五回《かい》ほどくりかえしたあと、ツィマーマン夫人《ふじん》は座席《ざせき》に寄《よ》りかかって、小《ちい》さな声《こえ》で悪態《あくたい》をついた。それからふっとガソリンのメーターを見《み》た。

「うそでしょう！」ツィマーマン夫人《ふじん》はうめいた。そして前《まえ》へのりだすと、ハンドルにおでこを何度《なんど》も打《う》ちつけた。

「どうしたの？」ローズ・リタはきいた。

ツィマーマン夫人《ふじん》はうんざりした顔《かお》ですわっていた。「ええ、たいしたことじゃありませんよ。ただのガス欠《けつ》。ビッグラピッズで氷《こおり》を買《か》ったときにガソリンを入《い》れるつもりだったのに、忘《わす》れたのよ」

ローズ・リタは手《て》を口《くち》にあてた。「うそ！」

「ほんとですよ。でも、だいたいどの辺《へん》にいるかは、わかってますからね。農場《のうじょう》まであと三、四キロしかないと思《おも》いますよ。元気《げんき》があれば、車《くるま》をわきに寄《よ》せて歩《ある》いていくことだってできるし。でも、そんなことまでしなくても、ちょっといったところにガソリンスタンドがあるはずよ。少《すく》なくとも、むかしはあったわ」

ツィマーマン夫人《ふじん》とローズ・リタは車《くるま》をおりて、歩《ある》きはじめた。日《ひ》は沈《しず》みかけていた。あたり一面《いちめん》に小《ちい》さな羽虫《はむし》がブンブンと飛《と》びかい、道路《どうろ》に木《き》が長《なが》い影《かげ》を落《お》としている。道《みち》ばたの木々《きぎ》のそこここが、夕日《ゆうひ》の光《ひかり》で赤《あか》く染《そ》まっていた。ふたりは丘《おか》を越《こ》えてはくだり、まっしろい土《つち》ぼこりをけりあげながらてくてくと歩《ある》きつづけた。ツィマーマン夫人《ふじん》は歩《ある》くのは得意《とくい》だったし、ローズ・リタも負《ま》けなかった。ちょうど日《ひ》が沈《しず》んだころに、ふたりはスタンドに着《つ》いた。

〈ビガーズ食品店《しょくひんてん》〉は三方《さんぽう》を暗《くら》い松林《まつばやし》に囲《かこ》まれていた。よくある白《しろ》い木造《もくぞう》の家《いえ》で、正面《しょうめん》に大《おお》きなガラスばりの窓《まど》があった。食料品《しょくりょうひん》が積《つ》まれ、レジと、奥《おく》にカウンターがあるのが見《み》える。ガラスにはられた緑《みどり》の文字《もじ》は、まえはSALADA（コーヒー、茶飲料《ちゃいんりょう》のメーカー）と書《か》かれていたのだろうが、今《いま》はADAの三文字《もじ》しかのこっていなかった。こういう田舎《いなか》の食料品店《しょくりょうひんてん》がたいていそうであるように、〈ビガーズ〉もガソリンを売《う》っていた。外《そと》に赤《あか》い給油《きゅうゆ》ポンプが二台《だい》ある。その横《よこ》に、飛《と》んでいる赤《あか》い馬《うま》を描《えが》いた白《しろ》い看板《かんばん》（MOBIL社《しゃ》のロゴ）があった。その馬《うま》は、ポンプの上《うえ》のまるい飾《かざ》りにもついている。店《みせ》のとなりの雑草《ざっそう》だらけの庭《にわ》を見《み》ると、ニワトリ小屋《ごや》があった。まわりは柵《さく》で囲《かこ》われていたが、ニワトリがいるようすはない。屋根《やね》のタール紙《し》は一カ所《しょ》ぼっこりへこんでいて、水桶《みずおけ》にどろどろした緑《みどり》の藻《も》がたまっていた。

「さあ、やっと着《つ》いたわ」ツィマーマン夫人《ふじん》は額《ひたい》の汗《あせ》をぬぐいながら言《い》った。「あとはガートをひっぱりだすことさえできれば、万事《ばんじ》オーケーよ」

ローズ・リタは驚《おどろ》いた。「お店《みせ》のひとを知《し》ってるの？」

ツィマーマン夫人《ふじん》はため息《いき》をついた。「ええ、ざんねんながらね。ずいぶん長《なが》いあいだここにはきていないけど、最後《さいご》にオレーのところへいったときは、店《みせ》はガート・ビガーがやっていた。五年《ねん》くらいまえよ。まだいるかもしれないし、もういないかもしれない。いってみればわかるわ」

店《みせ》に近《ちか》づいていくと、入口《いりぐち》の階段《かいだん》に小《ちい》さな黒《くろ》イヌがねそべっているのが見《み》えた。イヌはふたりを見《み》たとたん、ぱっと立《た》ちあがって、ワンワンほえはじめた。ローズ・リタはかまれたらどうしようと思《おも》ったけれど、ツィマーマン夫人《ふじん》は落《お》ちつきはらっている。階段《かいだん》まで大《おお》またで歩《ある》いていくと、手《て》を腰《こし》にあててさけんだ。「このろくでなし！」イヌは一歩《ぽ》も動《うご》かず、ますます大《おお》きな声《こえ》でほえたてる。けれども、ツィマーマン夫人《ふじん》が思《おも》いきりけとばしてやろうとねらいをさだめると、さっと横《よこ》にとびのいて、道《みち》のつきあたりの茂《しげ》みに走《はし》りこんだ。

「ばかイヌ」ツィマーマン夫人《ふじん》はぶつぶつと言《い》った。そして階段《かいだん》をのぼって、店《みせ》の扉《とびら》をあけた。チリンチリンと小《ちい》さなベルが鳴《な》った。店《みせ》の電気《でんき》はついていたけれど、カウンターの後《うし》ろにはだれもいない。ツィマーマン夫人《ふじん》とローズ・リタはじっと立《た》って待《ま》った。するとようやく、店《みせ》の奥《おく》のほうから、ドタンバタンとものぶつかる音《おと》が聞《き》こえはじめた。ガラガラッとドアがあき、ガート・ビガーが姿《すがた》を現《あらわ》した。大《おお》きくて骨《ほね》ばった体《からだ》にゆったりとしたぶかっこうな服《ふく》を着《き》て、不《ふ》きげんそうな顔《かお》をしている。だが、ツィマーマン夫人《ふじん》を見《み》たとたん、ぎょっとした顔《かお》になった。「あんたかい！　ずいぶん長《なが》いあいだ姿《すがた》を見《み》せなかったじゃないか。で、なんの用《よう》だい？」

ガート・ビガーの口調《くちょう》があまりにとげとげしいので、ローズ・リタは、このひと、ツィマーマン夫人《ふじん》になにかうらみでもあるんじゃないかしら、と思《おも》った。

ツィマーマン夫人《ふじん》は落《お》ちついた声《こえ》で言《い》った。「ガソリンをちょっといただきたいだけなのよ。ごめんどうで申《もう》し訳《わけ》ないけれど。ちょっと手前《てまえ》で切《き》らしてしまったの」

「ちょいと待《ま》ってな」ガートはかみつくように言《い》った。

そして店《みせ》の廊下《ろうか》をずたずたと歩《ある》いていって、外《そと》へ出《で》ると扉《とびら》をバタンと閉《し》めた。

「うへ、なんてひとなの！」ローズ・リタが言《い》った。

ツィマーマン夫人《ふじん》は悲《かな》しそうに頭《あたま》をふった。「ほんとうに。会《あ》うたびにひどくなってる。

さっさとガソリンをもらって、ここを出《で》ましょう」

さんざん文句《もんく》を言《い》ったり悪態《あくたい》をついたあげく、ようやくガート・ビガーは五ガロンの缶《かん》を見《み》つけて、ガソリンを入《い》れた。ローズ・リタはガソリンのにおいが好《す》きで、ポンプのメーターがくるくるとまわるのを見《み》るのも好《す》きだった。メーターの数字《すうじ》がとまると、ガートはポンプの栓《せん》を閉《し》め、値段《ねだん》を言《い》った。メーターが表示《ひょうじ》した値段《ねだん》の二倍《ばい》だった。

ツィマーマン夫人《ふじん》は相手《あいて》をじっと見《み》つめた。本気《ほんき》で言《い》っているのか見《み》きわめようとしたのだ。

「ふざけてるつもり、ガーティ？　メーターの数字《すうじ》をごらんなさいな」

「ふざけちゃいないよ。とっとと払《はら》いな。じゃなきゃ、農場《のうじょう》まで歩《ある》いていくんだね」そしてあざ笑《わら》うようにつけくわえた。「友《とも》だちへの特別価格《とくべつかかく》さ」

ツィマーマン夫人《ふじん》はどうするべきか、一瞬考《いっしゅんかんが》えこんだ。ローズ・リタはツィマーマン夫《ふ》人《じん》がさっと手《て》をふって、ガート・ビガーをヒキガエルかなにかに変《か》えてしまえばいいのに、と思《おも》った。とうとうツィマーマン夫人《ふじん》は大《おお》きなため息《いき》をついて、札入《さつい》れをひらいた。「ほら！　これでご満足《まんぞく》でしょう。さあ、いきますよ、ローズ・リタ。車《くるま》に戻《もど》りましょう」

「うん」

ツィマーマン夫人《ふじん》はガソリンの缶《かん》を持《も》って、きた道《みち》を戻《もど》りはじめた。最初《さいしょ》の角《かど》を曲《ま》がると、ローズ・リタは言《い》った。「いったいあのひとはどうしちゃったわけ？　どうして怒《おこ》ってるの？」

「あのひとは、だれに対《たい》しても怒《おこ》ってるんですよ、ロージィ。世界《せかい》じゅうにね。若《わか》いころからあのひとのことは知《し》ってるの。わたしがしょっちゅうここにきて、農場《のうじょう》で夏《なつ》を過《す》ごしていたころからね。実《じつ》は、十八の夏《なつ》にある男《おとこ》の子《こ》をめぐって争《あらそ》ったことがあってね。モーディカイ・ハンクスってひとだったんだけど。わたしが勝《か》ったけれど、けっきょく長《なが》くはつづかなかった。夏《なつ》の終《お》わりには別《わか》れたんですよ。そのひとがだれと結婚《けっこん》したかは知《し》りませんけどね」

「ガーティはボーイフレンドをとられたから怒《おこ》ってるわけ？」

ツィマーマン夫人《ふじん》はクスクス笑《わら》って、首《くび》をふった。「そういうこと！　わかる？　いまだにね！　執念《しゅうねん》ぶかさにかけちゃ、天下一品《てんかいっぴん》ね。何年《なんねん》もまえに人《ひと》が言《い》ったことを覚《おぼ》えていて、つねに仕返《しかえ》しする機会《きかい》をねらってるのよ。でもね、いくらなんでも今夜《こんや》みたいな態度《たいど》ははじめてですよ。いったいどうしたんでしょうね？」ツィマーマン夫人《ふじん》は道路《どうろ》のまんなかで立《た》ちどまって、ふりかえった。そしてガート・ビガーの店《みせ》のほうをじっと見《み》つめて、あごをさすった。なにか考《かんが》えているようだったけれど、肩《かた》をすくめて、また前《まえ》を向《む》いて車《くるま》へ向《む》かって歩《ある》きだした。

あたりは暗《くら》くなっていた。道《みち》ばたの草《くさ》むらでコオロギが鳴《な》いている。一度《いちど》、目《め》の前《まえ》をウサギがかけぬけて、反対側《はんたいがわ》の茂《しげ》みに姿《すがた》を消《け》した。ようやく車《くるま》まで戻《もど》ると、プリマスは月明《つきあ》かりを浴《あ》びてじっとふたりを待《ま》っていた。ローズ・リタはいつのまにか、この車《くるま》を人間《にんげん》のように思《おも》いはじめていた。ひとつには、車《くるま》に顔《かお》があったせいだ。牛《うし》みたいにつぶらな瞳《ひとみ》と、魚《さかな》のように苦《くる》しげで、厚《あつ》ぼったいくちびるをしている。どこか悲《かな》しそうで、それでいて気《き》品《ひん》のある顔立《かおだ》ちだった。

「プリマスはいい車《くるま》ね」ローズ・リタは言《い》った。

「ええ。認《みと》めないわけにはいかないわね」ツィマーマン夫人《ふじん》は考《かんが》えぶかげにポリポリとあごをかいた。「緑《みどり》の車《くるま》にしては、なかなかだわ」

「名前《なまえ》をつけてもいい？」いきなりローズ・リタがきいた。

ツィマーマン夫人《ふじん》は驚《おどろ》いたようだった。「名前《なまえ》？　ああ、ええ、いいわよ。どんな名前《なまえ》をつけたいの？」

「ベッシィ」まえにベッシィという名前《なまえ》の牛《うし》がいた。この辛抱《しんぼう》づよいまんまる目《め》の車《くるま》にはぴったりの名前《なまえ》だと、ローズ・リタは思《おも》った。

ツィマーマン夫人《ふじん》は、ベッシィに五ガロン缶《かん》のガソリンを注《そそ》いだ。イグニションにキーをさしこんで回《まわ》すと、すぐにエンジンがかかった。ローズ・リタは歓声《かんせい》をあげた。そしてふたりは先《さき》へ進《すす》んだ。

〈ビガーズ食品店《しょくひんてん》〉までくると、ツィマーマン夫人《ふじん》は一瞬《いっしゅん》車《くるま》をとめて、空《から》の缶《かん》を給油《きゅうゆ》ポンプの横《よこ》に置《お》いた。車《くるま》がバスンバスンと音《おと》をたてながら農場《のうじょう》のほうへ進《すす》みだすと、ガート・

ビガーの店《みせ》の裏手《うらて》にある森《もり》が、道路《どうろ》の先《さき》までずっとつづいているのが見《み》えた。

「ずいぶん大《おお》きな森《もり》ね、ツイマーマン夫人《ふじん》」ローズ・リタは右手《みぎて》のほうを指《ゆび》さして言《い》った。

「ああ、そうね。あれは国有林《こくゆうりん》なの。あなたの言《い》うとおり、かなりの広《ひろ》さよ。ずっとオレーの農場《のうじょう》までつづいて、さらに北《きた》のほうへ伸《の》びているの。すてきなところだけれど、迷《まよ》うのはごめんだわ。何日《なんにち》さまよっても、見《み》つけてもらえないでしょうね」

車《くるま》は走《はし》りつづけた。オレーの農場《のうじょう》はどんなだろう、とローズ・リタは考《かんが》えはじめた。車《くるま》に乗《の》っているあいだあれこれ想像《そうぞう》をめぐらせたせいで、ローズ・リタの頭《あたま》のなかにはすっかり農場《のうじょう》のイメージができあがっていた。ほんとうに想像《そうぞう》どおりのところだろうか？　あと少《すこ》しでそれがわかる。丘《おか》をのぼってはくだり、くねくねとカーブを曲《ま》がって、枝《えだ》の張《は》りだした、わだちだらけの狭《せま》い道路《どうろ》をぬけると、オレーの農場《のうじょう》が現《あらわ》れた。

想像《そうぞう》とはちがっていたけれど、いいところだった。納屋《なや》は横《よこ》に長《なが》くて、白《しろ》いペンキが塗《ぬ》ってあった。ベッシィと同《おな》じで、やっぱり顔《かお》がある。ふたつある窓《まど》が目《め》で、背《せ》の高《たか》いドアが口《くち》だ。そのそばに家《いえ》が建《た》っていた。かざりけのない四角《しかく》い家《いえ》で、屋根《やね》に小《ちい》さな四角《しかく》いキューポラがある。すっかり荒《あ》れ果《は》てて、前庭《まえにわ》には雑草《ざっそう》が高《たか》くおいしげり、郵便受《ゆうびんう》けはさびはじめていた。納屋《なや》の窓《まど》ガラスが一枚割《まいわ》れていて、ローズ・リタが見《み》ていると、その穴《あな》から小鳥《ことり》が一羽《わ》飛《と》びこんだ。はるか遠《とお》くに森《もり》が見《み》えた。

ツィマーマン夫人《ふじん》は納屋《なや》の扉《とびら》のすぐ前《まえ》に車《くるま》をつけた。そして車《くるま》をおり、ローズ・リタも手伝《てつだ》って、重《おも》たい扉《とびら》をガラガラとあけた。肥料《ひりょう》と干草《ほしくさ》のかすかなにおいが、冷《つめ》たい空気《くうき》のなかにただよいでてきた。牛《うし》をつなぐ仕切《しき》りが二列《れつ》ずらりとならび（両方《りょうほう》とも空《から》だった）、上《うえ》には干草《ほしくさ》が置《お》いてある。干草置《ほしくさお》き場《ば》を支《ささ》える梁《はり》に、古《ふる》い鑑札《かんさつ》が何枚《なんまい》かうちつけてある。ローズ・リタが見《み》ると、日付《ひづけ》はどれも一九一七年《ねん》とか一九二三年《ねん》などとなっていた。たるきのあいだを、小鳥《ことり》の影《かげ》が飛《と》びまわっている。ローズ・リタとツィマーマン夫人《ふじん》はだまって、高《たか》い天井《てんじょう》をあおいだ。まるで教会《きょうかい》にいるようだった。

沈黙《ちんもく》をやぶったのはツィマーマン夫人《ふじん》だった。「フウ。さてと」ツィマーマン夫人《ふじん》は口《くち》を開《ひら》いた。「カゴとクーラーをとってきて、家《いえ》のかぎをあけましょう。おなかがすいて死《し》にそう」

「わたしも」ローズ・リタは答《こた》えた。しかし、家《いえ》の玄関《げんかん》をあけて電気《でんき》をつけると、ローズ・リタはショックを受《う》けた。家《いえ》のなかはまるで嵐《あらし》が吹《ふ》きぬけていったようだった。あちこちにものが散《ち》らばり、たんすや棚《たな》の引《ひ》きだしはひとつのこらず引《ひ》きだされ、中身《なかみ》が床《ゆか》にぶちまけられていた。絵《え》という絵《え》は壁《かべ》からはずされ、玄関《げんかん》ホールの幅《はば》の狭《せま》い小《ちい》さな本棚《ほんだな》の本《ほん》は一冊《さつ》のこらずひっぱりだされている。

「なんてことなの！」ツィマーマン夫人《ふじん》はさけんだ。「いったいなにが起《お》こったのかしら……？」ツィマーマン夫人《ふじん》はふりかえって、ローズ・リタを見《み》た。ふたりは同《おな》じことを考《かんが》えていた。

ローズ・リタはツィマーマン夫人《ふじん》について、オレー・ガンダーソンが書斎《しょさい》に使《つか》っていた部屋《へや》へ入《はい》っていった。壁《かべ》ぎわにどっしりとした、たたみこみ式《ロールアップ》のふたの机《つくえ》があった。ふたはあけられ、なかの棚《たな》はぜんぶからっぽになっている。机《つくえ》の表面《ひょうめん》にたまったほこりに指《ゆび》のあとが残《のこ》り、エンピツたての中身《なかみ》はあけられ、引《ひ》きだしはひとつのこらず引《ひ》きだされて、床《ゆか》にほうりだされていた。左《ひだり》の一番下《いちばんした》の引《ひ》きだしがあったところはきずだらけで、ぎざぎざになっている。ここにあった引《ひ》きだしにかぎがかかっていたのは明《あき》らかだ。机《つくえ》の横《よこ》に、表面《ひょうめん》が大《おお》きく削《けず》られた引《ひ》きだしがひとつころがっている。なかを見《み》ると、黒革《くろかわ》のベンラス（クリントン・ウオッチ社《しゃ》の腕時計《うでどけい》）のケースが入《はい》っていた。

ツイマーマン夫人《ふじん》はしゃがんで、時計《とけい》のケースをひろいあげた。ケースをあけると、なかに青《あお》いベルベット張《ば》りの小《ち》さな指輪《ゆびわ》の箱《はこ》が入《はい》っていた。なにも言《い》わずに、ツイマーマン夫人《ふじん》は小《ちい》さな青《あお》い箱《はこ》をあけてなかを見《み》た。ローズ・リタはツイマーマン夫人《ふじん》の後《うし》ろから身《み》をのりだした。

下側《したがわ》の箱《はこ》に、細《ほそ》い溝《みぞ》のあいた黒《くろ》いフラシ天《てん》のクッションがついていた。溝《みぞ》は、まるでむりやり大《おお》きなものをつめこまれたように、広《ひろ》がっている。しかしそこになにがあったにしろ、今《いま》はからっぽだった。

第《だい》3章《しょう》　顔《かお》のない写真《しゃしん》

ツイマーマン夫人《ふじん》は散《ち》らかった床《ゆか》の上《うえ》にひざをついたまま、じっと空《から》の指輪《ゆびわ》の箱《はこ》を見《み》つめていた。それからいきなり、笑《わら》いだした。

「ハ！　だれだか知《し》らないけど、どろぼうさんはバカをみたってことね」

ローズ・リタはあっけにとられて言《い》った。「なにを言《い》っているの、ツィマーマン夫人《ふじん》？」

ツイマーマン夫人《ふじん》は立《た》ちあがると、服《ふく》についたほこりをはたいた。それから指輪《ゆびわ》の箱《はこ》をばかにしたようにぽんと空《から》の引《ひ》きだしにほうりこんだ。「簡単《かんたん》なことですよ。わからない？　オレーは、バカバカしい魔法《まほう》の指輪《ゆびわ》の話《はなし》をぺらぺらしゃべりまわったんですよ。それを聞《き》いて、その話《はなし》を信《しん》じたか、この家《いえ》になにか高価《こうか》なものが隠《かく》されていると考《かんが》えたやからがいたんでしょうね。だいたい、盗《ぬす》むのに、指輪《ゆびわ》が魔法《まほう》の指輪《ゆびわ》かどうかなんて関係《かんけい》ないもの。指輪《ゆびわ》ってものはたいてい金《きん》とか銀《ぎん》とか高価《こうか》な金属《きんぞく》でできているし、なかにはダイヤモンドとかルビーとかそんなものがくっついているのもあるでしょう。オレーが死《し》んだあとで、そいつがどろぼうに入《はい》ったにちがいないわ。あげくのはてに、なにを見《み》つけたかといえば！　古《ふる》い蛇口《じゃぐち》の座金《ざがね》ってところでしょうね。ともかく、もっとひどいことになっていたかもしれないんだから。火《ひ》をつけられるとか。でも、この荒《あ》らされようだから、かたづけなきゃならないわね。さてと……」

ツィマーマン夫人《ふじん》はひっきりなしにしゃべりつづけながら、オレーの机《つくえ》をかたづけ、エンピツたてにエンピツを戻《もど》し、消《け》しゴムを机《つくえ》の棚《たな》にしまった。いったいどこのだれをだましているつもり？　ローズ・リタは思《おも》った。ツィマーマン夫人《ふじん》の態度《たいど》を見《み》れば、なにかをごまかそうとしていることくらい一目瞭然《いちもくりょうぜん》だ。小《ちい》さな箱《はこ》をあけるときのツィマーマン夫人《ふじん》の手《て》はふるえていたし、顔色《かおいろ》が青《あお》ざめたのも、ローズ・リタは見《み》のがさなかった。つまり、指輪《ゆびわ》はほんとうに魔法《まほう》の指輪《ゆびわ》だったたってわけだ。ローズ・リタは心《こころ》のなかでつぶやいた。どんな形《かたち》をしていたんだろう？　だれがとったんだろう？　指輪《ゆびわ》を使《つか》ってなにをするつもりなんだろう？　これこそ真《しん》の謎《なぞ》ときだ。ローズ・リタはすっかり興奮《こうふん》して、こわいなんてこれっぽっちも思《おも》わなかった。

ようやくローズ・リタとツィマーマン夫人《ふじん》が夕《ゆう》ごはんのテーブルについたのは、真夜中《まよなか》近《ちか》くだった。ふたりは台所《だいどころ》のテーブルに食《た》べ物《もの》をならべ、流《なが》しの上《うえ》の棚《たな》からほこりだらけのお皿《さら》と変色《へんしょく》した銀食器《ぎんしょっき》をとってきた。食事《しょくじ》がすむと、もう寝《ね》る時間《じかん》だった。二階《かい》に二部屋《へや》つづきの寝室《しんしつ》があって、オーク材《ざい》の小《ちい》さな寝台《しんだい》が一台《だい》ずつ置《お》いてあった。ローズ・リタとツィマーマン夫人《ふじん》は、廊下《ろうか》のつきあたりにあった押入《おしい》れをひっかきまわして、シーツを見《み》つけた。ちょっとかび臭《くさ》いけれど、清潔《せいけつ》そうだ。ふたりはベッドを整《ととの》えると、おやすみなさいと言《い》った。

ローズ・リタはなかなか眠《ねむ》れなかった。蒸《む》し暑《あつ》い夜《よる》で、風《かぜ》ひとつない。窓《まど》にかかったカーテンも、じっと動《うご》かないままだ。ローズ・リタは何度《なんど》も向《む》きを変《か》えたり、寝返《ねがえ》りをうったりしたけれど、むだだった。とうとう起《お》きあがって、枕《まくら》もとの電気《でんき》をつけた。そしてカバンのなかをがさごそと探《さぐ》って、読《よ》もうと思《おも》って持《も》ってきた『宝島《たからじま》』の本《ほん》をとりだし、それから枕《まくら》をベッドの頭板《あたまいた》にたてかけた。さてと、どこまで読《よ》んだんだっけ？　そうそう、ここだ。ジョン・シルバーがジムを捕《つか》まえて、海賊《かいぞく》たちとフリント船長《せんちょう》の宝《たから》を探《さが》している。どきどきする場面《ばめん》だ。ジムは胴体《どうたい》をぐるぐる巻《ま》きにされて、シルバーに砂浜《すなはま》をひきずられていた。シルバーは意気揚々《いきようよう》と杖《つえ》をふりまわしている……

コツ、コツ、コツ。本《ほん》を読《よ》んでいるうちに、ローズ・リタは音《おと》が聞《き》こえるのに気《き》づいた。最初《さいしょ》は自分《じぶん》の頭《あたま》のなかで聞《き》こえるのだと思《おも》っていた。本《ほん》を読《よ》みながら、その光景《こうけい》や音《おと》やにおいを想像《そうぞう》することはよくある。これはジョン・シルバーの杖《つえ》の音《おと》だろう。コツ、コツ、コツ、コツ……でも、ちょっとちがう……それよりも、杌《つくえ》にコインをぶつけている音《おと》に似《に》ている……それに、砂浜《すなはま》では杖《つえ》の音《おと》はしないはず……砂浜《すなはま》なら……

頭《あたま》ががくんと前《まえ》に下《さ》がった。本《ほん》がパサリと落《お》ちた。その事態《じたい》に気《き》がつくと、ローズ・リタはぶるぶるとはげしく頭《あたま》をふった。眠《ねむ》るだなんて、なんてまぬけなのよ。そう思《おも》ってから、自分《じぶん》が眠《ねむ》るために本《ほん》を読《よ》みはじめたことを思《おも》いだした。うまくいったわけね。ローズ・リタはにやりと笑《わら》った。コツ、コツ、コツ。そのときまた音《おと》がした。どこから聞《き》こえるんだろう？　頭《あたま》のなかではない。ツィマーマン夫人《ふじん》の部屋《へや》だ。とたんに、ローズ・リタは音《おと》の正体《しょうたい》がわかった。ツィマーマン夫人《ふじん》が指輪《ゆびわ》をぶつけている音《おと》だ。

ツィマーマン夫人《ふじん》は大《おお》きな石《いし》のついた指輪《ゆびわ》を持《も》っていた。もちろん石《いし》の色《いろ》は紫《むらさき》だ。ツィマーマン夫人《ふじん》は紫《むらさき》のものが大好《だいす》きなのだ。魔法《まほう》の指輪《ゆびわ》でもなんでもなくて、ツィマーマン夫人《ふじん》が好《す》きな安物《やすもの》のたぐいだった。コニーアイランド（ニューヨーク市《し》の遊園地《ゆうえんち》）で買《か》ってから肌身《はだみ》はなさずつけていて、なにか考《かんが》えごとをしているとき、真剣《しんけん》になると、いすでも机《つくえ》でも本棚《ほんだな》でもたまたま近《ちか》くにあったものに指輪《ゆびわ》をぶつけるくせがあった。部屋《へや》と部屋《へや》のあいだのドアは閉《し》まっていたけれど、ツィマーマン夫人《ふじん》がベッドの上《うえ》でじっと天《てん》井《じょう》を見《み》つめながら、横《よこ》の板《いた》をコツコツとたたいている姿《すがた》がまざまざと浮《う》かんだ。なにを考《かんが》えているんだろう？　たぶん指輪《ゆびわ》のことだろう。そう、もうひとつの指輪《ゆびわ》、盗《ぬす》まれた指輪《ゆびわ》だ。ローズ・リタはとなりへいって、今《いま》までのことについて話《はな》したくてしょうがなかったけれど、そんなことをしてもむだだとわかっていた。オレー・ガンダーソンの魔法《まほう》の指輪《ゆびわ》のことを口《くち》にしたとたん、ツィマーマン夫人《ふじん》は貝《かい》のように口《くち》を閉《と》ざしてしまうだろう。

ローズ・リタは肩《かた》をすくめて、ため息《いき》をついた。今《いま》はどうしようもない。だいたいもう眠《ねむ》くて死《し》にそうだ。ローズ・リタは枕《まくら》をたたいてふくらませると電気《でんき》を消《け》し、体《からだ》を思《おも》いきり伸《の》ばした。そしてすぐにおだやかな寝息《ねいき》をたてはじめた。

次《つぎ》の朝《あさ》いちばんでローズ・リタとツィマーマン夫人《ふじん》は荷物《にもつ》をまとめて、戸《と》じまりをし、ペトスキーへ向《む》かった。ペトスキーに着《つ》くとカフェで朝食《ちょうしょく》をとり、オレーの弁護士《べんごし》のところへいった。それからまた車《くるま》に乗《の》って、マッキノー水道《すいどう》（ヒューロン湖《こ》とミシガン湖《こ》をつなぐ）へ向《む》かった。その日《ひ》の午後《ごご》には、エスカナーバ（ミシガン州北部《しゅうほくぶ》アッパー半島《はんとう》にある市《し》の名前《なまえ》）号《ごう》というカーフェリーでマッキノー水道《すいどう》を渡《わた》っていた。空《そら》は灰色《はいいろ》で、雨《あめ》がふっていた。フェリーは波立《なみだ》つ水面《すいめん》を重《おも》たそうに進《すす》んでいく。はるか右手《みぎて》に、マッキノー島《とう》が灰色《はいいろ》のかすんだ点《てん》のように見《み》える。けれども、エスカナーバ号《ごう》がセント・イグナスに着《つ》いたころには、太陽《たいよう》が見《み》えはじめていた。ミシガン州《しゅう》アッパー半島《はんとう》に着《つ》いたのだ。これからまるまる二週間《しゅうかん》の探険旅行《たんけんりょこう》がふたりを待《ま》っていた。

旅《たび》のはじまりは順調《じゅんちょう》だった。ふたりはターカメノン滝《たき》を見《み》て、スペリオル湖《こ》の湖岸《こがん》をドライブし、ピクチュアド・ロックスへいって写真《しゃしん》をとりあった。うねるような松林《まつばやし》の海《うみ》をぬけると、まっかな川《かわ》が現《あらわ》れた。川《かわ》の水《みず》に大量《たいりょう》の鉄分《てつぶん》がふくまれているのだ。ほかにも、イッシュペミングとかジャームファスクとかオントナゴンなどという変《か》わった名前《なまえ》の町《まち》へいった。夜《よる》は民宿《みんしゅく》に泊《と》まった。ツィマーマン夫人《ふじん》は最近《さいきん》あちこちに姿《すがた》を現《あらわ》したモーテルをひどく嫌《きら》っていて、旅行者《りょこうしゃ》に部屋《へや》を貸《か》してくれる家《いえ》に泊《と》まるのが好《す》きだった。薄暗《うすぐら》い裏通《うらどお》りにある古《ふる》い白《しろ》い家《いえ》や、網戸《あみど》のついたポーチや緑色《みどりいろ》の雨戸《あまど》やアサガオやタチアオイのからまったかしいだ格子《こうし》のある家《いえ》などだ。ツィマーマン夫人《ふじん》とローズ・リタはそうした家《いえ》に泊《と》まって、ポーチでのんびりとチェスやトランプをしたり、アイスティーを飲《の》みながら、外《そと》でコオロギが鳴《な》いているのに耳《みみ》をかたむけたりした。部屋《へや》にラジオがついているときには、ローズ・リタは眠《ねむ》くなるまでデトロイト・タイガースのナイター中継《ちゅうけい》を聴《き》いた。そして朝《あさ》になると、食堂《しょくどう》かカフェで朝食《ちょうしょく》をとり、先《さき》へ進《すす》むのだった。

四日目《かめ》に、奇妙《きみょう》なことが起《お》こった。

その日《ひ》の夜《よる》、ローズ・リタとツィマーマン夫人《ふじん》は小《ちい》さな町《まち》の中心街《ちゅうしんがい》をぶらぶらと歩《ある》いていた。通《とお》りの向《む》こうに沈《しず》みかけた夕日《ゆうひ》が、あたりのものを、燃《も》えるようなオレンジ色《いろ》に染《そ》めていた。夕食《ゆうしょく》も終《お》わって、ふたりは長《なが》いドライブのあとの散歩《さんぽ》を楽《たの》しんでいた。ローズ・リタはそろそろ宿《やど》に戻《もど》りたかったけれど、ツィマーマン夫人《ふじん》は立《た》ちどまって古道具屋《ふるどうぐや》のウィンドウをのぞきこんでいた。ツィマーマン夫人《ふじん》はこうしたお店《みせ》をのぞいてまわるのが大好《だいす》きだった。ありとあらゆるがらくたを何時間《なんじかん》でもながめているものだから、むりやりひきはなさなければならないこともあった。

ウィンドウの前《まえ》に立《た》っているうちに、ツィマーマン夫人《ふじん》はお店《みせ》がまだあいていることに気《き》づいた。もう九時《じ》だったけれど、古道具屋《ふるどうぐや》の主人《しゅじん》なんてものは時間《じかん》に気《き》まぐれだ。ツィマーマン夫人《ふじん》が店《みせ》に入《はい》っていったので、ローズ・リタもついていった。ぼろぼろのベルベットのカバーがついた古《ふる》いいすや、本《ほん》が二、三冊《さつ》入《はい》った本棚《ほんだな》や、古《ふる》い食卓《しょくたく》があって、どのテーブルの上《うえ》にもすごいがらくたばかりがならべてある。ツィマーマン夫人《ふじん》はその前《まえ》で立《た》ちどまって、野球《やきゅう》のミットとボールの形《かたち》をした塩《しお》・こしょう入《い》れを手《て》にとった。ボールのほうが塩入《しおい》れだった。

「あなたの部屋《へや》にどう、ローズ・リタ？」ツィマーマン夫人《ふじん》は面白《おもしろ》がって言《い》った。ローズ・リタはうれしいと言《い》った。野球《やきゅう》に関係《かんけい》するものならなんだって好《す》きだ。「うん、わたしの机《つくえ》に置《お》きたいな。かわいいもん」

「決《き》まりね」ツィマーマン夫人《ふじん》はまだくすくす笑《わら》いながら言《い》った。そして店《みせ》の主人《しゅじん》に二十五セントを払《はら》い、またあちこちながめはじめた。貝《かい》ボタンでいっぱいのほこりをかぶった入《い》れ物《もの》の横《よこ》に、古《ふる》い写真《しゃしん》の山《やま》がある。写真《しゃしん》はどれも厚《あつ》いボール紙《がみ》にプリントされ、写真《しゃしん》に写《うつ》っているひとたちの服装《ふくそう》からとても古《ふる》いものだということがわかった。ツィマーマン夫人《ふじん》は鼻歌《はなうた》を歌《うた》いながら写真《しゃしん》をパラパラとめくっていたが、とつぜんはっと息《いき》をのんだ。

ローズ・リタは近《ちか》くに立《た》っていたが、ツィマーマン夫人《ふじん》のほうをふりかえって見《み》た。ツィマーマン夫人《ふじん》はまっさおで、写真《しゃしん》を持《も》つ手《て》がブルブルふるえていた。

「どうしたの、ツィマーマン夫人《ふじん》？」

「ちょっと……こっちへきて、ローズ・リタ。これを見《み》てくれる？」

ローズ・リタはそばへ寄《よ》って、ツィマーマン夫人《ふじん》が持《も》っている写真《しゃしん》を見《み》た。写真《しゃしん》には、床《ゆか》まである長《なが》いむかしのドレスを着《き》た女《おんな》のひとが写《うつ》っていた。川岸《かわぎし》に立《た》って、カヌーのかいを持《も》っている。後《うし》ろの岸《きし》にカヌーがひきあげられているのが見《み》える。その横《よこ》にしま模様《もよう》の上着《うわぎ》を着《き》た男《おとこ》のひとがあぐらをかいてすわっていた。カイゼルひげをはやし、バンジョーを弾《ひ》いている。男《おとこ》のひとはハンサムだったけれど、女《おんな》のひとの顔《かお》はわからなかった。顔《かお》がナイフかカミソリの刃《は》で削《けず》ってあったのだ。

それでもローズ・リタはどうしてツィマーマン夫人《ふじん》がうろたえているのか、わからなかった。ふしぎに思《おも》っていると、ツィマーマン夫人《ふじん》が写真《しゃしん》をひっくりかえした。裏《うら》になにか書《か》いてある。

〝フローレンスとモーディカイ。一九〇五年夏《ねんなつ》〟

「うそ!」ローズ・リタはさけんだ。「ツィマーマン夫人《ふじん》の写真《しゃしん》なの?」

ツィマーマン夫人《ふじん》はうなずいた。「ええ。もとはそうだったってことだけれど。だれかがその……こういうことをするまではね」そう言《い》って、ツィマーマン夫人《ふじん》はつばをごくりと飲《の》みこんだ。

「いったいどうしてツィマーマン夫人《ふじん》の写真《しゃしん》がこんなところにあるの? むかしこのあたりに住《す》んでたの?」

「いいえ。この町《まち》にくるのは生《う》まれてはじめてですよ。なんだか……なんだかひどく奇妙《きみょう》だわ」

ツィマーマン夫人《ふじん》の声《こえ》はふるえていた。ローズ・リタには、ツィマーマン夫人《ふじん》がひどく動揺《どうよう》しているのがわかった。ふだんはなんでもきちんとわかっているという印象《いんしょう》を与《あた》えるタイプだ。冷静《れいせい》で聡明《そうめい》なひとなのだ。だからこそ、動揺《どうよう》しているとすれば、理由《りゆう》があるはずだった。

ツィマーマン夫人《ふじん》は店《みせ》のおじいさんから写真《しゃしん》を買《か》いとり、宿《やど》へ持《も》って帰《かえ》った。宿《やど》へ向《む》かって歩《ある》きながら、ツィマーマン夫人《ふじん》は、魔女《まじょ》や魔術師《まじゅつし》はある人間《にんげん》の命《いのち》をうばいたいときに、こうして写真《しゃしん》を傷《きず》つけることがあるのだ、と説明《せつめい》した。写真《しゃしん》の顔《かお》が消《き》えるまで水滴《すいてき》を落《お》としたり、ナイフで削《けず》り取《と》ったりすることもある。どちらも、わら人形《にんぎょう》を作《つく》って釘《くぎ》をさすのと同《おな》じで、魔法《まほう》で相手《あいて》を呪《のろ》い殺《ころ》す方法《ほうほう》なのだった。

ローズ・リタは目《め》を大《おお》きく見開《みひら》いた。「つまり、だれかがツィマーマン夫人《ふじん》のことを殺《ころ》そうとしたってこと？」

ツィマーマン夫人《ふじん》は神経質《しんけいしつ》に笑《わら》った。「いいえ、ちがいますよ。そうは言《い》ってませんよ。ただ、こういうことがあるとね、つまり自分《じぶん》の写《うつ》っている写真《しゃしん》があって、自分《じぶん》の顔《かお》が……その、削《けず》れてたら……まあ、ただのおかしな偶然《ぐうぜん》ですよ。でもね、わたしみたいに魔法《まほう》をちょっとばかしかじっていると、おかしなことを考《かんが》えちまうんですよ。用心《ようじん》しなくちゃいけないときもあるわけ」

ローズ・リタは目《め》をぱちくりさせた。「どういうこと？」

「わたしは、この写真《しゃしん》を燃《も》やすつもりなの」ツィマーマン夫人《ふじん》はぶっきらぼうに言《い》った。

「さあ、もうこの話《はなし》はやめましょう。いいわね？」

その夜《よる》おそく、ローズ・リタはベッドに横《よこ》になって眠《ねむ》ろうとしていた。ツィマーマン夫《ふ》人《じん》は一階《かい》の宿泊客用《しゅくはくきゃくよう》の休憩室《きゅうけいしつ》で本《ほん》を読《よ》んでいた――そのはずだ……ローズ・リタははっと気《き》づいて起《お》きあがると、窓辺《まどべ》にかけよった。たしか裏庭《うらにわ》に焼却炉《しょうきゃくろ》があったはずだ。はたして、焼却炉《しょうきゃくろ》の金《かな》あみの横《よこ》にツィマーマン夫人《ふじん》が立《た》っていた。網《あみ》の底《そこ》で、なにかがちろちろと赤《あか》い炎《ほのお》を出《だ》して燃《も》えている。ツィマーマン夫人《ふじん》は背中《せなか》を丸《まる》めて、じっと火《ひ》を見《み》つめていた。その顔《かお》に赤《あか》い光《ひかり》がチラチラと躍《おど》っている。ローズ・リタはこわくなった。ベッドに戻《もど》って眠《ねむ》ろうとしたけれど、昔話《むかしばなし》の魔女《まじょ》のように炎《ほのお》を見《み》つめるツィマーマン夫人《ふじん》の姿《すがた》が目《め》に焼《や》きついてはなれなかった。いったいなにが起《お》こっているんだろう？

第《だい》4章《しょう》　だれかいる

次《つぎ》の日《ひ》、朝《あさ》ごはんを食《た》べながら、ローズ・リタはツィマーマン夫人《ふじん》から写真《しゃしん》のことを聞《き》きだそうとした。けれどもツィマーマン夫人《ふじん》はそっけない口調《くちょう》で、あなたには関係《かんけい》ないことですよ、と言《い》っただけだった。当然《とうぜん》ローズ・リタはますます知《し》りたくなったけれど、いくら知《し》りたがったところでどうしようもない。少《すく》なくともしばらくは、謎《なぞ》は謎《なぞ》のまま置《お》いておくほかはなさそうだった。

それから二、三日《にち》たって、ローズ・リタとツィマーマン夫人《ふじん》はウィスコンシンの州《しゅう》ざかいの町《まち》にやってきた。その夜《よる》はまた民宿《みんしゅく》に泊《と》まることになり、部屋《へや》に落《お》ちつくと、ローズ・リタは絵《え》はがきを出《だ》しにいった。その帰《かえ》り道《みち》、高校《こうこう》の体育館《たいいくかん》の前《まえ》を通《とお》りかかると、土《ど》曜《よう》のダンスパーティの真《ま》っ最中《さいちゅう》だった。その夜《よる》は暑《あつ》かったので、体育館《たいいくかん》のドアはあけはなしてあった。ローズ・リタは一瞬《いっしゅん》、入口《いりぐち》の前《まえ》で立《た》ちどまってなかをのぞいた。ダンスフロアで高校生《こうこうせい》たちが思《おも》い思《おも》いに踊《おど》っていた。その頭上《ずじょう》でたくさんの小《ちい》さな鏡《かがみ》におおわれた大《おお》きなボールが回転《かいてん》し、踊《おど》っている生徒《せいと》たちに無数《むすう》の光《ひかり》をまきちらしている。体育館《たいいくかん》のなかは、青《あお》と赤《あか》のやわらかな光《ひかり》に包《つつ》まれていた。ローズ・リタは立《た》ったまま、その光景《こうけい》に見入《みい》った。夢《ゆめ》のようだった。いつのまにか、ローズ・リタはダンスパーティも楽《たの》しいかもしれないと思《おも》いはじめていた。けれどもそのとき、壁《かべ》ぎわのサイドラインのところに女《おんな》の子《こ》が何人《なんにん》か立《た》っているのが目《め》に入《はい》った。あの女《おんな》の子《こ》たちは踊《おど》る相手《あいて》がいないのだ。あそこにただ立《た》って、見《み》ているだけ。どう見《み》ても、パーティを楽《たの》しんでいるようには見《み》えなかった。

悲《かな》しみがどっとおしよせてきた。涙《なみだ》で目《め》がチクチクする。来年《らいねん》は自分《じぶん》もあの壁《かべ》の花《はな》のなかにいるのだろうか？　そんなことなら、汽車《きしゃ》に乗《の》ってカリフォルニアにでもいって、一生《いっしょう》あてもなくさまようほうがましだ。女《おんな》の子《こ》でもルンペンになれるんだろうか？　そこまで考《かんが》えて、ローズ・リタは女《おんな》の子《こ》のルンペンなんて聞《き》いたことがないのに気《き》づいた。なんて不公平《ふこうへい》なの！　女《おんな》の子《こ》はなりたくたって浮浪者《ふろうしゃ》にすらなれないんだ。

それから宿《やど》に着《つ》くまで、ローズ・リタは怒《いか》りつづけていた。宿《やど》に戻《もど》ってくるとドンドンドンと階段《かいだん》をあがり、網戸《あみど》をぴしゃりと閉《し》めた。ツィマーマン夫人《ふじん》はポーチにすわって、ひとりトランプをしていたが、ローズ・リタを見《み》たとたん、なにかあったことに気《き》づいた。

「どうしたの？　世《よ》の中《なか》ってものにうんざりしたのかしら？」

「そうね」ローズ・リタはむっつりとして言《い》った。「ちょっとすわって話《はな》してもいい？」

「もちろんですよ」ツィマーマン夫人《ふじん》はそう言《い》って、トランプを集《あつ》めて重《かさ》ねた。「どうしようもなくつまらなくなってたところだったのよ。で、どうしたわけ？」

ローズ・リタはブランコいすに腰《こし》をおろして軽《かる》くこぐと、だしぬけに言《い》った。「このままルイスと仲良《なかよ》くしてたら、ふたりでデートしたり、ダンスにいったり、そういうことをしなくちゃいけなくなるの？」

ツィマーマン夫人《ふじん》はちょっと驚《おどろ》いたようだった。そして一瞬《いっしゅん》、宙《ちゅう》を見《み》つめ、考《かんが》えた。

「いいえ」ツィマーマン夫人《ふじん》はおもむろに言《い》って、ブランコをゆすった。「いいえ、わたしはそうは思《おも》いませんよ。あなたがそうしたくないならね。あなたはルイスを友《とも》だちとして好《す》きなのであって、ルイスが花束《はなたば》を抱《かか》えて玄関《げんかん》に現《あらわ》れたから好《す》きなわけじゃないんでしょ。それは変《か》わらないと思《おも》いますよ」

「やっぱり最高《さいこう》よ、ツィマーマン夫人《ふじん》！」ローズ・リタはうれしそうに言《い》った。「うちのママにもそう言《い》ってくれない？　ママは、ルイスとわたしが来年《らいねん》にも結婚《けっこん》するくらいに思《おも》ってるんだから」

ツィマーマン夫人《ふじん》は顔《かお》をしかめた。「わたしがあなたのおかあさんに話《はな》したりしたら、ますますめんどうなことになるだけですよ」そう言《い》いながら、ツィマーマン夫人《ふじん》はまた新《あたら》しくトランプを並《なら》べはじめた。「もしわたしが家族《かぞく》のことに口出《くちだ》しをはじめたりしたら、あなたのおかあさんはよくは思《おも》いませんよ。それに、おかあさんは正《ただ》しいかもしれない。あなたとルイスみたいな友情《ゆうじょう》は、九十八パーセントの確立《かくりつ》でだめになるか、恋人同士《こいびとどうし》に発《はっ》展《てん》するものだから。もしかしたら、来年《らいねん》ルイスとあなたの関係《かんけい》は変《か》わっているかもしれない」

「でも、そんなことになってほしくないの」ローズ・リタは言《い》いはった。「わたしはルイスが好《す》き。すごくね。わたしはただこのままでいたいだけなの」

「ああ、でもそれが難《むずか》しいのよ！」ツィマーマン夫人《ふじん》は言《い》った。「なんだって、いつまでも同《おな》じではいられないんですよ。変《か》わりつづけるんです。あなたも変《か》わるし、ルイスも変《か》わる。あと六カ月《げつ》か一年後《ねんご》に、あなたたちがどうなっているかなんてだれにもわからないわ」

ローズ・リタは一瞬《いっしゅん》考《かんが》えた。「そうかもね」とうとうローズ・リタは言《い》った。「でも、もしルイスとわたしがこれから一生友《いっしょうとも》だちでいつづけようって決《き》めたら？　もしわたしが一生結婚《いっしょうけっこん》しなかったら？　みんなにオールドミスだって思《おも》われるかしら？」

ツィマーマン夫人《ふじん》はトランプの束《たば》をつかむと、ゆっくりと切《き》りはじめた。「そうね」ツィマーマン夫人《ふじん》は、よく考《かんが》えながら言《い》った。「もうかれこれ何年《なんねん》もわたしがオールドミスでかわいそうな人生《じんせい》を送《おく》っていると思《おも》っているひともいるでしょうね。つまり、夫《おっと》が死《し》んでからってことよ。たいていの女《おんな》のひとはさっさと再婚《さいこん》するわ。でもわたしはホーナスが死《し》んだとき、しばらくひとりでいようって決《き》めたの。世間《せけん》でいう、やもめぐらしってことね。それでどうかというと、あなたもわかっているとおり、そう悪《わる》くはないわ。もちろん、ジョナサンみたいな友《とも》だちがいることは大《おお》きいでしょうね。でもわたしが言《い》おうとしているのは、唯一絶対《ゆいいつぜったい》のいい生《い》きかたなんてものがあるわけじゃないってこと。わたしは結婚《けっこん》していたときも幸《しあわ》せだったし、未亡人《みぼうじん》になってからも幸《しあわ》せよ。だからいろいろなことをしてごらんなさい。それで、自分《じぶん》が一番好《いちばんす》きなものがなにか考《かんが》えてごらんなさい。もちろん、ひとつの生《い》きかたしかできないひと、決《き》まった状況《じょうきょう》でしか動《うご》けないひとたちもいる。でも、わたしはそういうのは悲《かな》しいひとたちだと思《おも》いますよ。あなたをそういうひととは思《おも》いたくないわ」

ツィマーマン夫人《ふじん》は話《はな》すのをやめて、宙《ちゅう》を見《み》つめた。ローズ・リタは口《くち》をあけてすわったまま、続《つづ》きを待《ま》った。けれども、ツィマーマン夫人《ふじん》はなにも言《い》わなかった。そして横《よこ》でローズ・リタが期待《きたい》に満《み》ちた目《め》で自分《じぶん》を見《み》つめているのに気《き》づくと、笑《わら》いだした。

「さあ、これでお説教《せっきょう》は終《お》わり」ツィマーマン夫人《ふじん》はくすりと笑《わら》った。「あなたが人生《じんせい》の生《い》きかたについてお手軽《てがる》な処方箋《しょほうせん》をほしがっているなら、どうかしてますよ。さあ、寝《ね》るまえにクリベッジでも一、二ゲームどう？　やるわね？」

「うん」ローズ・リタはにっこり笑《わら》って言《い》った。

ツィマーマン夫人《ふじん》はクリベッジのゲーム盤《ばん》を出《だ》してきて、ふたりは寝《ね》る時間《じかん》になるまでクリベッジをやった。それから二階《かい》へいった。いつもどおり、続《つづ》きで二部屋《へや》をとって、ひとつをローズ・リタ、ひとつをツィマーマン夫人《ふじん》が使《つか》っている。ローズ・リタは顔《かお》をあらって歯《は》をみがくと、ベッドに飛《と》びこんだ。枕《まくら》に頭《あたま》がつくかつかないかのうちに、ローズ・リタは眠《ねむ》っていた。

その夜《よる》おそく、午前《ごぜん》二時《じ》ごろ、ローズ・リタは目《め》を覚《さ》ました。なにかがおかしい。まちがいなくへんだ。けれども起《お》きあがってまわりを見《み》まわしても、部屋《へや》は平和《へいわ》そのものだった。鏡台《きょうだい》の鏡《かがみ》に月《つき》がぽっかりと浮《う》かび、街灯《がいとう》の明《あ》かりが押入《おしい》れの扉《とびら》に白《しろ》と黒《くろ》のふしぎな地《ち》図模様《ずもよう》を投《な》げかけている。ローズ・リタの洋服《ようふく》は、枕《まくら》もとのいすの上《うえ》にきれいにたたまれていた。どうしてへんな感《かん》じがするんだろう？

そう、なにかある。ローズ・リタにはそれが感《かん》じられた。緊張《きんちょう》でピリピリするのがわかる。心臓《しんぞう》がドキドキしている。ローズ・リタはゆっくりとシーツをはぎ、ベッドからおりた。しばらくぐずぐずしていたが、勇気《ゆうき》をふりしぼって押入《おしい》れまでいくと、さっと扉《とびら》をあけた。なかのハンガーがジャラジャラと鳴《な》った。ローズ・リタは小《ちい》さくひっとさけんでとびのいた。けれど、なかにはだれもいなかった。

ローズ・リタはほっとしてふうっとため息《いき》をついた。それからだんだんバカバカしくなってきた。わたしったら、まるで毎晩電気《まいばんでんき》を消《け》すまえにベッドの下《した》をのぞくおばあさんみたいなことをやってる。ところがベッドに戻《もど》ろうとしたとき、なにか音《おと》がした。となりの部屋《へや》だ。とたんに、またぞわぞわと恐怖《きょうふ》が押《お》し寄《よ》せてきた。ほら、落《お》ちつくのよ。ローズ・リタは自分《じぶん》にささやいた。それじゃ、ただの臆病者《おくびょうもの》じゃないの！　でもそのままベッドに戻《もど》ることはできなかった。のぞいてみなくては。

ツィマーマン夫人《ふじん》とローズ・リタの部屋《へや》のあいだのドアは細《ほそ》く開《ひら》いていた。ローズ・リタはゆっくりとドアのほうへ歩《ある》いていって、ノブに手《て》をかけた。ノブをまわすと、ドアはすうっと内側《うちがわ》に開《ひら》いた。ローズ・リタはぞっとした。ツィマーマン夫人《ふじん》のベッドのわきにだれかいる。ローズ・リタの目《め》は大《おお》きく見開《みひら》かれ、恐怖《きょうふ》で体《からだ》が凍《こお》りついた。それからいきなり大声《おおごえ》でさけぶと、部屋《へや》のなかに躍《おど》りこんだ。ドアがバタンと壁《かべ》に当《あ》たり、手《て》が電気《でんき》のスイッチを探《さぐ》りあてる。天井《てんじょう》の電球《でんきゅう》がぱっとつき、ツィマーマン夫人《ふじん》が起《お》きあがった。髪《かみ》はぼさぼさで、目《め》をぱちくりさせている。ところが、ベッドのわきにはだれもいなかった。だれも。

第《だい》5章《しょう》　緊急事態《きんきゅうじたい》

　ツィマーマン夫人《ふじん》は目《め》をこすった。シーツはくしゃくしゃで、足元《あしもと》にローズ・リタがぼうぜんと立《た》っていた。

「どうしたっていうの、ローズ・リタ！」ツィマーマン夫人《ふじん》は言《い》った。「新《あたら》しいゲームかなにか？　いったいぜんたいここでなにしてるの？」

　ローズ・リタは頭《あたま》がくらくらした。わたしはどうかしてしまったのだろうか。たしかにベッドのわきを動《うご》きまわる人影《ひとかげ》を見《み》た――まちがいなく見《み》たと思《おも》ったのに。「あの、ごめんなさい、ツィマーマン夫人《ふじん》。ほんとうにごめんなさい、ほんとうに！　だれか人《ひと》がいると思《おも》ったの」

　ツィマーマン夫人《ふじん》は首《くび》をかしげて、口《くち》のはしをゆがめた。「ロージー」ツィマーマン夫《ふ》人《じん》は冷《ひ》ややかに言《い》った。「少女探偵《しょうじょたんてい》ナンシー・ドルーの読《よ》みすぎよ。あなたが見《み》たのは、いすにかかってる服《ふく》でしょう。窓《まど》があいているから、風《かぜ》でゆれたんだわ。さあベッドにお戻《もど》りなさいな！　明日《あす》アッパー半島《はんとう》をぜんぶ見《み》るつもりなら、もう少《すこ》し眠《ねむ》っておかないとね」

ローズ・リタはツィマーマン夫人《ふじん》の枕《まくら》もとのいすを見《み》つめた。たしかにいすの背《せ》に紫《むらさき》のドレスがむぞうさにかけられている。でも、今夜《こんや》は蒸《む》し暑《あつ》くて、風《かぜ》などそよともふいていない。いすにかかったドレスを、部屋《へや》を歩《ある》きまわる人影《ひとかげ》とかんちがいするとは思《おも》えなかった。でも、だったらあれはなんだったの？　わからなかった。ローズ・リタはどうしたらいいのかわからずに恥《は》ずかしくなって、あとずさりした。「お、おやすみなさい、ツィマーマン夫人《ふじん》」ローズ・リタはつかえながら言《い》った。「あの、起《お》こしちゃって、ご、ごめんなさい」

ツィマーマン夫人《ふじん》は優《やさ》しくほほえんだ。そして肩《かた》をすくめてみせた。「いいのよ、ロージー。だいじょうぶ。ちょうど恐《おそ》ろしい夢《ゆめ》を見《み》ていたのよ。そう、思《おも》いだしたんですよ……いいわ。また今度《こんど》話《はな》すから。じゃあ、おやすみ。ぐっすりお眠《ねむ》りなさい」

「うん」ローズ・リタは電気《でんき》を消《け》して、自分《じぶん》の部屋《へや》に戻《もど》った。そしてベッドに横《よこ》になったけれど、眠《ねむ》れなかった。ローズ・リタは手《て》を頭《あたま》の後《うし》ろで組《く》み、じっと天井《てんじょう》を見《み》つめた。不《ふ》安《あん》だった。まずあの写真《しゃしん》、そして今度《こんど》はこれだ。なにかが起《お》こっている。なにかが起《お》ころうとしているのに、それがなにか見当《けんとう》もつかない。まだある。オレーの農場《のうじょう》に入《はい》ったどろぼう。それから空《から》の指輪《ゆびわ》の箱《はこ》。ぜんぶ、今夜《こんや》のことと関係《かんけい》あるのだろうか？　ローズ・リタはいっしょうけんめい考《かんが》えたけれど、なんの答《こた》えも浮《う》かばなかった。大《おお》きくて複雑《ふくざつ》なジグゾーパズルのピースが二、三個《こ》だけあるようなものだ。ピースだけ見《み》ても、なんの絵《え》だかまったくわからない。ツィマーマン夫人《ふじん》だって、同《おな》じくらい不安《ふあん》に思《おも》っているにちがいない。いや、わたしなんかよりもっと心配《しんぱい》しているはずだ。だって、奇妙《きみょう》なことはぜんぶツィマーマン夫人《ふじん》の身《み》に起《お》こっているんだもの。でももちろん、ツィマーマン夫人《ふじん》は自分《じぶん》が動揺《どうよう》しているのを表《おもて》に出《だ》したりしない。困《こま》っているひとにはいつでも手《て》を差《さ》しのべるけれど、自分《じぶん》のことは自分《じぶん》で始末《しまつ》する。そういうひとなのだ。ローズ・リタはぎゅっとくちびるをかんだ。自分《じぶん》が無力《むりょく》に感《かん》じられた。なにか恐《おそ》ろしいことが迫《せま》ってきている予感《よかん》がするのに。いったいなにが？　それすらわからないのだ。

次《つぎ》の日《ひ》の夕方《ゆうがた》、ツィマーマン夫人《ふじん》とローズ・リタはアイロンウッドの町《まち》から二十マイルほどはなれた、わだちだらけのがたがた道《みち》を走《はし》っていた。もうかれこれ一時間《じかん》ほど走《はし》っているけれど、そろそろひきかえしたほうがよさそうだ。ツィマーマン夫人《ふじん》はローズ・リタに、むかし家族《かぞく》ぐるみでなかよくしていたひとが持《も》っていた銅山《どうざん》を見《み》せるつもりだった。角《かど》を曲《ま》がるたびに、今度《こんど》こそ見《み》えるはずだと思《おも》うのに、山《やま》は現《あらわ》れない。ツィマーマン夫人《ふじん》はがっかりしていた。

ともかくひどい道《みち》だった。ベッシィがポンポンはねたり、がたがたゆれたりするせいで、ローズ・リタはミキサーのなかにいるような気《き》がした。車《くるま》はしょっちゅう道路《どうろ》のくぼみに落《お》ち、はねあげた石《いし》が底面《ていめん》に当《あ》たって、にぶい鐘《かね》のような音《おと》をたてた。おまけに今日《きょう》も暑《あつ》かった。ローズ・リタの顔《かお》から汗《あせ》がふきだし、メガネがしょっちゅうくもる。ブヨが窓《まど》から入《はい》ってきてブンブン飛《と》びまわり、ローズ・リタの腕《うで》をさそうとした。そのたびにぴしゃりとたたいていたから、しまいには腕《うで》がヒリヒリした。

とうとうツィマーマン夫人《ふじん》はブレーキを踏《ふ》んだ。そしてエンジンを切《き》ると言《い》った。「もうだめ！　どうしても銅山《どうざん》を見《み》せたかったけど、道《みち》がちがったんだわ。戻《もど》ったほうがいいわね……う、痛《いた》い！」

ツィマーマン夫人《ふじん》はハンドルをにぎりしめて、体《からだ》を折《お》りまげた。ハンドルをにぎった手《て》は蒼白《そうはく》で、顔《かお》は痛《いた》みにゆがんでいる。ツィマーマン夫人《ふじん》はおなかをぎゅっと押《お》さえた。「なんて……こと！」ツィマーマン夫人《ふじん》はあえいだ。「こんなこと……今《いま》まで……」顔《かお》をしかめて、目《め》を閉《と》じる。次《つぎ》に口《くち》を開《ひら》いたときは、ささやくような声《こえ》しか出《で》なかった。「ローズ・リタ？」

ローズ・リタはおびえていた。座席《ざせき》のはしに寄《よ》って、ツィマーマン夫人《ふじん》をじっと見《み》つめた。「なに、ツィマーマン夫人《ふじん》？　いったい……どうしたの？　どうかしたの？　だいじょうぶ？」

ツィマーマン夫人《ふじん》は弱々《よわよわ》しくほほえんでみせた。「いいえ、だいじょうぶじゃないようよ」ツィマーマン夫人《ふじん》は消《き》え入《い》りそうな声《こえ》で言《い》った。「盲腸《もうちょう》だと思《おも》う」

「たいへんだわ！」ローズ・リタが四年生《ねんせい》のとき、同《おな》じクラスの男《おとこ》の子《こ》が盲腸《もうちょう》で亡《な》くなった。その子《こ》の家族《かぞく》がただのひどい腹痛《ふくつう》だと思《おも》っているうちに、手遅《てお》くれになってしまったのだ。盲腸《もうちょう》は破裂《はれつ》し、男《おとこ》の子《こ》は死《し》んでしまった。ローズ・リタはうろたえた。「どうしよう！　ツィマーマン夫人《ふじん》、どうすればいい？」

「急《いそ》いで……病院《びょういん》へいかないと」ツィマーマン夫人《ふじん》は言《い》った。「ただひとつだけ問題《もんだい》なのは……あう！　ああ、痛《いた》い！」ツィマーマン夫人《ふじん》はまた体《からだ》を折《お》りまげ、もだえ苦《くる》しんだ。涙《なみだ》がぼろぼろと流《なが》れ、血《ち》が出《で》るほどきつくくちびるをかむ。「ただ問題《もんだい》は……」ツィマーマン夫人《ふじん》はハァハァあえいで、言葉《ことば》をつづけた。「問題《もんだい》なのは、わたしは運転《うんてん》できそうにないってことなの」

ローズ・リタは石《いし》のようにじっとすわったまま、ダッシュボードを見《み》つめた。そしてかすかにくちびるを動《うご》かして、言《い》った。「わたし……わたしできると思《おも》うわ、ツィマーマン夫人《ふじん》」

また次《つぎ》の痛《いた》みの波《なみ》がおそってきて、ツィマーマン夫人《ふじん》は目《め》を閉《と》じた。「なんて……なんて言《い》ったの？」

「わたしが運転《うんてん》できると思《おも》う、って言《い》ったの。まえに教《おし》えてもらったことがあるから」

正確《せいかく》にはほんとうとは言《い》えなかった。一年《ねん》ほどまえ、ローズ・リタはニュー・ゼベダイの近《ちか》くの農場《のうじょう》に住《す》んでいるいとこのところに遊《あそ》びにいった。いとこは十四歳《さい》で、トラクターを運転《うんてん》することができた。ローズ・リタがうるさくせがむので、とうとういとこはギ

ア の入《い》れかたとクラッチのつなぎかたを教《おし》えることをしぶしぶ承知《しょうち》した。そして家《いえ》のそばの畑《はたけ》に置《お》いてあったボロ車《ぐるま》を使《つか》って教《おし》えてくれたのだ。こつを教《おし》えてもらうと、ローズ・リタはひとりで練習《れんしゅう》して、最後《さいご》にはギアの場所《ばしょ》は完璧《かんぺき》に覚《おぼ》えこんだ。でも、実際《じっさい》に動《うご》いている車《くるま》はもちろん、エンジンがかかっている車《くるま》の運転席《うんてんせき》にすらすわったことはなかった。

ツィマーマン夫人《ふじん》はなにも言《い》わなかったが、ローズ・リタに車《くるま》をおりるよう合図《あいず》した。ローズ・リタがおりると、体《からだ》をひきずるようにしてローズ・リタがすわっていた席《せき》へうつり、おなかに手《て》をあてて倒《たお》れるようにドアにもたれかかった。ローズ・リタは歩《ある》いて運転《うんてん》席《せき》のほうへまわり、乗《の》りこんだ。そしてドアを閉《し》め、じっとハンドルを見《み》つめた。こわかった。けれども、心《こころ》のなかの声《こえ》が言《い》った。さあ、やるのよ。やるしかないの。ツィマーマン夫人《ふじん》はできない。病気《びょうき》なんだから。さあ、やるのよ、ローズ・リタ。

ローズ・リタは前《まえ》へ体《からだ》をずらし、座席《ざせき》のはしにすわった。ほんとうはいすを前《まえ》に出《だ》したかったけれど、ツィマーマン夫人《ふじん》が痛《いた》がるかもしれないと思《おも》ってできなかった。幸《さいわ》いなことにローズ・リタは十三歳《さい》のわりには大《おお》きかったし、ここ一年《ねん》でかなり背丈《せたけ》も伸《の》びていたから、ペダルに足《あし》が届《とど》いた。ローズ・リタは足《あし》でそっとアクセルをたたいた。ほんとうにできるだろうか？　やってみるしかない。

ツィマーマン夫人《ふじん》はギアを一速《いっそく》に入《い》れたままにしていた。でも、ギアが一速《いっそく》ではエンジンはかからない。ニュートラルにしなければならないのだ。少《すく》なくとも、ローズ・リタはそう教《おそ》わっていた。ローズ・リタは用心《ようじん》ぶかくクラッチペダルを踏《ふ》み、レバーをニュートラルに戻《もど》した。それからイグニションキーをまわした。すぐにエンジンがかかった。ローズ・リタは右足《みぎあし》をアクセルに、左足《ひだりあし》をクラッチにのせ、シフトレバーをぐっと手前《てまえ》にひっぱっておろした。そして教《おそ》わったとおり、ゆっくりとクラッチをあげはじめた。車《くるま》ががたがたっとゆれ、エンジンが止《と》まった。

「もっと……アクセルを……踏《ふ》まないと……」ツィマーマン夫人《ふじん》は息《いき》もたえだえに言《い》った。「クラッチを……あげるときに……そしたら動《うご》くから」

「わかった」ローズ・リタは緊張《きんちょう》で体《からだ》じゅうぶるぶるふるえていた。ローズ・リタはもう一度《いちど》ギアをニュートラルに戻《もど》すと、最初《さいしょ》からやりはじめた。今回《こんかい》はクラッチをあげるときに、アクセルをめいっぱい踏《ふ》みこんだ。車《くるま》はガタンとはねるように前《まえ》へ出《で》て、また止《と》まった。アクセルは踏《ふ》みこみすぎてもいけないようだ。ローズ・リタはどうすればいいかきこうとして、ツィマーマン夫人《ふじん》のほうを向《む》いた。ツィマーマン夫人《ふじん》は気《き》を失《うしな》っていた。もうひとりでやるほかない。

ローズ・リタは歯《は》ぎしりした。怒《おこ》っていた。「いいわ、もう一度《いちど》やってみるわよ」落《お》ちついたきっぱりとした声《こえ》でそう言《い》うと、ローズ・リタはもう一度《いちど》やったが、またエンジンは止《と》まってしまった。次《つぎ》もだめだったが、その次《つぎ》にどうにかクラッチをあげ、アクセルをちょうどいい具合《ぐあい》に踏《ふ》みこむことができた。車《くるま》はゆっくりと前《まえ》へ進《すす》みはじめた。

「やったわ、ベッシィ」ローズ・リタは歓声《かんせい》をあげた。その声《こえ》があまりに大《おお》きかったので、ツィマーマン夫人《ふじん》が目《め》をあけた。そして車《くるま》が動《うご》いているのを見《み》ると、目《め》をしばたたかせて、弱々《よわよわ》しくほほえんだ。「でかしたわ、ロージー」そうささやくように言《い》うと、またドアにもたれて、意識《いしき》を失《うしな》った。

ローズ・リタはどうにかして車《くるま》をUターンさせると、アイロンウッドの町《まち》へ向《む》けて走《はし》りだした。あたりはすっかり暗《くら》くなっていて、ライトをつけなければならなかった。道《みち》はがらんとして、農場《のうじょう》も家《いえ》もない。いくときに廃屋《はいおく》になった小屋《こや》の前《まえ》を通《とお》ったのを思《おも》いだしたけれど、あそこに人《ひと》が住《す》んでいるとは思《おも》えなかった。だめだ。偶然車《ぐうぜんくるま》が通《とお》りかかりでもしないかぎり、アイロンウッドへ戻《もど》る二車線《しゃせん》の舗装道路《ほそうどうろ》に出《で》るまで助《たす》けはない。ローズ・リタはごくりとつばを飲《の》みこんだ。なんとかこのまま運転《うんてん》しつづけることさえできれば、あとはどうにかなるはずよ。横《よこ》をちらりと見《み》ると、ツィマーマン夫人《ふじん》はドアにもたれて、目《め》を閉《と》じていた。ときたま、かすかにうめいている。ローズ・リタは歯《は》を食《く》いしばって、運《うん》転《てん》をつづけた。

ベッシィは丘《おか》をのぼってはくだり、でこぼこした石《いし》ころだらけの道《みち》をのろのろと進《すす》んでいった。青白《あおじろ》いヘッドライトの光《ひかり》が、前《まえ》の闇《やみ》に飲《の》みこまれていく。そのなかをガや夜《よる》の虫《むし》たちがひらひらと飛《と》んでいった。まるでまっくらなトンネルのなかを走《はし》っているようだ。道《みち》の両《りょう》わきに並《なら》んだ黒々《くろぐろ》とした松《まつ》の木《き》が、ローズ・リタのいく手《て》をはばむようにだんだんと押《お》しよせてくる。森《もり》のどこかで、フクロウがホーホーと鳴《な》いている。ローズ・リタは心《こころ》細《ぼそ》くてたまらなかった。ほんとうはもっとはやく走《はし》って、一刻《いっこく》もはやくこのおそろしい場《ば》所《しょ》からぬけだしたかった。だが、それもこわかった。こんなでこぼこ道《みち》でスピードをあげたら、どうなるかわからない。大《おお》きな重《おも》い車《くるま》を動《うご》かすのは、勇気《ゆうき》のいることだった。穴《あな》にはまるたびに、タイヤがとられて左右《さゆう》に大《おお》きくゆれる。でも、そのたびにローズ・リタはどうにかして車《くるま》をまっすぐに戻《もど》した。どうかお願《ねが》い、ローズ・リタは祈《いの》った。町《まち》へつれていって、ベッシィ。ツィマーマン夫人《ふじん》が死《し》んじゃうまえに、町《まち》へ着《つ》きますように。どうか……

いつからかはわからない。けれど、まっくらなくねくね道《みち》をしばらく走《はし》っているうちに、ローズ・リタはだれかが車《くるま》のなかにいるような気《き》がしてきた。なぜそう感《かん》じるかはわからなかった。でも、その感《かん》じはたしかにあったし、しつこくつきまとった。何度《なんど》もバックミラーをのぞいたけれど、なにも写《うつ》っていない。しばらくすると、頭《あたま》がどうかなりそうになってきた。そこで車《くるま》をとめて、ギアをニュートラルに入《い》れると、サイドブレーキをひいた。車《くるま》ががたんとゆれた。天井《てんじょう》の電気《でんき》をつけて、びくびくしながら後《うし》ろの座席《ざせき》をふりかえる。だれもいなかった。ローズ・リタは電気《でんき》をパチンと消《け》して、車《くるま》のギアを戻《もど》すと、また走《はし》りはじめた。でも、やはりだれかいるという感《かん》じはなくならない。バックミラーのほうを見《み》てはいけない。ローズ・リタは必死《ひっし》だった。しかし、急《きゅう》カーブを曲《ま》がるとき、ローズ・リタは思《おも》わずミラーを見《み》あげた。すると、人《ひと》の頭《あたま》のような影《かげ》とぎらぎら光《ひか》る目《め》がふたつ見《み》えた。

ローズ・リタは悲鳴《ひめい》をあげて、ハンドルを左《ひだり》に切《き》った。タイヤがキキキキキと鳴《な》り、ベッシィは道《みち》からはずれて、急斜面《きゅうしゃめん》をすべりおちた。車《くるま》が大《おお》きくはずんで、ツィマーマン夫人《ふじん》のぐったりとした体《からだ》はドアにたたきつけられ、それから反対側《はんたいがわ》にすべってローズ・リタにぶつかった。ローズ・リタはパニックになって、ハンドルをつかみ必死《ひっし》でブレーキを探《さが》したが、足《あし》は空《くう》をきった。車《くるま》は暗闇《くらやみ》のなかへ落《お》ちていった。外《そと》でシュウシュウパチパチという音《おと》が聞《き》こえ、ふしぎなにおいがした。ローズ・リタは熱《ねつ》にうかされたようにぐるぐるまわる頭《あたま》で考《かんが》えた。わたしったら、こんなときになんのにおいだろうなんて考《かんが》えてる。シュウシュウパチパチいう音《おと》はますます大《おお》きくなり、ついにローズ・リタの足《あし》がブレーキを探《さが》しあてた。体《からだ》ががくんと前《まえ》に出《で》て、フロントガラスに頭《あたま》がぶつかった。ローズ・リタは気《き》を失《うしな》った。

第《だい》6章《しょう》　満塁《まんるい》ホームラン

ローズ・リタは夢《ゆめ》のなかで、海《うみ》をただよっている丸太《まるた》にしがみついていた。だれかがしゃべりかけている。「だいじょうぶですか？　だいじょうぶですか？」なんてばかなことをきくの、とローズ・リタは思《おも》った。それから目《め》をあけた。ベッシィの運転席《うんてんせき》にいた。車《くるま》の横《よこ》におまわりさんが立《た》っている。おまわりさんはあいた窓《まど》から手《て》をさし入《い》れて、そっとローズ・リタにふれた。

「だいじょうぶですか、おじょうさん？」

ローズ・リタは弱々《よわよわ》しく頭《あたま》をふった。額《ひたい》に手《て》をやると、大《おお》きなこぶがあった。「ええ、だいじょうぶだと思《おも》います。このこぶがちょっと……そうだ、わたし、どうしたんだっけ？」ローズ・リタはぱっとふりかえって、車《くるま》がビャクシンの茂《しげ》みのなかにつっこんでいるのを見《み》た。ビャクシン！　においはこれだ！　汚《よご》れた窓《まど》から日《ひ》の光《ひかり》がさしこんでいる。

そして、横《よこ》の座席《ざせき》にツィマーマン夫人《ふじん》が横《よこ》たわっていた。ぐっすり眠《ねむ》っている。それともまさか……？

ローズ・リタは手《て》を伸《の》ばして、ツィマーマン夫人《ふじん》の肩《かた》をゆさぶった。「起《お》きて、ツィマーマン夫人《ふじん》！」ローズ・リタは涙《なみだ》でむせびながら言《い》った。「お願《ねが》い、起《お》きて、起《お》き……」

おまわりさんの手《て》がローズ・リタの腕《うで》をぐっとおさえた。「動《うご》かさないほうがいい。もしかしたら骨《ほね》を折《お》っているかもしれない。救急車《きゅうきゅうしゃ》をよんであります。運《はこ》ぶまえによく調《しら》べてくれるでしょう。なにがあったんです？　居眠《いねむ》り運転《うんてん》？」

ローズ・リタは首《くび》をふった。「ツィマーマン夫人《ふじん》を病院《びょういん》へ運《はこ》ぼうとしていたんです。とつぜん具合《ぐあい》が悪《わる》くなったんです。わたしこわくて、道《みち》からはずれてしまって。まだ十三歳《さい》で、免許《めんきょ》も持《も》っていないんです。ろうやに入《はい》らなくちゃいけませんか？」

おまわりさんは悲《かな》しげにほほえんだ。「いいえ、おじょうさん。少《すく》なくとも今回《こんかい》はね。でも、自分《じぶん》で運転《うんてん》しようだなんて、あまりかしこいやりかただったとは言《い》えませんね。たとえ緊急事態《きんきゅうじたい》だったとしてもね。死《し》んでしまうかもしれなかったんですよ。実際《じっさい》、もしこのやぶがなかったら、ほんとうに死《し》んでいたんです。そこにいらっしゃるお友《とも》だちもね。お友《とも》だちはちゃんと息《いき》をしていらっしゃいますよ。今《いま》さっき、確《たし》かめましたから。あとはじっとすわって、救急車《きゅうきゅうしゃ》がくるのを待《ま》つだけです」

それからしばらくして、大《おお》きな白《しろ》い車体《しゃたい》に赤《あか》い十字《じゅうじ》をつけた救急車《きゅうきゅうしゃ》がやってきてパトカーの横《よこ》にとまった。白《しろ》い服《ふく》を着《き》た男《おとこ》のひとがふたりおりてきて、そろそろと土手《どて》をくだりはじめた。担架《たんか》を持《も》っている。ちょうどふたりが車《くるま》のところまできたとき、ツィマーマン夫人《ふじん》が目《め》を覚《さ》ました。救急隊員《きゅうきゅうたいいん》はツィマーマン夫人《ふじん》の状態《じょうたい》を調《しら》べ、動《うご》かせるとわかると、そっと車《くるま》から出《だ》して担架《たんか》の上《うえ》に寝《ね》かせた。それからゆっくりと土手《どて》をのぼりはじめた。ツィマーマン夫人《ふじん》をぶじに救急車《きゅうきゅうしゃ》へ運《はこ》びこむと、今度《こんど》はローズ・リタの番《ばん》だった。軽《かる》い打僕《だぼく》とショックだけで、あとはだいじょうぶだとわかった。ローズ・リタは自分《じぶん》で土手《どて》をのぼって、ツィマーマン夫人《ふじん》といっしょに救急車《きゅうきゅうしゃ》の後《うし》ろへ乗《の》りこんだ。救急車《きゅうきゅうしゃ》はサイレンを鳴《な》らして、アイロンウッドの町《まち》へ向《む》かった。

それから三日間《かかん》、ツィマーマン夫人《ふじん》はアイロンウッドの病院《びょういん》に入院《にゅういん》した。原因不明《げんいんふめい》の痛《いた》みはあれっきりだった。お医者《いしゃ》さんは、痛《いた》みがあったところは盲腸《もうちょう》とは関係《かんけい》ないと言《い》った。

ツィマーマン夫人《ふじん》は不安《ふあん》にかられた。ある意味《いみ》で、痛《いた》みの原因《げんいん》がわからないほうがもっと悪《わる》い。いつ痛《いた》みが戻《もど》ってくるかもしれないと思《おも》うだけで、おそろしかった。爆発《ばくはつ》するかどうかわからない時限爆弾《じげんばくだん》を抱《かか》えて生活《せいかつ》しているようなものだ。

そのため、ツィマーマン夫人《ふじん》は自分《じぶん》の意《い》には反《はん》したけれど、お医者《いしゃ》さんたちがひととおり検査《けんさ》を終《お》えるまで、おとなしくベッドに寝《ね》ていた。看護師《かんごし》さんたちが注射《ちゅうしゃ》をして、血《ち》をとった。それからひどい味《あじ》の薬《くすり》を飲《の》ませ、カルテに記録《きろく》した。レントゲン写真《しゃしん》も撮《と》ったし、SFに出《で》てきそうなありとあらゆるふしぎな機械《きかい》の前《まえ》に立《た》たされたり、なかに入《い》れられたりした。お医者《いしゃ》さんもときおりやってきて、なんやかんやしゃべっていったが、肝心《かんじん》の知《し》りたいことはなにも言《い》わなかった。

そのあいだ、ローズ・リタは病院《びょういん》に泊《と》まった。ツィマーマン夫人《ふじん》はお医者《いしゃ》さんに状況《じょうきょう》を説明《せつめい》し、保険証書《ほけんしょうしょ》を見《み》せた（万《まん》が一《いち》のときのために、いつも財布《さいふ》に入《い》れて持《も》ち歩《ある》いていたのだ）。そこにははっきりと、ツィマーマン夫人《ふじん》が個室《こしつ》に入《はい》る権利《けんり》を持《も》っていることが記《しる》されていた。個室《こしつ》にはベッドがふたつあったので、片方《かたほう》をローズ・リタが使《つか》った。ローズ・リタはツィマーマン夫人《ふじん》とトランプやチェスをしたり、ラジオでナイターを聴《き》いて過《す》ごした。たまたまデトロイトでホワイトソックスが試合《しあい》をしていて、ツィマーマン夫人《ふじん》はホワイトソックスのファンだった。まえにシカゴに住《す》んでいたことがあったからだ。そこでふたりは敵味方《てきみかた》にわかれて応援《おうえん》し、ちょっとした言《い》い争《あらそ》いにまで発展《はってん》することもあったけれど、もちろん本気《ほんき》ではなかった。

たまに病室《びょうしつ》でぼんやりしているのが退屈《たいくつ》になると、ローズ・リタは外出《がいしゅつ》して、アイロンウッドの町《まち》を歩《ある》きまわった。公共図書館《こうきょうとしょかん》へいったり、土曜《どよう》の午後《ごご》の映画《えいが》を見《み》たこともあったし、ただなんとなく町《まち》を散策《さんさく》することもあった。一度《いちど》か二度《にど》迷《まよ》ったけれど、町《まち》のひとはとても親切《しんせつ》で、どちらのときもなんとか病院《びょういん》に戻《もど》ることができた。

ツィマーマン夫人《ふじん》が入院《にゅういん》して三日目《かめ》の午後《ごご》、ローズ・リタがたまたま空《あ》き地《ち》の前《まえ》を通《とお》りかかると、男《おとこ》の子《こ》たちが何人《なんにん》かでキャッチボールをしていた。男《おとこ》の子《こ》たちはキャッチボールにはあきていたけれど、試合《しあい》をするには人数《にんずう》がたりなかった。男《おとこ》の子《こ》たちはローズ・リタを見《み》ると、いっしょにやらないかと声《こえ》をかけてきた。

「やる！」ローズ・リタはさけんだ。「でも、わたしをとったほうのチームは、わたしをピッチャーにしてよ」

男《おとこ》の子《こ》たちは一瞬顔《いっしゅんかお》を見《み》あわせたが、急《いそ》いで相談《そうだん》して、本人《ほんにん》がやりたいと言《い》っているのだから、投《な》げられるんだろうという結論《けつろん》に達《たっ》した。ローズ・リタは野球《やきゅう》が好《す》きだったし、とくに投《な》げるのが大好《だいす》きだった。学校《がっこう》の女《おんな》の子《こ》のなかで、ソフトボールでカーブが投《な》げられるのはローズ・リタだけだし、ワインドアップのとき一瞬《いっしゅん》とまってから投《な》げたり、高《たか》く弧《こ》をえがく球《たま》や、ナックルボールまで投《な》げることができた。もっともナックルボールはあまりうまくいかなかったけれど、それはソフトボールだと大《おお》きくて握《にぎ》るのが難《むずか》しいからだ。ローズ・リタの下手投《したてな》げからくりだされる速球《そっきゅう》は有名《ゆうめい》だった。実際《じっさい》あまりにすごかったから、下手《へた》なバッターがいつも三振《さんしん》にならないように、ゆるい球《たま》を投《な》げるようたのまれていた。

こうしてローズ・リタは一度《いちど》も会《あ》ったことのない男《おとこ》の子《こ》たちとソフトボールをすることになった。ローズ・リタはヒットを何本《なんぼん》も打《う》ったし、鋭《するど》いライナーも素手《すで》でとった。投《な》げるほうも最高《さいこう》の出来《でき》だった。ところがたまたまクルーカットの体《からだ》の大《おお》きな男《おとこ》の子《こ》を三振《さんしん》にとってから、めんどうなことになった。その子《こ》は自分《じぶん》のことをうまい選手《せんしゅ》だと思《おも》っていた。女《おんな》の子《こ》に三振《さんしん》にとられるなんて許《ゆる》せなかったのだ。男《おとこ》の子《こ》はローズ・リタにありとあらゆるいやがらせをはじめた。ローズ・リタを〝メガネ〟と呼《よ》びつづけ、守備《しゅび》につくときわざと近《ちか》くを走《はし》りぬけてすれちがいざまにドンと押《お》したり、いやらしいばかにしたような調子《ちょうし》で「おっと、失礼《しつれい》、おじょうさま！」と言《い》ったりした。きわめつけは、試合《しあい》の終《お》わりのほうでローズ・リタがライナーを打《う》ったときだった。スリーベース・ヒットかと思《おも》われたが、ローズ・リタが頭《あたま》から三塁《さんるい》につっこむと、クルーカットがボールを握《にぎ》って待《ま》ちうけていた。肩《かた》でも腕《うで》でも背中《せなか》でもタッチできたのに、そいつはよりにもよってボールをローズ・リタの口《くち》のなかに押《お》しこんだのだ。これはほんとうに痛《いた》かった。試合《しあい》は一時中断《いちじちゅうだん》し、ローズ・リタはなんとか立《た》ち直《なお》ろうとした。前歯《まえば》が折《お》れていないことを確認《かくにん》して、そっとはれた上《うわ》くちびるをさすった。ほんとうは泣《な》きたかったけれど、懸命《けんめい》にがまんした。数分《すうふん》して、ローズ・リタはまた試合《しあい》に参加《さんか》した。

最終《さいしゅう》イニングで、ローズ・リタはクルーカットから満塁《まんるい》ホームランを打《う》って、チームを勝利《しょうり》に導《みちび》いた。ローズ・リタがホームベースに戻《もど》ってくると、チームが全員集《ぜんいんあつ》まってきて、「ローズ・リタ、ばんざい！」と三回《かい》さけんだ。最高《さいこう》の気分《きぶん》だった。けれども、ピッチャーマウンドのほうをふと見《み》ると、ローズ・リタのことをののしりつづけていたクルーカットがぎらぎら光《ひか》る目《め》でにらみつけていた。

「おい、メガネ!」クルーカットはさけんだ。「さぞかし鼻高々《はなたかだか》だろうな」

「ええ、そうよ」ローズ・リタはさけびかえした。「それがあんたと関係《かんけい》あるわけ?」

「べつに。おい、メガネ。おまえは野球《やきゅう》のことをどのくらい知《し》ってるんだ? え?」

「あんたなんか比《くら》べものにならないくらいよ」ローズ・リタはぴしゃりと言《い》った。

「へえ? 証明《しょうめい》してみろよ」

「どうやって?」

「どっちがたくさん野球《やきゅう》のことを知《し》ってるか、競争《きょうそう》するっていうのはどうだ? え? それともおまえは臆病者《おくびょうもの》か? そういうのをヒヨコっていうんだぜ。ピヨピヨピヨ、ピヨピヨピヨ」クルーカットは手《て》を羽《はね》みたいにバタバタさせ、お粗末《そまつ》なものまねを披露《ひろう》した。

ローズ・リタはにやりと笑《わら》った。こんなチャンスを見《み》のがす手《て》はない。なにしろローズ・リタは筋金入《すじがねい》りの野球《やきゅう》マニアなのだ。野球《やきゅう》に関《かん》することなら、それこそタイ・カップの生涯打率《しょうがいだりつ》から、公式記録《こうしききろく》にある単独《たんどく》でなされたトリプルプレーの数《かず》まで、なんだって知《し》っていた。スメッド・ジョリーが成《な》しとげた記録《きろく》――ひとつの打球《だきゅう》で四回《かい》もエラーした

――だってちゃんと知《し》っている。だから、この知《し》ったかぶりのクルーカットを野球《やきゅう》クイズで負《ま》かし、やつのせいではれたくちびるのおかえしをしてやれると踏《ふ》んだのだ。

ふたりの戦《たたか》いを見物《けんぶつ》しに、みんなが集《あつ》まってきた。男《おとこ》の子《こ》のなかから、涙目《なみだめ》で鼻声《はなごえ》のブロンドの子《こ》が、問題《もんだい》を出《だ》す役《やく》に選《えら》ばれた。最初《さいしょ》から激《はげ》しい戦《たたか》いだった。やってみると、クルーカットも野球《やきゅう》についてはかなりくわしいことが判明《はんめい》した。歴代《れきだい》の奪三振王《だつさんしんおう》の名前《なまえ》や、ここ三十試合《しあい》の勝利《しょうり》チームを言《い》えたし、ほかにもいろいろなことを知《し》っていた。けれどもローズ・リタも、クルーカットが知《し》っていることは知《し》っていたから、緊迫《きんぱく》した争《あらそ》いはたがいに一歩《ぽ》もゆずらないまま長期戦《ちょうきせん》に突入《とつにゅう》した。しかし、最後《さいご》に勝《か》ったのは、ローズ・リタだった。クリーヴランド・インディアンズのビル・ウォンブスガンスがワールドシリーズで唯一《ゆいいつ》の単独《たんどく》トリプルプレーを決《き》めたことを知《し》っていたのだ。クルーカットが最初《さいしょ》に答《こた》える権利《けんり》を持《も》っていたけれど、答《こた》えがわからなかった。そしてローズ・リタに番《ばん》がまわってきた。ローズ・リタはすぐに答《こた》えた。男《おとこ》の子《こ》たちは口々《くちぐち》に「やったー、ローズ・リタ！」とさけび、握手《あくしゅ》をしに走《はし》ってきた子《こ》までいた。

クルーカットはまっかな顔《かお》をして、ローズ・リタをにらみつけた。さっきまで怒《おこ》っていたとすれば、今《いま》は怒《いか》りくるっていた。「自分《じぶん》のことをすごく頭《あたま》がいいと思《おも》ってんだろ、え?!」

「そのとおりよ」ローズ・リタはごきげんで言《い》った。

クルーカットは手《て》を腰《こし》にあて、まっすぐローズ・リタの目《め》を見《み》た。「おれがどう思《おも》ってるか知《し》りたいか？　教《おし》えてやるよ。おまえみたいにへんな女《おんな》は見《み》たことない。へんな女《おんな》！」

まったくくだらないたわごとだった。ところがその言葉《ことば》はローズ・リタの胸《むね》につきさった。まるで顔《かお》をピシャリとはたかれたみたいに。一同《いちどう》が驚《おどろ》いたことに、ローズ・リタはわっと泣《な》いて、グラウンドから逃《に》げだした。へんな女《おんな》。まえにも同《おな》じことを言《い》われたことがある。そして悪《わる》いことに、ローズ・リタは自分《じぶん》でもそう思《おも》っていた。たまに、自分はほんとうにどこかおかしいんじゃないかと思《おも》うのだった。やることは男《おとこ》の子《こ》みたいなのに、実際《じっさい》は女《おんな》の子《こ》だ。そしていちばんの親友《しんゆう》は男《おとこ》の子《こ》だ。ローズ・リタの知《し》っている女《おんな》の子《こ》はだいたい、親友《しんゆう》も女《おんな》の子《こ》だった。なかにはもう男《おとこ》の子《こ》とデートをしている子《こ》もいて、どんなに楽《たの》しいか話《はな》してくれたけれど、ローズ・リタはそんなことちっともしたいと思《おも》わなかった。へんな女《おんな》——その言葉《ことば》はローズ・リタの心《こころ》に焼《や》きついた。

角《かど》まできてローズ・リタは立《た》ちどまった。ハンカチを出《だ》して目《め》をこすり、鼻《はな》をプーンとかむ。町《まち》ゆくひとが自分《じぶん》を見《み》るようすからして、かなりひどい状態《じょうたい》なのだろう。ローズ・リタは顔《かお》がかあっとほてるのがわかった。そして自分《じぶん》に腹《はら》を立《た》てた。あんなやつのせいで取《と》りみだした自分《じぶん》に、腹《はら》が立《た》ったのだ。ローズ・リタは歩《ある》きながら、ほんとうはいいことがいっぱいあったのを思《おも》いだそうとした。ほとんどひとりでチームを勝利《しょうり》に導《みちび》いたし、そのあとであったことは別《べつ》として、野球《やきゅう》クイズにも勝《か》ったのだ。ローズ・リタは口笛《くちぶえ》をふきはじめた。そのまま二、三ブロックも歩《ある》くと、気分《きぶん》はかなりよくなっていた。そこでようすを見《み》に病院《びょういん》へ戻《もど》ることにした。

ローズ・リタが病室《びょうしつ》に入《はい》っていくと、言《い》い争《あらそ》いの真《ま》っ最中《さいちゅう》だった。ツィマーマン夫人《ふじん》はベッドの上《うえ》に起《お》きあがって、困《こま》ったような顔《かお》をしている若《わか》いお医者《いしゃ》さんと言《い》いあっていた。

「ですが、ツィマーマン夫人《ふじん》」お医者《いしゃ》さんは訴《うった》えるように言《い》った。「今《いま》こそ、自分《じぶん》の健康《けんこう》を取《と》りもどす機会《きかい》なんですよ！　あと一日《にち》か二日《か》、待《ま》っていただければ、きっと原因《げんいん》をつきとめることが……」

ツィマーマン夫人《ふじん》はばかにしたようにさえぎった。「そうでしょうとも！　あと一年《ねん》もここにいて、身動《みうご》きひとつせずにじっと寝《ね》ていたら、床《とこ》ずれができて、あなたがたもようやくやることがわかるってわけでしょう？　おあいにくさま。もうだいぶ時間《じかん》を無駄《むだ》にしているんです。明日《あす》の朝《あさ》、ローズ・リタとわたしは出《で》ていきますから。あなたも、ほかの医者《いしゃ》と同《おな》じ、やぶ医者《いしゃ》ね！」

「ツィマーマン夫人《ふじん》、それはちょっと失礼《しつれい》じゃないですか。わたしたちはあなたによかれと思《おも》っていっしょうけんめいやってるんですよ。痛《いた》みの原因《げんいん》をつきとめようと思《おも》って、がんばっているんです。今《いま》までの検査《けんさ》の結果《けっか》がぜんぶ陰性《いんせい》だったというだけでは……」

お医者《いしゃ》さんはしゃべりつづけ、またツィマーマン夫人《ふじん》がわって入《はい》った。ローズ・リタはひじかけいすにすわって、《レディース・ホームジャーナル（主婦《しゅふ》むけ月刊誌《げっかんし》。一八八三年創刊《ねんそうかん》）》の影《かげ》にかくれた。どうかふたりが気《き》づきませんように。言《い》い争《あらそ》いはしばらくつづいた。お医者《いしゃ》さんは説得《せっとく》をつづけ、ツィマーマン夫人《ふじん》といえば、ローズ・リタも今《いま》まで見《み》たことがないほど手厳《てきび》しくて攻撃的《こうげきてき》だ。そしてとうとう、ツィマーマン夫人《ふじん》が勝《か》った。お医《い》者《しゃ》さんは、ツィマーマン夫人《ふじん》がそうしたいなら、と言《い》って明日《あす》の朝退院《あさたいいん》することを承知《しょうち》した。

ツィマーマン夫人《ふじん》はお医者《いしゃ》さんがクリップボードや聴診器《ちょうしんき》や薬箱《くすりばこ》をまとめて、出《で》ていくのをじっと見《み》ていた。ドアが閉《し》まると、ローズ・リタにそばへくるように手招《てまね》きした。

「ローズ・リタ。困《こま》ったことになったわ」

「え？」

「困《こま》ったことになったって言《い》ったの。このあいだ洋服《ようふく》をクリーニングに出《だ》したの。ほら、あれよ。具合《ぐあい》が悪《わる》くなったときに着《き》ていた服《ふく》。あなたがわたしの部屋《へや》でだれかを見《み》たと思《おも》った夜《よる》に、枕《まくら》もとのいすにかけてあった服《ふく》よ。覚《おぼ》えてる？」

ローズ・リタはうなずいた。

「そう、その服《ふく》が今日《きょう》戻《もど》ってきたの。いっしょに入《はい》っていたものを見《み》てちょうだい」ツィマーマン夫人《ふじん》はベッドのわきにある机《つくえ》の引《ひ》きだしをあけて、小《ちい》さな茶色《ちゃいろ》いマニラ紙《し》の封筒《ふうとう》をとりだした。そして中身《なかみ》をローズ・リタの手《て》にあけた。見《み》ると、小《ちい》さな金色《きんいろ》の安全《あんぜん》ピンと紙切《かみき》れだ。紙《かみ》には赤《あか》い字《じ》でなにか書《か》いてあったけれど、なにが書《か》いてあるのかは読《よ》めなかった。

「なにこれ？」

「呪文《じゅもん》ですよ。クリーニング屋《や》さんが、わたしの服《ふく》の内側《うちがわ》にとめてあるのを見《み》つけたんです。心配《しんぱい》しないで、あなたにはなんの害《がい》もないから。こういうものは、決《き》まったときに、決《き》まったひとにしか効果《こうか》がないように作《つく》られていますからね」

「じゃあ、つまり……」

「そう。あの夜《よる》の痛《いた》みの原因《げんいん》は、この紙切《かみき》れよ」ツィマーマン夫人《ふじん》は暗《くら》い顔《かお》でほほえんだ。「でもそんなことをあのインテリ・ドクターに言《い》ったら、どう思《おも》われることか！　あんなふうにひどい態度《たいど》をとったのは申《もう》し訳《わけ》ないけれど、それしかなかったんですよ、そうしなくちゃ、ここから出《で》ていけなかったからね」

ローズ・リタはぞっとして、紙切《かみき》れと安全《あんぜん》ピンを机《つくえ》に置《お》いてあとずさりした。「ツィマーマン夫人《ふじん》、これからどうするの？」

「さあね、わたしにもわからないんですよ、だれかがわたしをねらっている――それだけははっきりしているわ。でも、それがだれで、理由《りゆう》はなんなのかは、わからない。いくつか心当《こころあ》たりがないわけではないけど、今《いま》の時点《じてん》ではまだ話《はな》せない。申《もう》し訳《わけ》ないけどね。あなたに今話《いまはな》したのは、あの夜《よる》、道路《どうろ》から落《お》ちたことであなたに罪《つみ》の意識《いしき》を感《かん》じないでほしいからよ。あなたがこわかったのは当然《とうぜん》なんですから。あなたが後《うし》ろの座席《ざせき》で見《み》たのは……ともかくあれは空想《くうそう》じゃない。本物《ほんもの》よ」

ローズ・リタはぶるっとふるえた。「あれは……あれはなんだったの？」

「今《いま》はこれ以上《いじょう》言《い》わないほうがいいでしょう」ツィマーマン夫人《ふじん》は言《い》った。「でもこれだけはたしかよ。家《いえ》へ帰《かえ》らなくちゃ。なるべくはやくね。それで『マレウス・マルフィカラム』を手《て》に入《い》れないと」

「なに？」

「『マレウス・マルフィカラム』。むかしある修道士《しゅうどうし》が書《か》いた本《ほん》よ。意味《いみ》は〝魔女《まじょ》の鉄槌《てっつい》〟。つまり、黒魔術《くろまじゅつ》に手《て》を染《そ》めた者《もの》の攻撃《こうげき》をしりぞけるのに使《つか》う武器《ぶき》ってところね。役《やく》に立《た》ちそうな呪文《じゅもん》がたくさんのっているわ。ほんとうだったらとっくのむかしにぜんぶ暗記《あんき》しておかなきゃいけなかったけど、覚《おぼ》えていないのよ。だから本《ほん》を手《て》に入《い》れないと。ご親切《しんせつ》な公共図書館《こうきょうとしょかん》に置《お》いてあるような代物《しろもの》じゃないしね。明日朝《あすあさ》いちばんで家《いえ》に帰《かえ》りましょう。あなたには理由《りゆう》を話《はな》しておかなきゃと思《おも》ったのよ。こわがらせたくはなかったけど、もしわたしがなにも言《い》わないで行動《こうどう》しつづけたら、もっとこわがらせることになると思《おも》ったから」

ローズ・リタは紙切《かみき》れを指《ゆび》さした。「これはどうするの？」

「見《み》ていて」ツィマーマン夫人《ふじん》は机《つくえ》の引《ひ》きだしからマッチ箱《ばこ》を出《だ》した。そして灰皿《はいざら》に紙切《かみき》れを置《お》くと、火《ひ》をつけた。紙《かみ》が燃《も》えているあいだ、ツィマーマン夫人《ふじん》は灰皿《はいざら》の上《うえ》で十字《じゅうじ》を切《き》り、ぶつぶつとおかしな祈《いの》りを唱《とな》えた。ローズ・リタは食《く》いいるように見《み》つめた。こわかったけれど、同時《どうじ》に興奮《こうふん》してもいた。いきなりふつうの生活《せいかつ》から、冒険《ぼうけん》の世界《せかい》にほうりこまれたような気《き》がしていた。

その夜《よる》、ローズ・リタはツィマーマン夫人《ふじん》の荷造《にづく》りを手伝《てつだ》い、それから自分《じぶん》の荷物《にもつ》をまとめた。

ツィマーマン夫人《ふじん》は、ベッシィは病院《びょういん》の裏《うら》の駐車場《ちゅうしゃじょう》にとめてあると言《い》った。ビャクシンの茂《しげ》みからレッカー車《しゃ》がひっぱりあげて、地元《じもと》の修理工場《しゅうりこうじょう》のひとがひととおり調《しら》べてくれたのだ。ガソリンは満《まん》タン、オイルも交換《こうかん》し、油《あぶら》をさして、いつでも走《はし》れるようになっている。看護婦《かんごふ》さんが書類《しょるい》を持《も》ってきて、ツィマーマン夫人《ふじん》にサインをしてくださいと言《い》った。お医者《いしゃ》さんももう一度《いちど》きて、（やや冷《つめ》たく）気《き》をつけてお帰《かえ》りください、と言《い》った。これで用意《ようい》は整《ととの》った。ローズ・リタとツィマーマン夫人《ふじん》は少《すこ》しでも睡眠《すいみん》をとっておこうと、ベッドにもぐりこんだ。

最初《さいしょ》、ローズ・リタは興奮《こうふん》して眠《ねむ》れなかった。けれども真夜中近《まよなかちか》くになるとうつらうつらしはじめ、どうなったかわからないうちに、また目《め》を覚《さ》ました。枕《まくら》もとにツィマーマン夫人《ふじん》が立《た》っている。ツィマーマン夫人《ふじん》はローズ・リタをゆさぶって、懐中電灯《かいちゅうでんとう》の光《ひかり》を目《め》にあてた。

「さあ、ローズ・リタ！　起《お》きて！」ツィマーマン夫人《ふじん》はささやき声《ごえ》で言《い》った。「いきますよ！　さあ！」

ローズ・リタは頭《あたま》をふって目《め》をこすった。そしてメガネを探《さぐ》りあてると、かけた。「なに……どうしたの？」

「起《お》きてって言《い》ったんですよ！　農場《のうじょう》にいくんです。これから。はやくしないと！」

ローズ・リタはきつねにつままれたような気持《きも》ちだった。「農場《のうじょう》？　だって、昨日《きのう》は……」

「昨日言《きのうい》ったことは忘《わす》れてちょうだい。はやく服《ふく》を着《き》てついてきて。農場《のうじょう》にいって……忘《わす》れ物《もの》をとってこないと。さあ、はやく！　急《いそ》いで！」ツィマーマン夫人《ふじん》はもう一度《いちど》ローズ・リタを勢《いきお》いよくゆすると、目《め》に光《ひかり》をあてた。ツィマーマン夫人《ふじん》がこんなことをするのははじめてだ。声《こえ》はとげとげしいし、やることも荒《あら》っぽくて、乱暴《らんぼう》と言《い》ってもいいくらいだ。まるでほかのだれかがツィマーマン夫人《ふじん》の皮《かわ》をかぶっているみたいだった。それに、計画《けいかく》どおりまっすぐ家《いえ》に帰《かえ》らずに、農場《のうじょう》にいくだなんて。いったいどういうことだろう？

ローズ・リタが着《き》がえているあいだ、ツィマーマン夫人《ふじん》は身動《みうご》きひとつせずにじっと立《た》っていた。懐中電灯《かいちゅうでんとう》の白《しろ》い光《ひかり》の輪《わ》がまぶしくて、ツィマーマン夫人《ふじん》の顔《かお》は見《み》えなかったけれど、では見《み》たいかと言《い》われるとローズ・リタにはわからなかった。着《き》がえおわると、ローズ・リタは旅行《りょこう》カバンをつかみ、ツィマーマン夫人《ふじん》についていった。足音《あしおと》をしのばせてドアまでいき、細《ほそ》くあけて、長《なが》くて暗《くら》い廊下《ろうか》をのぞく。向《む》こうはしの机《つくえ》に、看護師《かんごし》さんがひとり、うとうとしながらすわっている。その上《うえ》の壁《かべ》にかかった電子時計《でんしどけい》がブンブン音《おと》をたてていた。病院《びょういん》じゅうが眠《ねむ》っているようだ。

「いくわよ！」ツィマーマン夫人《ふじん》は廊下《ろうか》に出《で》ると、階段《かいだん》のほうへ歩《ある》いていった。階段《かいだん》は病院《びょういん》の裏《うら》の駐車場《ちゅうしゃじょう》につづいていた。月《つき》に照《て》らされた駐車場《ちゅうしゃじょう》で緑《みどり》のプリマス、ベッシィが、いつもどおりじっと前《まえ》を見《み》つめて待《ま》っていた。ローズ・リタはトランクに荷物《にもつ》を積《つ》みこんだ。ツィマーマン夫人《ふじん》はエンジンをかけ、車《くるま》は走《はし》りだした。

車《くるま》は一日中《いちにちじゅう》、暑《あつ》くてほこりだらけの道《みち》をアッパー半島《はんとう》まで走《はし》りつづけた。まるで悪夢《あくむ》のような道《みち》のりだった。いつもは、ツィマーマン夫人《ふじん》は最高《さいこう》の道《みち》づれだ。笑《わら》ったり、冗談《じょうだん》を言《い》ったり、歌《うた》を歌《うた》ったり、ともかくだまっていることはない。それにもあきると、なにもないところからマッチをぱっと出《だ》すとか、声色《こわいろ》を変《か》えて道路《どうろ》のわきの草《くさ》がしゃべっているみたいに見《み》せかけるとか、ちょっとした魔法《まほう》を見《み》せてくれるときもあった。ところが今日《きょう》は、走《はし》っているあいだじゅう、だまりこくっている。なにか深《ふか》く考《かんが》えこんでいるようすだ。でも、なにを考《かんが》えているのかけっして話《はな》そうとしない。それにひどくおびえている。血走《ちばし》った目《め》でチラチラとまわりを見《み》まわし、一度《いちど》などびくっとしたひょうしにもう少《すこ》しで道路《どうろ》から飛《と》びだしそうになった。ローズ・リタはドアのほうに縮《ちぢ》こまって、じっとすわっていた。手《て》が汗《あせ》でじっとりしている。どうすればいいのかわからなかったし、言《い》うべき言葉《ことば》も見《み》つからなかった。

太陽《たいよう》がマッキノー水道《すいどう》の向《む》こうに沈《しず》むころ、ベッシィはセント・イグナス埠頭《ふとう》の駐車場《ちゅうしゃじょう》にバスンバスンと音《おと》をたててとまった。フェリーは出《で》たばかりで、次《つぎ》のがくるまでまる一時間《じかんま》待たなければならない。待《ま》っているあいだ、ふたりともひとこともしゃべらなかった。ローズ・リタは車《くるま》をおりて、サンドイッチを買《か》いにいった。ローズ・リタの思《おも》いつきだ。ツィマーマン夫人《ふじん》はもはや昼《ひる》ごはんのことなど頭《あたま》になかった。とうとうフェリーが入《はい》ってきた。グランド・トラヴァース・ベイ号《ごう》だ。空《そら》は暗《くら》く、水道《すいどう》の上《うえ》に月《つき》がのぼってきた。ツィマーマン夫人《ふじん》はベッシィを発進《はっしん》させると、タラップをガタガタと渡《わた》り、まっくらでガランとした船倉《せんそう》へおりていった。

車《くるま》をとめて、車輪《しゃりん》を固定《こてい》すると、ローズ・リタは車《くるま》をおりようとした。ところが、ツィマーマン夫人《ふじん》は運転席《うんてんせき》にすわったまま、動《うご》こうとしない。

「ツィマーマン夫人《ふじん》？」ローズ・リタはおそるおそる呼《よ》んだ。「上《うえ》へいかないの？」

ツィマーマン夫人《ふじん》ははっとして、頭《あたま》をふった。そしてまるではじめて見《み》るように、ローズ・リタをじっと見《み》つめた。「上《うえ》へ？　ああ……そうね。そうだわ。いきましょう」そして車《くるま》からおりると、夢遊病者《むゆうびょうしゃ》のようにトントントンと階段《かいだん》をあがって甲板《かんぱん》へ出《で》た。

ほんとうなら、とてもすばらしい旅《たび》になるはずだった。月《つき》の光《ひかり》がふりそそぎ、甲板《かんぱん》やさざ波《なみ》のたつ水面《すいめん》は銀色《ぎんいろ》に輝《かがや》いている。ローズ・リタはなんとかしてツィマーマン夫人《ふじん》を甲《かん》板《ぱん》の散歩《さんぽ》に誘《さそ》いだそうとしたけれど、うまくいかなかった。ツィマーマン夫人《ふじん》はじっとベンチにすわったまま、靴《くつ》を見《み》つめている。ローズ・リタはこわくなった。もう、これは冒《ぼう》険《けん》じゃない。こんな旅行《りょこう》にくるんじゃなかった。ローズ・リタは心《こころ》の底《そこ》から後悔《こうかい》した。ニュー・ゼベダイへ帰《かえ》りたい。帰《かえ》りさえすれば、きっとジョナサンおじかお医者《いしゃ》のハンフリー先生《せんせい》がどこが悪《わる》いのか見《み》つけてくれる。そしてもとどおりのツィマーマン夫人《ふじん》に戻《もど》してくれるはずだ。もう自分《じぶん》がツィマーマン夫人《ふじん》のためになにかできるとは思《おも》えなかった。どうしようもなく無力《むりょく》だった。できることは、ついていてあげることだけ。たえず付《つ》きそい、待《ま》つことだけだった。

約《やく》一時間後《じかんご》、ツィマーマン夫人《ふじん》とローズ・リタはオレー・ガンダーソンの農場《のうじょう》へつづく砂利道《じゃりみち》を走《はし》っていた。とちゅうでガート・ビガーの店《みせ》の前《まえ》を通《とお》ったけれど、店《みせ》は閉《し》まっていた。ポーチにポツンと小《ちい》さな常夜灯《じょうやとう》がついているきりだった。

これ以上《いじょう》がまんできなかった。「ツィマーマン夫人《ふじん》」ローズ・リタはさけぶように言《い》った。「どうして農場《のうじょう》にいくの？　いったいなにが起《お》こってるの？」

最初《さいしょ》、ツィマーマン夫人《ふじん》はなにも言《い》わなかった。それから生気《せいき》のない声《こえ》でのろのろと言《い》った。「わからない。あそこでしなくちゃいけないことがある。でも、それがなにか思《おも》いだせない」

ふたりは走《はし》りつづけた。砂利《じゃり》がバリバリとタイヤに踏《ふ》まれてはねとんだ。ときおり長《なが》い葉《は》のついた枝《えだ》がドアや屋根《やね》をピシッとたたく。そして雨《あめ》がふりはじめた。大《おお》きな雨粒《あまつぶ》が窓《まど》ガラスを激《はげ》しくたたき、遠《とお》くでゴロゴロと雷鳴《らいめい》が聞《き》こえた。車《くるま》の前《まえ》でピカピカと稲妻《いなずま》が躍《おど》る。すると、農場《のうじょう》が現《あらわ》れた。ふたりが庭《にわ》に入《はい》っていくと、稲光《いなびかり》がひらめき、納屋《なや》の正面《しょうめん》を照《て》らしだした。じっと見《み》つめる窓《まど》の目《め》と、大《おお》きくあけたドアの口《くち》が浮《う》かびあがる。まるで怪物《かいぶつ》のように、あんぐりと口《くち》をあけてふたりを飲《の》みこもうとしていた。

雨《あめ》がふっていたので、ローズ・リタとツィマーマン夫人《ふじん》は家《いえ》と納屋《なや》をつなぐ屋根《やね》のついた通路《つうろ》から家《いえ》に入《はい》った。ドアのかぎをあけて明《あ》かりをつけようとしたが、つかない。このあいだきたとき未払《みはら》いのままのこっていた電気料金《でんきりょうきん》を払《はら》うのを忘《わす》れたために、電気《でんき》が止《と》められてしまったのだ。ツィマーマン夫人《ふじん》は戸棚《とだな》のなかをひっかきまわして、灯油《とうゆ》ランプを見《み》つけると、火《ひ》をともして台所《だいどころ》のテーブルの上《うえ》に置《お》いた。ローズ・リタはカゴをあけ、ふたりはすわって買《か》っておいたサンドイッチをもくもくと食《た》べた。くすぶった黄色《きいろ》い光《ひかり》に照《て》らされたツィマーマン夫人《ふじん》の顔《かお》はげっそりとやつれ、ひどく緊張《きんちょう》して見《み》えた。まるでなにかが起《お》こるのを待《ま》っているようだ。ローズ・リタは肩《かた》ごしにおそるおそるふりかえった。温《あたた》かいランプの光《ひかり》の輪《わ》の外《そと》は、陰《かげ》にしずんでいた。階段《かいだん》に闇《やみ》があふれだしている。あの階《かい》段《だん》をのぼって寝《ね》にいくのだと気《き》づいた瞬間《しゅんかん》、ローズ・リタはぞっとした。寝《ね》るなんてごめんだった。これ以上《いじょう》一分《ぷん》たりとも、オレーの家《いえ》にいたくない。ツィマーマン夫人《ふじん》を車《くるま》に押《お》しこめて運転《うんてん》させ、たとえ一晩《ひとばん》じゅうかかろうともニュー・ゼベダイへ戻《もど》りたい。けれどもローズ・リタはなにも言《い》わなかった。ツィマーマン夫人《ふじん》にかけられた魔法《まほう》が、まるでローズ・リタにもかかってしまったようだった。自分《じぶん》がまったく無力《むりょく》に感《かん》じられた。

外《そと》はどしゃぶりだった。正面《しょうめん》のポーチのブリキ屋根《やね》に当《あ》たる雨音《あまおと》が、ダンダンダンダンとひっきりなしに鳴《な》りひびく。ついにローズ・リタは、必死《ひっし》の思《おも》いでいすをひいて立《た》ちあがった。

「そろそろ……そろそろ寝《ね》なくちゃ、ツィマーマン夫人《ふじん》」ローズ・リタは、今《いま》にも消《き》えいりそうなかすれ声《ごえ》で言《い》った。体《からだ》の奥底《おくそこ》からしぼりだされたようだった。

「どうぞ、ローズ・リタ。わたしはここで……ちょっと考《かんが》えたいの」その声《こえ》は感情《かんじょう》がなく機械的《きかいてき》で、信《しん》じられないほど疲《つか》れきっていた。まるで寝言《ねごと》のようだ。

ローズ・リタは恐《おそ》ろしくなってあとずさりした。そしてカバンを持《も》つと、懐中電灯《かいちゅうでんとう》を出《だ》して、階段《かいだん》のほうに向《む》けた。懐中電灯《かいちゅうでんとう》をにぎりしめて階段《かいだん》をあがっていく。すぐ横《よこ》の壁《かべ》で自分《じぶん》の影《かげ》と手《て》すりの影《かげ》が不気味《ぶきみ》に躍《おど》った。はんぶんほどあがったところで、ローズ・リタは立《た》ちどまってうしろをふりかえった。黄色《きいろ》い光《ひかり》の輪《わ》のなかに、ツィマーマン夫人《ふじん》がすわっていた。テーブルの上《うえ》で手《て》を組《く》み、じっと前《まえ》を見《み》つめている。声《こえ》をかけても返事《へんじ》はもらえそうもなかった。ローズ・リタはごくりとつばを飲《の》みこむと、最後《さいご》まで階段《かいだん》をあがった。

黒《くろ》いクルミ材《ざい》のベッドのある部屋《へや》は、ローズ・リタが出《で》ていったときのままだった。毛《もう》布《ふ》をはがそうとして、ローズ・リタは手《て》をとめた。下《した》から音《おと》が聞《き》こえたのだ。小《ちい》さな音《おと》が一回《かい》だけ。コツン。ツィマーマン夫人《ふじん》の指輪《ゆびわ》の音《おと》だ。すると、また音《おと》が聞《き》こえた。今度《こんど》は三回《かい》。コツン、コツン、コツン。音《おと》は大《おお》きな時計《とけい》が時《とき》を刻《きざ》むように、ゆっくりと機械的《きかいてき》につづいた。ローズ・リタは懐中電灯《かいちゅうでんとう》をにぎりしめたまま、立《た》ちつくしていた。音《おと》に耳《みみ》を傾《かたむ》け、どういうことだろうと考《かんが》えた。

とつぜんドアのあくバタンという音《おと》が聞《き》こえた。ローズ・リタはかんだかい悲鳴《ひめい》をあげ、ぱっとふりかえった。そして部屋《へや》から飛《と》びだすと、階段《かいだん》をかけおりた。ローズ・リタは踊《おど》り場《ば》で立《た》ちすくんだ。テーブルがあり、ランプが燃《も》えている。

ツィマーマン夫人《ふじん》の財布《さいふ》と葉巻《はまき》ケースが見《み》える。玄関《げんかん》のドアは開《ひら》いていて、風《かぜ》でバタンバタンとゆれている。そしてツィマーマン夫人《ふじん》は消《き》えていた。

第《だい》7章《しょう》　意地《いじ》の悪《わる》いばあさん

ローズ・リタは玄関《げんかん》のポーチに出《で》た。手《て》に持《も》った懐中電灯《かいちゅうでんとう》はだらりと下《さ》がり、足元《あしもと》をぼんやりと照《て》らしている。はげしい雨《あめ》が靴《くつ》につきささり、稲妻《いなずま》が道路《どうろ》の向《む》こうで狂《くる》ったようにゆれる木々《きぎ》を照《て》らしだした。雷鳴《らいめい》がとどろく。ローズ・リタはぼうぜんとしていた。まるで夢《ゆめ》の中《なか》を歩《ある》いているような感覚《かんかく》だった。ツィマーマン夫人《ふじん》はいなくなってしまった。いったいどこへ？　なぜ？　なにが起《お》こったの？

ローズ・リタは両手《りょうて》をまるめて口《くち》にあて、大声《おおごえ》でさけんだ。「ツィマーマン夫人《ふじん》！ツィマーマン夫人《ふじん》！」だが答《こた》えはなかった。ローズ・リタは懐中電灯《かいちゅうでんとう》で前《まえ》を照《て》らしながら、慎重《しんちょう》に階段《かいだん》をおりた。下《した》までおりると、立《た》ちどまってまわりを見《み》まわした。ツィマーマン夫人《ふじん》が玄関《げんかん》から出《で》てポーチの階段《かいだん》をおりたなら、そのあとどちらへ向《む》かったかすぐにわかるはずだ。前庭《まえにわ》は一面《いちめん》に長《なが》い草《くさ》がおいしげっている。昨日《きのう》の夜《よる》きたとき、ふたりは屋根《やね》のある通路《つうろ》を使《つか》って家《いえ》に入《はい》ったから、草《くさ》にはまったくふれていない。はたしてローズ・リタが懐中電灯《かいちゅうでんとう》であたりを照《て》らすと、階段《かいだん》の下《した》に草《くさ》の踏《ふ》みしだかれた箇所《かしょ》があった。しかしどちらの方向《ほうこう》を見《み》ても、そこからつづいている道《みち》はない。まわりの草《くさ》は踏《ふ》まれたあともなく、濡《ぬ》れてつやつやした葉《は》を高《たか》く茂《しげ》らせている。まるでツィマーマン夫人《ふじん》は蒸発《じょうはつ》してしまったかのようだった。

ローズ・リタは恐怖《きょうふ》におそわれた。声《こえ》をかぎりに「ツィマーマン夫人《ふじん》！」とさけびながら、ローズ・リタは濡《ぬ》れた草《くさ》をかきわけて進《すす》み、道路《どうろ》に出《で》た。右《みぎ》を見《み》た。左《ひだり》を見《み》た。闇《やみ》と雨《あめ》だけだ。ローズ・リタは水《みず》たまりのなかにひざをついて、泣《な》きはじめた。両手《りょうて》で顔《かお》をおおい、はげしくむせび泣《な》いた。冷《つめ》たい雨《あめ》がふりそそぎ、体《からだ》の芯《しん》までずぶぬれになった。

ようやくローズ・リタは立《た》ちあがった。涙《なみだ》ではんぶんくもった目《め》で、酔《よ》っぱらったようにふらふらと家《いえ》へ向《む》かって歩《ある》きはじめる。が、玄関《げんかん》ポーチまできて、立《た》ちどまった。この家《いえ》にはもう戻《もど》りたくない。今《いま》はいやだ。暗《くら》いときだけは。ブルッとふるえてローズ・リタは家《いえ》に背《せ》を向《む》けた。でも、どこへいけばいいのだろう？

ベッシィ！　ローズ・リタは納屋《なや》にじっととまっているベッシィを思《おも》い浮《う》かべた。納屋《なや》も家《いえ》と同《おな》じで暗《くら》くて気味《きみ》が悪《わる》かった。でもベッシィは味方《みかた》だ。ローズ・リタは今《いま》ではすっかり、ベッシィを生《い》きた人間《にんげん》のように思《おも》っていた。あそこまでいって、車《くるま》のなかで眠《ねむ》ろう。ベッシィはローズ・リタを傷《きず》つけたりしない。ローズ・リタを守《まも》ってくれる。ローズ・リタは大《おお》きく深呼吸《しんこきゅう》すると、こぶしをぎゅっとにぎりしめ、納屋《なや》へ向《む》かって歩《ある》きはじめた。歩《ある》いていくローズ・リタに雨《あめ》がはげしくうちつけた。

大《おお》きな白《しろ》い扉《とびら》をあける音《おと》が、たるきに支《ささ》えられた高《たか》い天井《てんじょう》に反響《はんきょう》した。ベッシィは待《ま》っていた。ローズ・リタはベッシィのボンネットをそっとたたくと、後《うし》ろの座席《ざせき》に乗《の》りこみ、ドアをぜんぶロックした。そして横《よこ》になって眠《ねむ》ろうとしたけれど、むだだった。気《き》がはりつめていた。一晩《ひとばん》じゅう、ローズ・リタは濡《ぬ》れて、おびえて、疲《つか》れはてて、ひとりぼっちで、横《よこ》たわっていた。一度《いちど》か二度《にど》、窓《まど》に顔《かお》がうつったのを見《み》たような気《き》がしてはっと起《お》きあがった。でも、気《き》のせいだった。人《ひと》などだれもいなかった。

車《くるま》の天井《てんじょう》を見《み》つめて、嵐《あらし》の音《おと》に耳《みみ》を傾《かたむ》けながら、ローズ・リタは考《かんが》えた。ツィマーマン夫人《ふじん》は消《き》えてしまった。まるで魔法《まほう》みたいに。いや〝みたい〟ではない。ツィマーマン夫《ふ》人《じん》はまさに魔法《まほう》で消《き》えたのだ。

頭《あたま》のなかで、今《いま》まで起《お》こった出来事《できごと》をならべてみる。最初《さいしょ》に魔法《まほう》の指輪《ゆびわ》のことを記《しる》したオレーの手紙《てがみ》、次《つぎ》に空《から》の指輪《ゆびわ》の箱《はこ》。それから顔《かお》の削《けず》りとられた写真《しゃしん》、夜中《よなか》にツィマーマン夫人《ふじん》の部屋《へや》を動《うご》きまわっていた影《かげ》。そしてはげしい腹痛《ふくつう》。紙切《かみき》れ。農場《のうじょう》へ戻《もど》るときのツィマーマン夫人《ふじん》の奇妙《きみょう》なふるまい。でも、かぎになるのはどれだろう？　指輪《ゆびわ》？　だれかが指輪《ゆびわ》を手《て》に入《い》れて、ツィマーマン夫人《ふじん》に魔法《まほう》をかけたのだろうか？　それが一番《いちばん》すじの通《とお》った説明《せつめい》に思《おも》えた。けれどももっともらしい説明《せつめい》なんて、いくらでも浮《う》かんできた。ツィマーマン夫人《ふじん》は消《き》え、どこを探《さが》せばいいのかもわからない。もう死《し》んでしまったかもしれない。それに魔法《まほう》の指輪《ゆびわ》は……そんなものがあるとすればだけど……どっちにしろ、だれが持《も》っているかもわからないし、もしわかっていたところで、どうすればいいのか、ローズ・リタには見当《けんとう》もつかなかった。それが今置《いまお》かれた状況《じょうきょう》だった。

こんなふうに、ローズ・リタは一晩《ひとばん》じゅう堂々《どうどう》めぐりをつづけた。頭上《ずじょう》では雷鳴《らいめい》がとどろき、ときおり稲妻《いなずま》がひらめいてほこりだらけの高窓《たかまど》を明《あか》るく照《て》らしだした。そしてとうとう朝《あさ》が訪《おとず》れた。ローズ・リタがよろよろと太陽《たいよう》の光《ひかり》のなかに出《で》ていくと、すべてがいきいきと鮮《あざ》やかな緑色《みどりいろ》にきらめいていた。クロウタドリが前庭《まえにわ》のふしくれだったクワの大木《たいぼく》にたかって、実《み》をたらふくつめこんでいる。ローズ・リタは喜《よろこ》びがわきあがってくるのを感《かん》じた。が、次《つぎ》の瞬間《しゅんかん》ツィマーマン夫人《ふじん》のことを思《おも》いだし、またわっと泣《な》きだした。だめよ。ローズ・リタは自分《じぶん》に言《い》いきかせた。目《め》をしばたたかせて涙《なみだ》をこらえ、目《め》にかかった髪《かみ》をさっと払《はら》いのける。泣《な》いちゃだめ。泣《な》いたってなんにもなりゃしない。ばかね。行動《こうどう》するしかないのよ！

でも、いったいなにをすればいいのだろう？　家《いえ》から三百《びゃく》マイルもはなれたところで、それもたったひとりで？　一瞬無謀《いっしゅんむぼう》な考《かんが》えが浮《う》かんだ。ベッシィを運転《うんてん》してニュー・ゼベダイへ帰《かえ》ろう。アイロンウッドの町《まち》へ戻《もど》るときだって、少《すこ》しは運転《うんてん》したわけだし。でもローズ・リタはこわかった。おまわりさんにつかまるのがこわかったし、事故《じこ》もこわかった。それに家《いえ》に戻《もど》ったところで、ツィマーマン夫人《ふじん》は見《み》つからない。ほかの方法《ほうほう》を考《かんが》えなくては。

ローズ・リタは玄関《げんかん》の階段《かいだん》にすわって頭《あたま》を抱《かか》え、さらに考《かんが》えた。家《いえ》に電話《でんわ》して、迎《むか》えにきてもらおうか？　パパの声《こえ》が聞《き》こえるようだった。「ほらな、ルイーズ。あんないかれたばあさんとローズ・リタを出《だ》したりした結果《けっか》がこれだ！　コウモリばあさんはローズ・

リタをひとり置《お》いてほうきに乗《の》って飛《と》んでいっちまったってわけさ。これで次《つぎ》にいかれたばあさんと娘《むすめ》を出《だ》すなんてことを考《かんが》えたときには……」ローズ・リタは顔《かお》をしかめた。ツィマーマン夫人《ふじん》がいないまま、父親《ちちおや》と顔《かお》を合《あ》わせるわけにはいかない。ローズ・リタはまた考《かんが》えはじめた。

ローズ・リタは頭《あたま》をしぼって考《かんが》えた。足《あし》を組《く》みかえ、くちびるをきゅっとかみ、自分《じぶん》に言《い》いきかせる。わたしは戦《たたか》う。ツィマーマン夫人《ふじん》を見捨《みす》てたりしない。たとえわたしにできることがなにもなかったとしても。

ローズ・リタは飛《と》びあがって、指《ゆび》を鳴《な》らした。そうよ！　なんてばかだったの！　どうしてもっとまえに思《おも》いつかなかったんだろう！　あの本《ほん》だ。あのマレウスなんとか、とかいう本《ほん》。ツィマーマン夫人《ふじん》は、気《き》が変《か》わるまえに――だれかに変《か》えられてしまうまえに、その本《ほん》をとりに戻《もど》ろうとしていたのだ。でもローズ・リタはそんな本《ほん》は持《も》っていない。どこで手《て》に入《い》れられるのかすら知《し》らなかった。ローズ・リタはまたすわった。

ローズ・リタは魔法《まほう》の本《ほん》のことを考《かんが》えつづけた。本棚《ほんだな》にずらりとならんだ魔法《まほう》の本《ほん》。しみのついた子牛皮《こうしがわ》の表紙《ひょうし》や、背表紙《せびょうし》の曲《ま》がりくねった字《じ》。そうだ！　ジョナサンは魔法《まほう》の本を持っている。膨大なコレクションだ。おまけに、ジョナサンならツィマーマン夫人の家のかぎも持っている。もしマレウスなんとかが見つからなかったら、となりへいって、ツィマーマン夫人の本棚を探せばいい。それにジョナサンは魔法のことを知っている。自分だって魔法使いなんだから。ジョナサンになにがあったか話そう。ジョナサンなら、ローズ・リタがおかしくなったなんて思わない。そうよ、ジョナサンおじさんよ！　ジョナサンおじさんならどうすればいいかわかる！

ローズ・リタは立ちあがって、家のなかへ入った。台所の壁に旧式のハンドル式電話がかかっていた。受話器をとって、ハンドルをまわしはじめる。箱のなかでベルの音がしたけれど、電話はつながっていなかった。ツィマーマン夫人はオレーの電気代だけではなく、電話代も払い忘れたのだ。

ローズ・リタは受話器を置くと、がっくりして立ちつくした。そのとき、ガート・ビガーの店のことを思いだした。あそこなら電話があるだろう。ほんとうはこれ以上、あの意地の悪いばあさんとかかわりあいたくなかった。ガソリンが切れたとき、高い値段を吹っかけてきたのだ。でも、ほかに方法はない。ガート・ビガーの店なら、ここから二、

115　第7章　意地の悪いばあさん

三マイルだ。ローズ・リタはため息《いき》をついた。あそこまで歩《ある》いていって、助《たす》けを求《もと》めるしかないだろう。

ローズ・リタは出発《しゅっぱつ》した。まだ朝早《あさはや》いのにすでに暑《あつ》くて、道路《どうろ》はほこりっぽかった。昨日《きのう》の雨《あめ》で濡《ぬ》れたままの服《ふく》から、蒸気《じょうき》があがりはじめた。風邪《かぜ》をひくかもしれないと一瞬《いっしゅん》思《おも》ったけれど、すぐに忘《わす》れた。風邪《かぜ》をひくなんてことは、今《いま》はたいした問題《もんだい》ではなかった。

思《おも》っていたより、ガート・ビガーの店《みせ》は遠《とお》かった。角《かど》を曲《ま》がって、ようやく店《みせ》が現《あらわ》れたときは、ハエがブンブン飛《と》びかい、店《みせ》は熱《ねつ》でゆらめいて見《み》えた。店《みせ》は相変《あいか》わらずで、最初《さいしょ》見《み》たときとまったく同《おな》じだった。ところが近寄《ちかよ》っていくと、ひとつだけちがうことにローズ・リタは気《き》づいた。鶏小屋《とりごや》にニワトリがいる。一羽《わ》だけ、薄汚《うすよご》れた白《しろ》いメンドリだ。ニワトリはローズ・リタを見《み》たとたん、興奮《こうふん》してコッココッコ鳴《な》きながらおりのなかを走《はし》りまわった。ローズ・リタはにっこりした。むかし白《しろ》いメンドリを飼《か》っていたのだ。ヘンリー・ペニーという名前《なまえ》だった。このかわいそうな白《しろ》いメンドリは、ヘンリー・ペニーのことを思《おも》いださせる。どうしてこんなに興奮《こうふん》しているんだろうと思《おも》って、庭《にわ》のすみを見《み》ると、切《き》り株《かぶ》におのが立《た》てかけてあるのが見《み》えた。どうやら近《ちか》いうちにヘンリー・ペニーはシチューになる運命《うんめい》らしい。かわいそうに、とローズ・リタは思《おも》った。きっとわたしが首《くび》を切《き》りにきたと思《おも》ったんだろう。

ローズ・リタは向《む》きなおって、店《みせ》の階段《かいだん》をのぼりはじめた。ところが階段《かいだん》で、あやうく小《ちい》さな黒《くろ》イヌを踏《ふ》んづけそうになった。このあいだ、ローズ・リタとツィマーマン夫人《ふじん》にほえたのと同《おな》じイヌだ。階段《かいだん》の陰《かげ》になっているところにうずくまっていたにちがいない。つい今《いま》しがた見《み》たときにはいなかったからだ。ツィマーマン夫人《ふじん》のまねをして、ローズ・リタはけるふりをして足《あし》を後《うし》ろにひいた。すると、やはりまえと同《おな》じように、イヌはやぶのなかに走《はし》りこんで見《み》えなくなった。

ローズ・リタは階段《かいだん》をあがって店《みせ》のドアをあけ、なかをのぞいた。ガート・ビガーが床《ゆか》にしゃがんで、シリアルの箱《はこ》を出《だ》して棚《たな》にならべていた。

「ふん」ガート・ビガーはローズ・リタのことをにらみつけて言《い》った。「なんの用《よう》だい？」

「あの……電話《でんわ》をしたいんです」ローズ・リタはふるえる声《こえ》で言《い》った。このまま泣《な》きだしてしまいそうで、こわかった。

「そうかい。金《かね》は持《も》ってるだろうね。あそこの壁《かべ》に公衆電話《こうしゅうでんわ》があるよ」ガート・ビガーはカウンターのはしの傷《きず》だらけの黒《くろ》い電話《でんわ》を指《ゆび》さした。

ローズ・リタはポケットに手《て》をつっこんで、十セント硬貨《こうか》一枚《まい》と一セント玉《だま》をとりだした。コレクトコールでかけるしかないだろう。

電話《でんわ》のほうへ歩《ある》きながら、ガート・ビガーの視線《しせん》がずっと自分《じぶん》を追《お》ってくるのに、ローズ・リタは気《き》づいた。どうしてだろう？　まあ、いいや。きっとせんさく好《ず》きなのよ。

ローズ・リタは電話《でんわ》の前《まえ》の小《ちい》さな棚《たな》に硬貨《こうか》をぽんと置《お》くと、黄色《きいろ》い紙《かみ》に書《か》かれた使用法《しようほう》を読《よ》みはじめた。コレクトコールをかけるには、ゼロをまわしてオペレーターを呼《よ》びださなくてはならない。ローズ・リタはダイヤルのゼロに指《ゆび》を入《い》れると、まわそうとした。そのとき、ガート・ビガーがまだこちらを見《み》つめているのが目《め》に入《はい》った。仕事《しごと》の続《つづ》きもせずに、通路《つうろ》にしゃがんだままじっとこちらを見《み》ている。

ローズ・リタはダイヤルをとちゅうでとめた。指《ゆび》をはなしたので、ダイヤルがジィーともとの場所《ばしょ》へ戻《もど》った。妙《みょう》な考《かんが》えが浮《う》かんできたのだ。ツィマーマン夫人《ふじん》が消《き》えたのが、ガート・ビガーのせいだったら？　ガート・ビガーはツィマーマン夫人《ふじん》をうらんでいる。そのことをローズ・リタは知《し》っていた。それに、住《す》んでいるのもオレーの農場《のうじょう》の近《ちか》くだ。

ガート・ビガーが、オレーが死《し》んだあと家《いえ》に忍《しの》びこんで指輪《ゆびわ》を盗《ぬす》んだのかもしれない。突《とっ》拍子《ぴょうし》もない考《かんが》えだったし、それが突拍子《とっぴょうし》もないということはローズ・リタにもわかっていた。それでも、もしかしたらそうかもしれないと思《おも》わずにはいられなかった。

ローズ・リタがふりむくと、ガート・ビガーの視線《しせん》と合《あ》った。

「いったいなんだい？」ガート・ビガーがうなるように言《い》った。「自分《じぶん》のかける番号《ばんごう》を忘《わす》れたのかい？」

「え……ええ、つまり、その、ちがいます。なんでもありません」ローズ・リタはもごもごと言《い》うと、電話《でんわ》のほうを向《む》いた。バカバカしい、ローズ・リタは自分《じぶん》に言《い》いきかせた。この意地《いじ》の悪《わる》いばあさんが魔女《まじょ》のはずがないじゃない。魔法《まほう》の指輪《ゆびわ》なんか持《も》ってっこない。探偵《たんてい》のまねごとはやめて、さっさとめんどうな電話《でんわ》をかたづけるのよ！

ローズ・リタはゼロをまわして、オペレーターを呼《よ》びだした。そしてミシガン州《しゅう》ニュー・ゼベダイのジョナサン・バーナヴェルトの家《いえ》にコレクトコールをお願《ねが》いします、と言《い》った。番号《ばんごう》は八六五です。ローズ・リタは待《ま》った。電話《でんわ》の向《む》こうからかすかにキーキー、ガチャガチャという音《おと》が聞《き》こえる。それからプルプルプルという音《おと》がしはじめた。

オペレーターがジョナサンの家《いえ》の電話《でんわ》を呼《よ》びだしているのだ。プルプルプルプル、プルプルプル、プルプルプル。

「すみません」オペレーターが言《い》った。「相手《あいて》のかたはお出《で》になりません。もう一度《いちど》……」

「もうちょっと鳴《な》らしてみてください」ローズ・リタは言《い》った。「お願《ねが》いします。緊急《きんきゅう》なんです」

「わかりました」電話《でんわ》は鳴《な》りつづけた。

待《ま》っているあいだ、ローズ・リタはあたりをながめはじめた。電話《でんわ》のわきに黒《くろ》い額《がく》に入《はい》った古《ふる》い写真《しゃしん》がかかっている。むかしふうのスーツを着《き》た男《おとこ》のひとの写真《しゃしん》だ。カイゼルひげをはやして……

ローズ・リタは凍《こお》りついた。この男《おとこ》のひとなら知《し》っている。ツィマーマン夫人《ふじん》が古道具《ふるどうぐ》屋《や》で見《み》つけた写真《しゃしん》に写《うつ》っていたひとだ。そしてローズ・リタは名前《なまえ》も思《おも》いだした。モーディカイ。そう、モーディカイ・ハンクスだ。ツィマーマン夫人《ふじん》とガート・ビガーがむかしあらそった男《おとこ》のひと。このひとこそ、ガート・ビガーの憎《にく》しみのもと、ツィマーマン夫《ふ》人《じん》への積年《せきねん》のうらみの原因《げんいん》なのだ。すべてがつながりはじめた……

ローズ・リタはそっと後《うし》ろを向《む》いて、ビガー夫人《ふじん》のほうをうかがった。そのとき、外《そと》のブザーが鳴《な》った。だれかがガソリンを入《い》れにきたのだ。ガート・ビガーはフウッと不満《ふまん》げにため息《いき》をつくと、のろのろと立《た》ちあがって出《で》ていった。

「すみません」オペレーターが言《い》った。「これ以上《いじょう》ベルを鳴《な》らすことはできません。申《もう》し訳《わけ》ありませんが、もう一度《いちど》かけなおしていただけますか？」

ローズ・リタはびっくりした。電話《でんわ》をかけていたことをすっかり忘《わす》れていたのだ。「あ……はい」口《くち》のなかでもごもごと返事《へんじ》をした。「あとで……あとでかけてみます。ありがとう」

電話《でんわ》を切《き》って、すばやくまわりを見《み》まわした。今《いま》がチャンスだ。カウンターの奥《おく》に、厚《あつ》い茶色《ちゃいろ》のカーテンでしきられた出入《でい》り口《ぐち》がある。もう一度正面《いちどしょうめん》の入口《いりぐち》のほうを見《み》た。大《おお》きなガラス窓《まど》から、ガート・ビガーがガソリンを入《い》れているのが見《み》える。給油《きゅうゆ》ポンプの反対《はんたい》側《がわ》にも、もう一台車《いちだいくるま》がきてとまっている。あの意地悪《いじわる》ババアはまだしばらく外《そと》にいるだろう。ローズ・リタは大《おお》きく息《いき》を吸《す》いこむと、カーテンをあけて、さっとなかへ入《はい》った。

なかは、うすぎたない小部屋《こべや》だった。壁《かべ》の緑《みどり》は色《いろ》あせ、石炭会社《せきたんがいしゃ》のカレンダーがかかり、裸電球《はだかでんきゅう》がゆれている。すみっこに小《ちい》さな鉄製《てっせい》の金庫《きんこ》があり、長《なが》いほうの壁《かべ》ぎわに、背《せ》が高《たか》くて幅《はば》のせまい机《つくえ》が置《お》いてあった。その上《うえ》にあせた緑《みどり》の吸《す》い取《と》り紙《がみ》があり、足《た》し算《ざん》のあとが一面《いちめん》に残《のこ》っている。横《よこ》には、パーカー社製《しゃせい》のインクビンと、ペン先《さき》のさびた大量《たいりょう》の木製《もくせい》ペンと、茶色《ちゃいろ》の消《け》しゴム、それからよくとがったエンピツが何本《なんぼん》か、きちんと整理《せいり》されて置《お》いてあった。吸《す》い取《と》り紙《がみ》の反対側《はんたいがわ》には、緑《みどり》の厚紙《あつがみ》の表紙《ひょうし》がついた会計簿《かいけいぼ》があり、一九五〇年《ねん》と記《しる》してある。どこから見《み》ても魔法的《まほうてき》なものは見当《みあ》たらなかった。

ローズ・リタの心《こころ》は沈《しず》んだ。自分《じぶん》がやっていることがひどくバカバカしく思《おも》えた。でもちょっと待《ま》って。あれはなに？　ローズ・リタはしゃがんだ。机《つくえ》の下《した》に棚《たな》があって、その上《うえ》に緑《みどり》の表紙《ひょうし》の会計簿《かいけいぼ》が重《かさ》ねられている。机《つくえ》の上《うえ》にあるものと同《おな》じだけれど、ほこりをかぶっているのと、上《うえ》に記《しる》されている年《とし》とがちがった。一九四九年《ねん》。一九四八年《ねん》。だんだんさかのぼっていく。ローズ・リタは一冊《さつ》とって開《ひら》いてみた。退屈《たいくつ》な計算《けいさん》がならんでいる。借方《かりかた》とか貸方《かしかた》とか領収《りょうしゅう》とか、そういうものだ。ノートを戻《もど》そうとしたとき、あいだからなにかがはみでているのに気《き》づいた。ひっぱりだすと、折《お》りたたまれた紙切《かみき》れだった。開《ひら》くと、エンピツで図《ず》が描《えが》いてある。こんな図《ず》だった。

紙《かみ》を持《も》つ手《て》がふるえた。心臓《しんぞう》がはげしく打《う》ちはじめる。ローズ・リタは魔法使《まほうつか》いではなかったけれど、これがどういうものかはわかった。まえにジョナサンの許可《きょか》をもらって、魔法《まほう》の本《ほん》を読《よ》ませてもらったことがあったからだ。この図《ず》は魔法《まほう》の六芒星《ろくぼうせい》、つまり魔女《まじょ》や魔法使《まほうつか》いがなにかいいことや悪《わる》いことをするときに使《つか》う図形《ずけい》の一種《いっしゅ》だ。ローズ・リタは吸《す》いよせられるように図《ず》を見《み》つめた。長《なが》いあいだ熱心《ねっしん》に見入《みい》っていたせいで、店《みせ》の入口《いりぐち》のドアがそっとあけられ、静《しず》かに閉《し》められたときにベルがチリンチリンと鳴《な》ったのも聞《き》こえなかった。床板《ゆかいた》がギシッときしんだ。いきなりカーテンがシャッとあけられ、ふりむくとガート・ビガーがこちらを見《み》おろすように立《た》っていた。

「さあてと！　ここでなにしてんだい、え?!」

第《だい》8章《しょう》 新《あたら》しい友《とも》だち

ローズ・リタは床《ゆか》にしゃがんだまま、ガート・ビガーの怒《おこ》った顔《かお》を見《み》あげた。ぶるぶるふるえている手《て》にはまだ奇妙《きみょう》な図《ず》の描《えが》かれた紙《かみ》がにぎられていた。

ガート・ビガーは小《ちい》さな部屋《へや》に入《はい》ってくると、後《うし》ろのカーテンを閉《し》めた。「いったいどういうつもりなのかね、おじょうさん。自分《じぶん》がやってることがわかってんのかい？ 不法侵入《ふほうしんにゅう》っていうのを知《し》ってんだろう？ 泥棒《どろぼう》した子《こ》がいく少年院《しょうねんいん》ってのもあるんだよ。おまえさんがしたことを知《し》ったら、親《おや》はどう思《おも》うだろうね？ え？ どうなんだい？」

ローズ・リタは口《くち》をあけたけれど、なかなか言葉《ことば》が出《で》てこなかった。「わたし……わたし……あの……そういうつもりじゃ……」

ガート・ビガーは一歩前《ぽまえ》へ出《で》た。そして手《て》を伸《の》ばして、ローズ・リタの硬直《こうちょく》した手《て》から紙《かみ》をひったくった。沈黙《ちんもく》が流《なが》れ、ガート・ビガーは紙《かみ》とローズ・リタの顔《かお》をかわるがわる見比《みくら》べた。さあてこれからどうしようかと、考《かんが》えているのだ。

そのとき、店《みせ》の入口《いりぐち》のベルが鳴《な》り、声《こえ》が聞《き》こえた。「やっほー、ガーティ！　いる？」

ガート・ビガーは小《ちい》さな声《こえ》で悪態《あくたい》をついてふりかえった。ローズ・リタはすかさずぱっと走《はし》りだし、狭《せま》いカーテンの戸口《とぐち》から飛《と》びだした。まんなかの通路《つうろ》を走《はし》りぬけ、びっくりした顔《かお》をしている買《か》い物袋《ものぶくろ》をぶらさげたおばさんの横《よこ》をすりぬけて、表《おもて》へ出《で》てドアをバタンと閉《し》める。そのままバタバタと階段《かいだん》をおりると、全速力《ぜんそくりょく》で道路《どうろ》の向《む》こう側《がわ》へ渡《わた》り、やみくもに走《はし》りだした。走《はし》りながら自分《じぶん》が泣《な》いている声《こえ》が聞《き》こえた。トウモロコシのしなびた緑《みどり》の茎《くき》を踏《ふ》みつけながら畑《はたけ》をつっきると、青々《あおあお》とした草《くさ》の道《みち》に出《で》た。小道《こみち》は畑《はたけ》のへりを通《とお》って、低《ひく》い丘《おか》へとつづいている。ローズ・リタはこれ以上走《いじょうはし》れないというところまで走《はし》りつづけた。丘《おか》の上《うえ》に生《は》えている、ニレのたれさがった枝《えだ》の下《した》にたおれこむ。平《たい》らな岩《いわ》の横《よこ》の草《くさ》むらに身《み》を投《な》げだし、メガネをかなぐり捨《す》てて泣《な》いた。

ローズ・リタは長《なが》いあいだ、そこで泣《な》いていた。疲《つか》れて、おなかがすいて、こわくて、孤独《こどく》だった。昨日《きのう》の夜《よる》からなにも食《た》べていないし、ほとんど寝《ね》ていない。最初《さいしょ》はこわかった。ガート・ビガーが追《お》いかけてくるかもしれないと思《おも》ったからだ。今《いま》にも肩《かた》に手《て》がかけられるかもしれない。けれども、ガート・ビガーは現《あらわ》れなかった。ローズ・リタは泣《な》きつづけたけれど、しだいに体《からだ》の力《ちから》がぬけていくのを感《かん》じた。もうどうでもよかった。どうなったってかまいやしない。快感《かいかん》だった。思考《しこう》がふわふわとただよいはじめる。木《こ》かげで横《よこ》になっているのは気持《きも》ちがよかった……ああ、ほんとうに気持《きも》ちいい……でも家《いえ》だったらもっといいだろう……家《いえ》なら……

ローズ・リタは目《め》を閉《と》じた。トウモロコシがそよ風《かぜ》にサラサラとゆれている。遠《とお》くのほうで、ハエがけだるそうにブンブン飛《と》んでいる。ローズ・リタは頭《あたま》をふって、おそってくる眠気《ねむけ》をなんとかはらいのけようとした。考《かんが》えなくちゃ。でもなにを？　答《こた》えを見《み》つけることはできなかった。数分後《すうふんご》には、ローズ・リタはぐっすり眠《ねむ》りこんでいた。

「ちょっと、起《お》きて！　起《お》きなくちゃ！　濡《ぬ》れた地面《じめん》で寝《ね》たりしちゃだめよ。風邪《かぜ》ひくよ。ほら、起《お》きて！」

ローズ・リタは心配《しんぱい》そうに何度《なんど》も呼《よ》びかける声《こえ》で目《め》を覚《さ》ました。頭《あたま》をぶるぶるとふって、声《こえ》のするほうを見《み》あげた。ぼんやりとした影《かげ》しか見《み》えない。思《おも》いだして、あたりの草《くさ》をまさぐってメガネを見《み》つけてかけた。それからもう一度《いちど》見《み》あげると、同《おな》じ年《とし》くらいの女《おんな》の子《こ》がいた。半《はん》そでの格子縞《こうしじま》のシャツとジーンズに、泥《どろ》だらけのアーミーブーツをはいている。お皿《さら》を洗《あら》った水《みず》みたいな色《いろ》の金髪《きんぱつ》をとかして、両《りょう》わきにまっすぐたらしていた。顔《かお》は面長《おもなが》で、心配《しんぱい》そうな表情《ひょうじょう》を浮《う》かべている。茶色《ちゃいろ》の眉毛《まゆげ》は、八《はち》の字《じ》になっていた。ローズ・リタはどこかで見《み》たことのある顔《かお》だと思《おも》った。でもどこで？　思《おも》いだした瞬間《しゅんかん》、ローズ・リタは思《おも》わず笑《わら》いそうになった。トランプのクラブのジャックだ！

「おはよう」女《おんな》の子《こ》は言《い》った。「ああ、目《め》が覚《さ》めてよかった！　濡《ぬ》れている地面《じめん》に寝《ね》たらいけないってことくらい知《し》ってるよね？　昨日《きのう》の夜《よる》は雨《あめ》だったのに」

「うん、わかってる」ローズ・リタは言《い》って、起《お》きあがると手《て》をさしだした。「わたしはローズ・リタ・ポッティンガー。あなたは？」

「アガサ・サイプス。みんなはアギーって呼《よ》んでる。あっちの、丘《おか》の向《む》こうに住《す》んでるの。ここはとうさんの農場《のうじょう》よ。あの、あそこのトウモロコシを踏《ふ》み荒《あ》らしたのはあなた？」

ローズ・リタは悲《かな》しそうにうなずいた。「うん、そう。ごめんなさい。でもあのときはひどく泣《な》いていて、どこを走《はし》ってるのかもわからなかったの」

女《おんな》の子《こ》は心配《しんぱい》そうな顔《かお》をした。「あれはよくないよ。農民《のうみん》は生活《せいかつ》のために一生懸命《いっしょうけんめい》働《はたら》いてるんだから」それから、少《すこ》しやわらかな口調《くちょう》になってきいた。「どうして泣《な》いてたの？」

ローズ・リタは返事《へんじ》をしようと口《くち》をあけたが、ためらった。だれかに相談《そうだん》したくてしょうがなかったけれど、うそだと思《おも》われたくない。「友《とも》だちのツィマーマン夫人《ふじん》がいなくなって、どこにいるかわからないの。昨日《きのう》の夜《よる》、この道《みち》をおりたところにある農場《のうじょう》に泊《と》まったんだけど、玄関《げんかん》から走《はし》りでていったっきり、消《き》えちゃったの」

女《おんな》の子《こ》はもの知《し》り顔《がお》であごをさすった。「ああ、そういうことね。きっと森《もり》に散歩《さんぽ》にいって迷《まよ》っちゃったのよ。夏《なつ》にはよくあるの。うちへおいでよ。保安官《ほあんかん》に電話《でんわ》すれば、捜索《そうさく》のひとを出《だ》してくれる。見《み》つけてくれるよ」

ローズ・リタは、家《いえ》の前《まえ》の踏《ふ》みしだかれた草《くさ》のあとを思《おも》い浮《う》かべた。まるく輪《わ》になっていて、どこへもつづいていない。むだだ。いちかばちかほんとうのことを言《い》ってみるしかない。「あの……魔法《まほう》って信《しん》じる？」ローズ・リタはいきなり切《き》りだした。

女《おんな》の子《こ》はびっくりした顔《かお》をした。「え？」

「魔法《まほう》を信《しん》じるかって、きいたの」

「幽霊《ゆうれい》とか魔女《まじょ》とか呪文《じゅもん》とかそういうこと？」

「うん」

アガサは恥《は》ずかしそうに笑《わら》った。「うん、信《しん》じてる。そんなのおかしいってわかってるけど、どうしてもないとは思《おも》えないの」それから心配《しんぱい》そうにつけくわえた。「うちの地下《ちか》室《しつ》に幽霊《ゆうれい》がいるような気《き》がするときがあるんだ。かあさんはただ夜《よる》に風《かぜ》が吹《ふ》いてるだけだって言《い》うんだけど。幽霊《ゆうれい》がいるのかな？ どう思《おも》う？」

「わたしにわかるわけないよ」ローズ・リタはいらいらして言《い》った。「あんたはツィマーマン夫人《ふじん》になにがあったか知《し》りたいの、それとも知《し》りたくないの？」

「もちろん知《し》りたい。ほんとだよ。話《はな》してよ」ローズ・リタとアガサ・サイプスはニレの木《こ》かげの草《くさ》の上《うえ》に腰《こし》をおろした。ローズ・リタのおなかが鳴《な》った。そういえば、昨日《きのう》の夜《よる》からなにも食《た》べていない。おなかがすいて死《し》にそうだった。でもアガサに話《はな》してしまいたかったし、アガサのほうも聞《き》きたがっているようだ。そこでローズ・リタは話《はな》しはじめた。

ローズ・リタは、オレーの謎《なぞ》の手紙《てがみ》から、からっぽだった指輪《ゆびわ》の箱《はこ》のこと、それからツィマーマン夫人《ふじん》と自分《じぶん》の身《み》に起《お》こった奇妙《きみょう》な出来事《できごと》まで、知《し》っていることをすべて話《はな》した。ツイマーマン夫人《ふじん》が消《き》えたところにくると、アガサの目《め》は大《おお》きく見開《みひら》かれた。そのあとのビガー夫人《ふじん》との対決《たいけつ》を話《はな》すと、アガサの目《め》はさらに大《おお》きくなり、口《くち》がぱっくりとあいた。そしてガート・ビガーの店《みせ》のほうを不安《ふあん》げに見《み》やった。

「信《しん》じらんない！」アガサはさけんだ。「殺《ころ》されなかったのは奇跡《きせき》よ！　いい？　あんたの友《とも》だちが消《き》えたのはあのひとのせいよ」

ローズ・リタはふしぎそうにアガサを見《み》た。「え……なにかあのひとのこと知《し》ってるの？　ビガーさんのこと？」

「もちろん。あのひとは魔女《まじょ》だよ」

今度《こんど》はローズ・リタがびっくりする番《ばん》だった。「ええ？　どうして知《し》ってるの？」

「どうして知《し》ったって？　それは去年《きょねん》、あたしがエリス・コーナーズ図書館《としょかん》でバイトをしてたからよ。あのひとは図書館《としょかん》にきて、魔法《まほう》に関係《かんけい》ある本《ほん》を一冊《さつ》のこらず借《か》りてったんだから。それでわかったんだ。なかには資料室《しりょうしつ》にあるのもあってね、貸《か》しだし禁止《きんし》だから、あのひとは何時間《なんじかん》もすわって読《よ》んでた。図書館《としょかん》の司書《ししょ》のブリアさんにきいたら、ビガーさんはもう何年《なんねん》もああしてるって言《い》ってた。ここらへんの図書館《としょかん》のカードはぜんぶ持《も》ってて、見《み》つけられるかぎりの魔法《まほう》の本《ほん》を借《か》りてるって。ブリアさんが言《い》うには、本《ほん》をすみからすみまで読《よ》んで、こっちがしつこく返却《へんきゃく》するように言《い》うまで返《かえ》さないんだって。気味悪《きみわる》いと思《おも》わない？」

「うん、たしかに」妙《みょう》な気分《きぶん》だった。自分《じぶん》の予想《よそう》が当《あ》たっていたことで——少《すく》なくともローズ・リタはこれで確信《かくしん》を得《え》たと思《おも》った——大得意《だいとくい》だった。反面《はんめん》、自分《じぶん》の無力《むりょく》さを感《かん》じ、こわくなった。

ビガー夫人《ふじん》がほんとうに魔女《まじょ》なら、自分《じぶん》やアギーになにができるというのだろう？

ローズ・リタは立《た》ちあがると、歩《ある》きまわりはじめた。それから平《ひら》べったい岩《いわ》にすわり、じっと考《かんが》えこんだ。アギーは落《お》ちつかなげにそばに立《た》っていた。右足《みぎあし》から左足《ひだりあし》へそわそわと重心《じゅうしん》をかけかえ、眉《まゆ》の両端《りょうたん》が一段《いちだん》と下《さ》がってますます心配《しんぱい》そうな顔《かお》になっている。「なにかへんなことを言《い》った？　ローズ・リタ？」しばらく沈黙《ちんもく》がつづいたあとで、アギーはきいた。「もし言《い》ったなら、あやまる。ごめんね」

ローズ・リタははっと我《われ》にかえり、アギーを見《み》あげた。「ううん、アギー。そんなこと言《い》ってないよ。ほんとよ。ただ、これからどうすればいいかわからないの。もしアギーの言《い》うとおり、ビガー夫人《ふじん》が魔女《まじょ》だったら、それでツィマーマン夫人《ふじん》になにかしたんだとしたら……そう、なにができる？　アギーとわたしと、たったふたりで？」

「わからない」

「わたしも」

また沈黙《ちんもく》が流《なが》れた。そのまま五分《ふん》ほどつづいたあと、最初《さいしょ》に口《くち》を開《ひら》いたのは、またアギーだった。

「ねえ、これからどうすればいいか、わかったよ。うちに帰《かえ》って、昼《ひる》ごはんを食《た》べよう。うちは大家族《だいかぞく》だから、かあさんはいつもたっぷりごはんをつくるの。ローズ・リタのぶんもじゅうぶんあるから。いこう。ごはんを食《た》べたら、きっといい考《かんが》えが浮《う》かぶよ。腹《はら》がへってちゃ、戦《いくさ》はできぬ。とうさんはいつもそう言《い》ってる」

ローズ・リタはあまり気《き》がすすまなかったけれど、かといってほかにいい考《かんが》えもなかった。アギーの家《いえ》へ向《む》かうあいだ、アギーはのべつまくなしにしゃべりつづけた。話《はなし》の内容《ないよう》はといえば、自分《じぶん》の心配《しんぱい》ごとで、狂犬病《きょうけんびょう》から破傷風《はしょうふう》や感電《かんでん》、あげくのはてにはアイスボックスに長《なが》く入《い》れすぎたマヨネーズにまで及《およ》んでいた。ローズ・リタははんぶんしか聞《き》いていなかった。これからのことを決《き》めようと、考《かんが》えていたのだ。ナンシー・ドルーのまねごとはやめて、家《いえ》に電話《でんわ》して迎《むか》えにきてもらおうか？　いいえ、だめ。ローズ・リタは頑固《がんこ》だった。こうなってもまだ、親《おや》の助《たす》けを借《か》りなくてもツィマーマン夫人《ふじん》が見《み》つけられると信《しん》じていた。アギーからビガー夫人《ふじん》と魔法《まほう》の本《ほん》のことを聞《き》いて、ツィマーマン夫人《ふじん》はなにか妖術《ようじゅつ》のようなもので連《つ》れ去《さ》られたのだとますます強《つよ》く確信《かくしん》していたから、やはりジョナサンに電話《でんわ》しようとローズ・リタは心《こころ》を決《き》めた。アギーの家《いえ》に着《つ》いたらすぐに電話《でんわ》しよう。頭《あたま》をフル回転《かいてん》させながら、ローズ・リタは次《つぎ》にとるべき行動《こうどう》を見定《みさだ》めようとした。まずアギーのおかあさんには、なんて説明《せつめい》するか考《かんが》えなきゃ。

アギーの家《いえ》が見《み》えてくると、ローズ・リタは手《て》を伸《の》ばしてアギーの腕《うで》をつかんだ。

「ちょっと待《ま》って、アギー」

「なに？　どうしたの？」

「アギーのおかあさんになんて言《い》うか決《き》めなきゃ。さっき話《はな》したことをそのまま話《はな》すわけにはいかないもん。そんなことしたら、頭《あたま》がどうかしてると思《おも》われちゃう。それにわたしのほんとうの名前《なまえ》も言《い》えない。言《い》ったら、うちに電話《でんわ》しちゃうかもしれないもの。それは困《こま》るの」

アギーは顔《かお》をしかめた。「うちのかあさんにうそをつくのはまずいよ。うそをつくのは悪《わる》いことだし、どっちにしろばれるよ。うちのかあさんはすごく鋭《するど》いんだ。なんだってすぐにお見《み》とおしなんだから」

もともとローズ・リタはひとに反対《はんたい》されると腹《はら》を立《た》てた。けれども、今回《こんかい》はそれに輪《わ》をかけて怒《いか》りまくった。アリバイや言《い》い訳《わけ》をでっちあげる才能《さいのう》には自信《じしん》を持《も》っていた。言《い》い訳《わけ》を考《かんが》えるのは難《むずか》しい。ほら話《ばなし》をするのとはわけがちがう。ひとが信《しん》じるような話《はなし》を作《つく》りあげなくてはならないのだ。ローズ・リタにはそれができた。たいていの場合《ばあい》は。

ローズ・リタはアギーにいらいらしたまなざしを向《む》けた。「あんたのおかあさんが世界《せかい》一《いち》かしこいってわけじゃないわ。それにわたしは話《はなし》を作《つく》るのがうまいの。今《いま》ちょっとすわって、どんな話《はなし》にするか決《き》めりゃいいのよ。それからふたりで暗記《あんき》しとけば、口《くち》をすべらすこともないし」

今度《こんど》はアギーが機嫌《きげん》が悪《わる》くなる番《ばん》だった。「へえ、そうかしらね？　かあさんになんて言《い》うつもり？　新《あたら》しい友《とも》だちのローズ・リタよ、空飛《そらと》ぶ円盤《えんばん》から落《お》ちてきたの、って？」

「ばかね、ちがうわよ。そんなこと言《い》うわけないでしょ。おかあさんがほんとうだと思《おも》うようなことを言《い》うの。それからジョナサンおじさんに電話《でんわ》して、ビガー夫人《ふじん》に、ツィマーマン夫人《ふじん》になにをしたのか白状《はくじょう》させる呪文《じゅもん》を教《おし》えてもらうのよ。いいわね？」

アギーはくちびるをかんで、おでこにしわを寄《よ》せた。それから大《おお》きく息《いき》を吸《す》って、はきだした。「いいよ、わかった。でももしばれたら、ぜんぶあんたのせいだって言《い》うから。あんたがうそをつくことを悪《わる》いと思《おも》ってないからって、あたしがどなられるのはいやだからね」

ローズ・リタは歯《は》を食《く》いしばった。「わたしだって、うそをつくのがいいとは思《おも》ってないわよ。でも、しょうがないの。さあ、いい？　こう言《い》えばいいのよ……」

鐘《かね》が鳴《な》りはじめた。鐘《かね》は小《ちい》さいけれど鋭《するど》い音《おと》で、サイプス家《け》の昼食《ちゅうしょく》の時間《じかん》を知《し》らせた。

アギーはいこうとしたけれど、ローズ・リタに腕《うで》をつかまれてレンギョウの茂《しげ》みの後《うし》ろにひっぱりこまれた。そして、ローズ・リタはアギーの耳《みみ》に口《くち》を寄《よ》せると、なにやらささやきはじめた。

第《だい》9章《しょう》　うそつき

サイプス家《け》は、網戸《あみど》でおおわれたポーチのある大《おお》きくて白《しろ》い農家《のうか》だった。ポーチの横《よこ》にシモツケの木《き》があり、前庭《まえにわ》にはボタンがおいしげっている。家《いえ》のわきには大《おお》きなりんごの木《き》があり、大《おお》きくしなった大枝《おおえだ》にトラクターのタイヤがロープでぶらさげてあった。庭《にわ》のあちこちに子《こ》どものおもちゃが散《ち》らばっている。野球《やきゅう》のバット、自転車《じてんしゃ》、三輪車《さんりんしゃ》、パズル、人形《にんぎょう》、おもちゃのトラック、プラスティックのマシンガン。けれども玄関《げんかん》のドアをあけると、なかはきちんとかたづいてきれいなので、ローズ・リタは驚《おどろ》いた。木《き》の部分《ぶぶん》はすみからすみまでピカピカに磨《みが》かれ、テーブルやたんすや棚《たな》にはすべて、刺繍《ししゅう》のついたテーブルかけや小《ちい》さな敷《し》きものが置《お》かれている。階段《かいだん》には花模様《はなもよう》のじゅうたんが敷《し》かれ、玄関《げんかん》で置《お》き時計《どけい》がカチカチ時《とき》を刻《きざ》んでいた。家《いえ》じゅうに、お料理《りょうり》のいいにおいがただよっていた。

アギーはローズ・リタをまっすぐ台所《だいどころ》へつれていくと、おかあさんに紹介《しょうかい》した。サイプス夫人《ふじん》は娘《むすめ》と同《おな》じ面長《おもなが》の顔《かお》と心配《しんぱい》そうな眉毛《まゆげ》をしていたけれど、とても優《やさ》しそうだった。粉《こな》のついた手《て》をエプロンでふくと、ローズ・リタを温《あたた》かく迎《むか》えた。

「こんにちは、はじめまして。どうしてアギーが帰《かえ》ってこないのかしらと思《おも》ってたのよ。もう五回《かい》も鐘《かね》を鳴《な》らして、今日《きょう》の昼《ひる》は帰《かえ》ってこないつもりなんだとあきらめかけてたの。えっと、名前《なまえ》はなんでしたっけ？」

ローズ・リタは一瞬《いっしゅん》ためらった。「あの、ローズマリーです。ローズマリー・ポッツ」

「すてきな名前《なまえ》ね！　よろしくね、ローズマリー。この近《ちか》くには遊《あそ》びにきたの？　会《あ》ったことはないと思《おも》うけど？」

ローズ・リタは決《き》まり悪《わる》そうにもじもじした。「ええ、その、ちょっと休暇《きゅうか》で遊《あそ》びにきたんです。その……ツィマーマン夫人《ふじん》といっしょに」ローズ・リタは一瞬《いっしゅん》だまった。「ツィマーマン夫人《ふじん》はうちの家族《かぞく》の友人《ゆうじん》なんです。ほんとうに近《ちか》しい友人《ゆうじん》なんです」ローズ・リタは急《いそ》いでつけくわえた。

「そうなの」アギーが言《い》った。「そのなんとか夫人《ふじん》とローズ……う、ローズマリーの家族《かぞく》は親友《しんゆう》なんだって。ただ、その、そのひとが……」

「ツィマーマン夫人《ふじん》」ローズ・リタは言《い》って、アギーに冷《つめ》たい視線《しせん》を向《む》けた。

「そうそう、ツィマーマン夫人《ふじん》。それでオレーじいさんの――オレーは知《し》ってるでしょ、かあさん――農場《のうじょう》をツィマーマン夫人《ふじん》が相続《そうぞく》することになったんだって。ツィマーマン夫人《ふじん》とローズマリーは農場《のうじょう》を見《み》にきたの。そしたら昨日《きのう》の夜《よる》、ツィマーマン夫人《ふじん》は農場《のうじょう》の裏《うら》の森《もり》に迷《まよ》いこんで、いなくなっちゃったの」

「そうなんです」ローズ・リタは言《い》った。「きっと迷《まよ》ったんだと思《おも》います。ともかく見《み》つからないんです。それでこわくなっちゃって」

ローズ・リタは息《いき》をこらした。サイプス夫人《ふじん》はこの話《はなし》を信《しん》じるだろうか？

「まあ、ローズマリー！」サイプス夫人《ふじん》はさけんで、ローズ・リタを抱《だ》きしめた。「なんて恐《おそ》ろしいことでしょう！　いい？　こうしましょう。保安官《ほあんかん》に電話《でんわ》しましょう。そうしたら、すぐに人《ひと》をよこして、捜索《そうさく》してくれます。去年《きょねん》もここの森《もり》で人《ひと》が迷《まよ》ったけれど、無《む》傷《きず》で見《み》つかったのよ。だから心配《しんぱい》しないで。あなたのお友《とも》だちはだいじょうぶよ」

ローズ・リタはひそかにほっとため息《いき》をついた。ローズ・リタだって、ツィマーマン夫《ふ》人《じん》が行方不明《ゆくえふめい》になったことでうそをつくのはいやだったし、実際《じっさい》死《し》ぬほど心配《しんぱい》していた。

けれどもツィマーマン夫人《ふじん》が煙《けむり》のように消《き》えてしまったなんて言《い》ったら、サイプス夫人《ふじん》がどう思《おも》うかわからなかったのだ。

保安官《ほあんかん》に電話《でんわ》がすむと、ローズ・リタは、アギーとサイプス家《け》の七人《にん》の子《こ》どもたちとサイプス夫人《ふじん》と長《なが》い食卓《しょくたく》を囲《かこ》んだ。ローズ・リタはテーブルの上座《かみざ》の、いつもアギーのおとうさんがすわっている席《せき》にすわった。アギーのおとうさんは泊《と》まりがけの出張《しゅっちょう》でペトスキーにいっていた。

ローズ・リタはテーブルを見《み》まわした。心配顔《しんぱいがお》の家族《かぞく》ね。みんな面長《おもなが》で、八《はち》の字《じ》の眉《まゆ》をしている。背《せ》の高《たか》い子《こ》も低《ひく》い子《こ》もいて、男《おとこ》の子《こ》が五人《にん》と女《おんな》の子《こ》が（アギーも入《い》れて）ふたり、それからテーブルつきのベビーシートにすわったあかちゃんがいた。食卓《しょくたく》には、コーンビーフとジャガイモとたまねぎとニンジンを盛《も》った大皿《おおざら》があって、ほかにも野菜《やさい》と湯気《ゆげ》のあがっている蒸《む》し団子《だんご》のお皿《さら》がふたつある。まな板《いた》には焼《や》きたてのパン、牛乳《ぎゅうにゅう》の入《はい》った大《おお》きなピッチャーもふたつあった。サイプス夫人《ふじん》が感謝《かんしゃ》の祈《いの》りをささげると、みんないっせいにがつがつ食《た》べはじめた。

「ローズマリーに最初《さいしょ》にとらせてあげなさい」サイプス夫人《ふじん》が言《い》った。「お客《きゃく》さまなんですよ」

ローズ・リタが自分《じぶん》の新《あたら》しい名前《なまえ》に気《き》づくまで、一瞬間《いっしゅんま》があった。つぶしたニンジンの入《はい》った蒸《む》し焼《や》きなべがこちらへまわされてきたので、ローズ・リタはびっくりした。「え……ああ……ありがとう」ローズ・リタは口《くち》のなかでもごもごと言《い》うと、自分《じぶん》のぶんをとりわけた。

しばらくしてみんなが自分《じぶん》のぶんをとりおわると、サイプス夫人《ふじん》は大《おお》きなはっきりとした声《こえ》で言《い》った。「あなたたちにも言《い》っておいたほうがいいでしょう。ここにいるローズマリーはたいへんな事故《じこ》にあったの。いっしょに旅行《りょこう》をしていたお友《とも》だちが森《もり》で迷《まよ》われてね、わたしたちはなんとかしてその女《おんな》のひとを見《み》つけようとしているところなの。保安官《ほあんかん》のパトロール隊《たい》が探《さが》しにでているはずよ」

「あそこの森《もり》で迷《まよ》うなんて、大《おお》ばかだな」黒《くろ》い巻《ま》き毛《げ》の背《せ》の高《たか》い男《おとこ》の子《こ》が言《い》った。

「レオナルド！」サイプス夫人《ふじん》は自分《じぶん》の耳《みみ》が信《しん》じられないといった調子《ちょうし》で言《い》った。「なんてことを言《い》うの！」それからローズ・リタのほうを向《む》いて、優《やさ》しくほほえんだ。「息子《むすこ》が失礼《しつれい》なことを言《い》ってごめんなさいね。教《おし》えてちょうだいな、ローズマリー。どこからきたの？」

「ニュー・ゼベダイです。ミシガン州《しゅう》の下《した》の小《ちい》さい町《まち》です。聞《き》いたことないでしょう？」

「場所《ばしょ》は知《し》っていると思《おも》うわ。それでね、あなたのご両親《りょうしん》にお知《し》らせしておいたほうがいいと思《おも》うの。なにがあったか知《し》りたいにきまってるもの。おとうさんのお名前《なまえ》は？」

ローズ・リタはテーブルクロスを見《み》つめた。下《した》くちびるを突《つ》きだし、できるだけ悲《かな》しそうな顔《かお》をした。「両親《りょうしん》は亡《な》くなりました。ふたりとも。今《いま》はおじのジョナサンと暮《く》らしているんです。おじはわたしの後見人《こうけんにん》で、ジョナサン・バーナヴェルトといいます。住所《じゅうしょ》はハイストリート一〇〇《ひゃく》番地《ばんち》です」

サイプス夫人《ふじん》はびっくりして、悲《かな》しみに顔《かお》をくもらせた。「まあ、かわいそうに！　そんな不幸《ふこう》がたてつづけに起《お》こるなんて！　最初《さいしょ》ご両親《りょうしん》が亡《な》くなって、今度《こんど》はこんなことまで！　話《はな》してちょうだいな。なにがあったの？」

ローズ・リタは目《め》をぱちくりさせた。「なにが？」

「どうしてご両親《りょうしん》は亡《な》くなったの？　こんなときにそんな悲《かな》しいことをきいてごめんなさい。でも、どうしてそんなことになってしまったのか、気《き》になるの」

ローズ・リタは一瞬《いっしゅん》だまった。目《め》がいたずらっぽくきらりと光《ひか》った。ローズ・リタはだんだんとうそをつくのが面白《おもしろ》くなってきていた。最初《さいしょ》はばれたらどうしようとびくびくしていたけれど、サイプス夫人《ふじん》が森《もり》に迷《まよ》いこんだ話《はなし》も孤児話《こじばなし》も（ローズ・リタの偽名《ぎめい》は言《い》うまでもなく）あまりにもあっさりと信《しん》じたものだから、この調子《ちょうし》ならなんだって信《しん》じるにちがいないと思《おも》いはじめていた。それに、ジョナサンを後見人《こうけんにん》だと言《い》った自分《じぶん》の機転《きてん》のよさに、内心鼻高々《ないしんはなたかだか》だった。このうそは上出来《じょうでき》だった。これで、これ以上《いじょう》うそをつかずにジョナサンに電話《でんわ》して、知《し》りたいことを教《おし》えてもらうことができる。ローズ・リタはそれまで両親《りょうしん》は交通事故《こうつうじこ》で死《し》んだと言《い》うつもりだったのに、もっとすごいうそをついてやろうという気《き》になった。そのくらいしても、悪《わる》いことはないだろう。

「両親《りょうしん》はふしぎな死《し》にかたをしたんです」ローズ・リタは話《はな》しはじめた。「おとうさんは森林警備員《しんりんけいびいん》でした。いつも森《もり》を歩《ある》きまわって山火事《やまかじ》を見張《みは》ったり、そういう仕事《しごと》をしていました。ある日《ひ》、おとうさんはビーバーのダムを見《み》つけたんです。でもそのダムはひどく奇妙《きみょう》で、ぐしゃぐしゃでゆがんでました。おとうさんはそんなダムを見《み》るのははじめてだったから、どうしてそんなふうになったのかふしぎに思《おも》いました。そう、おとうさんは知《し》らなかったんです。そのダムを作《つく》ったのは狂犬病《きょうけんびょう》にかかったビーバーだったってことを。おとうさんはダムを見《み》せようと思《おも》っておかあさんを呼《よ》んできました。そしてふたりともビーバーにかまれて死《し》んじゃったんです」

だれもなにも言《い》わなかった。みんな死《し》んだように静《しず》まりかえっている。それからアギーの妹《いもうと》がくすくす笑《わら》い、男《おとこ》の子《こ》のひとりが笑《わら》いだした。

「へえ」レオナルドが皮肉《ひにく》っぽい調子《ちょうし》で言《い》った。「狂犬病《きょうけんびょう》のビーバーがいるとしたって、森《もり》のなかに逃《に》げてって死《し》んじまうだけと思《おも》うぜ。そう思《おも》わないか、テッド？」

「ああ」レオナルドのとなりにすわっていた子《こ》が言《い》った。「狂犬病《きょうけんびょう》のビーバーにかまれて死《し》んだなんて話《はなし》、聞《き》いたことねえよ。それにさ、もしほんとうだったとしたって、いったいどうしてわかったんだ？　かまれて死《し》んだなら、両親《りょうしん》がきみにそのことを話《はな》せるわけないだろ？」

ローズ・リタは自分《じぶん》の顔《かお》がまっかになるのがわかった。みんながじっと見《み》ている。まるではだかですわっているような気《き》がした。ローズ・リタはひたすらお皿《さら》を見《み》つめ、もごもごとつぶやいた。「すごくめずらしい種類《しゅるい》の狂犬病《きょうけんびょう》だったんです」

さらに沈黙《ちんもく》がつづいた。みんなじっと見《み》つめている。ついにサイプス夫人《ふじん》がコホンと咳《せき》払《ばら》いをして言《い》った。「あ、ローズマリー、ちょっとこちらの部屋《へや》にいっしょにきてくれるかしら？　あと、アギー、あなたもいらっしゃい」

アギーは立《た》ちあがって、ローズ・リタについて部屋《へや》を出《で》た。サイプス夫人《ふじん》を先頭《せんとう》に、三人《にん》は黙《だま》りこくったまま、列《れつ》になって階段《かいだん》をあがり、正面《しょうめん》にある寝室《しんしつ》にはいった。ローズ・リタとアギーはベッドの上《うえ》にならんですわり、サイプス夫人《ふじん》は部屋《へや》へ入《はい》るとそっとドアを閉《し》めた。

「さて」サイプス夫人《ふじん》は腕《うで》を組《く》むと、ローズ・リタをじっと見《み》つめた。「これまでも信《しん》じられないような話《はなし》はたくさん聞《き》いたけれど、今度《こんど》のがいちばんだわ。孤児《こじ》の話《はなし》もちょっとおかしいとは思《おも》っていたけれど、ローズマリー……えっと、まずこれはほんとうの名前《なまえ》かしら？」

ローズ・リタは首《くび》をふった。「いいえ」ローズ・リタは涙《なみだ》ぐんだ声《こえ》で言《い》った。「ローズ・リタです」

サイプス夫人《ふじん》はかすかな笑《え》みを浮《う》かべた。「まあ、少《すく》なくとも似《に》ていたわね。いい、ローズ・リタ」サイプス夫人《ふじん》はそう言《い》うと、ローズ・リタの目《め》をまっすぐ見《み》つめた。「もしあなたがなにかめんどうなことに巻《ま》きこまれているなら、助《たす》けてあげたいわ。どうしてあんなバカバカしいビーバーの話《はなし》をしたのかわからないけれど、将来《しょうらい》、詐欺師《さぎし》だかそんなのになりたいなら、もっとうそはうまくつかないとね。さあ、今度《こんど》はほんとうのことを正直《しょうじき》に話《はな》してくれるわね？　なにがあって、どうしてここにきたの？」

ローズ・リタはじろりとサイプス夫人《ふじん》をにらんだ。踏《ふ》みつぶされた草《くさ》のあとがどこにもつづいていなかったのを知《し》ったら、なんて言《い》うかしらね。「さっきも言《い》ったとおりです、サイプス夫人《ふじん》」ローズ・リタは頑固《がんこ》に言《い》いはった。「友《とも》だちのツィマーマン夫人《ふじん》がいなくなってしまって、どこにいるのかわからないんです。ちかってほんとうです」

サイプス夫人《ふじん》はため息《いき》をついた。「わかったわ。そこのところはほんとうなんでしょう。けど、あんなビーバーの話《はなし》みたいにひどいうそは聞《き》いたことがないわ、ほんとうに！　狂犬病《きょうけんびょう》のビーバーにかまれただなんて！　ほんとうの名前《なまえ》はローズ・リタだと言《い》ったわね。いいでしょう。じゃあ、もう少《すこ》しほんとうのことを話《はな》してもらいましょう。あなたのご両親《りょうしん》は亡《な》くなったの、それとも健在《けんざい》なの？」

「ふたりとも生《い》きています」ローズ・リタはあきらめてぼそぼそと言《い》った。「名前《なまえ》はジョージ・ポッティンガーとルイーズ・ポッティンガーで、ミシガン州《しゅう》ニュー・ゼベダイのマンション通《どお》り三九番地《ばんち》に住《す》んでいます。わたしはその娘《むすめ》です。まちがいありません。神《かみ》にかけてちかいます」

サイプス夫人《ふじん》は優《やさ》しくほほえんだ。「ほら、ほんとうのことを話《はな》すほうが楽《らく》でしょう？」

べつに、とローズ・リタは思《おも》ったけれど、なにも言《い》わなかった。

サイプス夫人《ふじん》はまたため息《いき》をついて、首《くび》をふった。「あなたのことがわからないわ、ローズ・リタ。正直《しょうじき》言《い》って、まったく。どういうつもりなのか。もしあなたが家族《かぞく》の友人《ゆうじん》だっていうツィマーマン夫人《ふじん》と旅《たび》していたなら……」

「ほんとうです」ローズ・リタはとちゅうでさえぎった。「いいですか、あのきたない農家《のうか》にいけばまだ台所《だいどころ》のテーブルの上《うえ》にツィマーマン夫人《ふじん》のハンドバッグがあるはずです。なかに免許証《めんきょしょう》とか、ほかにも名前《なまえ》のついたものがたくさん入《はい》っているはずよ。見《み》てらっしゃれば？」ローズ・リタは腕《うで》を組《く》んで、射《さ》すような目《め》でサイプス夫人《ふじん》をにらみつけた。

「わかりました」サイプス夫人《ふじん》は落《お》ちついたようすで言《い》った。「さっき言《い》ったとおり、話《はなし》のその部分《ぶぶん》がほんとうなら、いったいどうしてご両親《りょうしん》の名前《なまえ》を隠《かく》したりしたの？」

答《こた》えがぱっと浮《う》かんできた。まったくのうそというわけではなかった。「うちのおとうさんはあまりツィマーマン夫人《ふじん》のことが好《す》きじゃないんです。変《か》わり者《もの》だと思《おも》っていて。ツィマーマン夫人《ふじん》が無事《ぶじ》に見《み》つかっても、二度《にど》とツィマーマン夫人《ふじん》とは出《で》かけるなって言《い》うにきまってる」

「あら、それじゃあちょっとおとうさんに厳《きび》しすぎるんじゃないかしら。もちろん、おとうさんのことは知《し》らないけど、森《もり》で迷《まよ》ったからってツィマーマン夫人《ふじん》のことを変《か》わり者《もの》だとは思《おも》わないでしょう。毎日《まいにち》のように、迷《まよ》うひとがいるんですから」

そうでしょうよ、とローズ・リタは思《おも》った。でももしツィマーマン夫人《ふじん》が魔女《まじょ》だなんてわかったあかつきには、パパは完全《かんぜん》にぶち切《き》れるに決《き》まってる。第一《だいいち》、おとうさんじゃわたしたちを助《たす》けられない。助《たす》けられるのはジョナサンおじさんだけなのだ。ローズ・リタはもどかしさのあまり身《み》をよじって、じゅうたんにかかとをくいこませた。まるで囚人《しゅうじん》の気分《きぶん》だ。サイプス夫人《ふじん》がどこかへいってくれさえすれば、ジョナサンおじさんに電話《でんわ》して、ビガー夫人《ふじん》をやっつける方法《ほうほう》を教《おし》えてもらえるのに！　ジョナサンおじさんに魔法《まほう》の呪文《じゅもん》さえ教《おし》えてもらえば、なにもかもうまくいく。ひどくもどかしかった。まるでほしいものにもう少《すこ》しで手《て》が届《とど》きそうなのに、つかもうとするたびにだれかに手《て》をひっぱたかれるみたいな気持《きも》ちだ。あの本《ほん》を手《て》に入《い》れなければならない。へんな名前《なまえ》の魔法《まほう》の本《ほん》を。けれども、サイプス夫人《ふじん》がひとりにしてくれなければ、手《て》も足《あし》も出《で》ないのだ。

ローズ・リタがいらいらしながらすわっているあいだ、サイプス夫人《ふじん》は責任感《せきにんかん》と正直《しょうじき》でいることの大切《たいせつ》さについてしゃべりつづけていた。ちょっときっかけさえあげれば、ご両《りょう》親《しん》はほんとうにすばらしい友人《ゆうじん》になってくれるはずよ、とかそういうことを。ローズ・リタがふたたびサイプス夫人《ふじん》のほうへ意識《いしき》を戻《もど》すと、夫人《ふじん》はこう言《い》っていた。「……だから今《いま》からあなたのご両親《りょうしん》に電話《でんわ》して、なにが起《お》こったかお話《はな》ししないといけないわ。あなたが無事《ぶじ》だってことを伝《つた》えないと。それから車《くるま》でガンダーソンの農場《のうじょう》にいって、問題《もんだい》がないか見《み》てきましょう。たぶん、ぜんぶあけっぱなしできてしまったでしょうから。他人《たにん》の家《いえ》に入《はい》りこんで、物《もの》をとっていくようなひとがいますからね。それだけやったら、あとは待《ま》つしかないわ」サイプス夫人《ふじん》はこちらへ歩《ある》いてきて、ベッドのローズ・リタの横《よこ》にこしかけた。そしてローズ・リタに腕《うで》をまわすと言《い》った。「厳《きび》しいことを言《い》ってごめんなさいね、ローズ・リタ」夫人《ふじん》は優《やさ》しく言《い》った。「お友《とも》だちのことであなたの気《き》が動転《どうてん》していることはわかっているわ。でも、今《いま》ごろおまわりさんが森《もり》のなかを捜索《そうさく》しているはずよ。お友《とも》だちは絶対《ぜったい》に見《み》つかりますよ」

見《み》つかるもんですか、とローズ・リタは思《おも》ったけれど、口《くち》には出《だ》さなかった。サイプス夫人《ふじん》がさっさと車《くるま》に乗《の》って、ローズ・リタをのこして農場《のうじょう》へいってくれさえすれば！　さっさといってよ、サイプス夫人《ふじん》！　さっさといって！

けれど、もちろん電話《でんわ》が最初《さいしょ》だった。のがれる道《みち》はない。三人《にん》は下《した》へおり、ローズ・リタは長距離電話《ちょうきょりでんわ》で家《いえ》に電話《でんわ》をかけた。おかあさんが出《で》て、ローズ・リタはもう一度《いちど》はじめからツィマーマン夫人《ふじん》が真夜中《まよなか》にガンダーソンの農場《のうじょう》から出《で》ていって、森《もり》で迷《まよ》ってしまったことを話《はな》した。ローズ・リタのおかあさんはすぐにあわてるたちだったから、ツィマーマン夫人《ふじん》がいなくなったと聞《き》くと、もうたいへんな騒《さわ》ぎようだった。けれども、娘《むすめ》には心配《しんぱい》しないで、できるだけはやくパパと迎《むか》えにいくから、と言《い》い、ツィマーマン夫人《ふじん》のことがなにかわかったらすぐに電話《でんわ》をするよう言《い》いきかせた。次《つぎ》にサイプス夫人《ふじん》が電話《でんわ》に出《で》て、サイプス農場《のうじょう》へくる道《みち》を説明《せつめい》した。それからもう一度《いちど》ローズ・リタにかわって少《すこ》し話《はな》したあと、電話《でんわ》を切《き》った。そのあとひとしきりバタバタしたあとで、サイプス夫人《ふじん》は車《くるま》に乗《の》って、ガンダーソン農場《のうじょう》へ出《で》かけていった。

ローズ・リタは表《おもて》に面《めん》した窓《まど》のそばに立《た》って、サイプス夫人《ふじん》の車《くるま》が丘《おか》を越《こ》えて見《み》えなくなるのを見送《みおく》った。アギーも横《よこ》に立《た》って、例《れい》の心配《しんぱい》そうな顔《かお》で車《くるま》が走《はし》っていくのを見《み》ていた。

「これからどうするの？」アギーがきいた。

「今《いま》すぐルイスのおじさんのジョナサンに電話《でんわ》しなくちゃ。ジョナサンおじさんにしか、ビガー夫人《ふじん》をやっつける方法《ほうほう》はわからないのよ！」ローズ・リタは気《き》が高《たか》ぶってくるのを感《かん》じた。すでに心《こころ》のなかにあるのは、魔法《まほう》の呪文《じゅもん》を身《み》につけビガー夫人《ふじん》の前《まえ》に立《た》ちはだかる自分《じぶん》の姿《すがた》だった。

ローズ・リタは玄関《げんかん》までおりていくと、受話器《じゅわき》をとった。それからそわそわとまわりを見《み》まわして、声《こえ》の届《とど》く範囲《はんい》に子《こ》どもたちがいないかどうか確《たし》かめた。よし、だれもいない。長距離電話《ちょうきょりでんわ》を申《もう》しこんでいるローズ・リタの横《よこ》に、アギーは心配《しんぱい》そうに立《た》っていた。「ミシガン州《しゅう》ニュー・ゼベダイ、八六五番《ばん》にお願《ねが》いします。ジョナサン・バーナヴェルト宅《たく》です。コレクトコールでお願《ねが》いします」

ローズ・リタとアギーは待《ま》った。オペレーターがジョナサンの家《いえ》の電話《でんわ》を鳴《な》らしている音《おと》が聞《き》こえる。プルプルプル、プルプルプル、プルプルプル。八回鳴《かいな》らすと、オペレーターはローズ・リタにもおなじみになった歌《うた》うような調子《ちょうし》で言《い》った。「すみませんが、相手《あいて》のかたはお出《で》にならないようです。あとでもう一度《いちど》かけなおしていただけますか？」

「はい」ローズ・リタはがっかりして、暗《くら》い声《こえ》で言《い》った。「あとでかけなおします。ありがとう」ローズ・リタは電話《でんわ》を切《き》ると、電話台《でんわだい》の横《よこ》に置《お》いてあったクッションにどさりと腰《こし》をおろした。「最低《さいてい》！」ローズ・リタは怒《おこ》って言《い》った。「なにもかも最悪《さいあく》よ！　これからどうすりゃいいの？」

「きっと警察《けいさつ》が見《み》つけてくれるよ」アギーは期待《きたい》をこめて言《い》った。ローズ・リタのうそとほんとうのことが頭《あたま》のなかでごちゃまぜになっていた。

ローズ・リタはじろりとアギーを見《み》ただけだった。「あとでもう一度《いちど》かけてみる」ローズ・リタはつぶやいた。「そのうち帰《かえ》ってくるはずよ」

それから十分《ぷん》のあいだにローズ・リタは三回電話《かいでんわ》をかけた。けれども、三回《かい》とも結果《けっか》は同《おな》じだった。それからしばらくして、サイプス夫人《ふじん》が帰《かえ》ってきた。サイプス夫人《ふじん》の顔《かお》は喜《よろこ》びで輝《かがや》いていた。オレーの家《いえ》の台所《だいどころ》にツィマーマン夫人《ふじん》のハンドバッグがあって、バッグのなかには、免許証《めんきょしょう》と、車《くるま》のかぎと、ほかにもツィマーマン夫人《ふじん》の身元《みもと》を証明《しょうめい》するものがたくさん入《はい》っていた。これで、ローズ・リタが今度《こんど》こそほんとうのことを言《い》ったと確信《かくしん》できたわけだ。ローズ・リタは、サイプス夫人《ふじん》が納得《なっとく》してくれたことに喜《よろこ》んだ。これで、サイプス夫人《ふじん》がどこか農場《のうじょう》のはずれにでもいってくれれば、ジョナサンにもう一度《いちど》電話《でんわ》をかけてみることができる！

ところが、サイプス夫人《ふじん》はそのあと一日《にち》じゅう家《いえ》にいた。ローズ・リタはポーチに置《お》いてあるブランコにのったり、アギーとスティックボールをしたり、牛《うし》や豚《ぶた》にエサをやるのを手伝《てつだ》ったりした。そしてなにもやることがなくなると、つめをかんだ。どうしてサイプス夫人《ふじん》は出《で》かけないのよ？　家《いえ》には電話《でんわ》はひとつしかなかった。玄関《げんかん》の台《だい》の上《うえ》にあるから、こっそり話《はな》すのはまず無理《むり》だ。サイプス夫人《ふじん》はローズ・リタが電話《でんわ》しているあいだ横《よこ》に立《た》っているようなタイプではなかったけれど、たまたま近《ちか》くの部屋《へや》にいるかもしれない。ローズ・リタが、ツィマーマン夫人《ふじん》をビガー夫人《ふじん》の呪《のろ》いから救《すく》う魔法《まほう》を教《おし》えてくれなんて言《い》っているのを聞《き》いたらどう思《おも》うだろう？　やっぱりだめだ。どう考《かんが》えても、そんな電話《でんわ》をするなら、ひとりじゃないとまずい。ローズ・リタは機会《きかい》をうかがったけれど、チャンスはやってこなかった。

その夜《よる》ローズ・リタとアギーが夕飯《ゆうはん》の用意《ようい》を手伝《てつだ》っていると、電話《でんわ》が鳴《な》った。ポッティンガー夫人《ふじん》からだった。道《みち》のとちゅうで車《くるま》がとまってしまったらしい。故障《こしょう》だと思《おも》う、作動装置《さどうそうち》らしいわ、とローズ・リタのおかあさんは言《い》った。なんにしろ、明日《あす》の朝《あさ》まで動《うご》けそうにないのよ。ツィマーマン夫人《ふじん》のことでなにかわかった？　ううん、なにも。ポッティンガー夫人《ふじん》は、遅《おく》れてごめんなさい、でもどうしようもないのよ、と言《い》った。そして車《くるま》が動《うご》くようになったらすぐにくると言《い》った。

ローズ・リタは執行猶予《しっこうゆうよ》をもらった囚人《しゅうじん》のような気分《きぶん》だった。これでもう一回《かい》ジョナサンおじさんに電話《でんわ》をかけてみることができる！「お願《ねが》い、ジョナサンおじさん」ローズ・リタは声《こえ》をひそめて祈《いの》った。「次《つぎ》こそ家《いえ》にいて！　お願《ねが》いよ！　お願《ねが》い！」

アギーやほかのサイプス家《け》の子《こ》どもたちとパチーシー（インドのすごろくを元《もと》にアメリカで作《つく》られたボードゲーム）やミシガンラミー（トランプの五〇〇点《てん》ラミーの一種《いっしゅ》）をしているうちに、

知《し》らぬまに寝《ね》る時間《じかん》になっていた。ローズ・リタは待《ま》ちに待《ま》ったおふろに入《はい》って、サイプス夫人《ふじん》がオレーの家《いえ》から持《も》ってきてくれた旅行《りょこう》カバンからきれいなパジャマを出《だ》して着《き》た。こざっぱりとしたところで、サイプス夫人《ふじん》が今夜《こんや》はアギーの部屋《へや》のあまっているベッドをお使《つか》いなさい、と言《い》った。アギーの部屋《へや》はふわふわのふりふりのピンク色《いろ》で、典型的《てんけいてき》な女《おんな》の子《こ》の部屋《へや》だった。すみのゆりいすに大《おお》きなテディベアが置《お》いてあって、まるい鏡《かがみ》のついた鏡台《きょうだい》に香水《こうすい》のビンがならべてある。農場育《のうじょうそだ》ちで、ほとんどいつもジーンズばかりなのに、アギーは女《おんな》の子《こ》に生《う》まれたことに満足《まんぞく》しているようだった。中学《ちゅうがく》にいって、デートをしたり、ダンスとかパーティにいくのを楽《たの》しみにしている、とアギーは言《い》った。肥料《ひりょう》のにおいのするジーンズと靴《くつ》を脱《ぬ》いで、４Ｈクラブ（農村青年教育機関《のうそんせいねんきょういくきかん》）のパーティでスクエアダンスを踊《おど》るのが最高《さいこう》の息《いき》ぬきらしい。秋《あき》になったら、わたしもそう思《おも》うようになるんだろうか、とローズ・リタは思《おも》った。でも今《いま》は、そんなことを考《かんが》えているよゆうはなかった。

その夜《よる》、ローズ・リタは目《め》を覚《さ》ましたまま、家《いえ》のたてる音《おと》に耳《みみ》をすましていた。心臓《しんぞう》がどきどきして、神経《しんけい》がぴんとはりつめている。サイプス家《け》のひとたちが寝《ね》たのは十時《じ》だった。明日《あす》の朝《あさ》、雑用《ざつよう》をするのに六時《じ》に起《お》きなければならないからだ。例外《れいがい》は許《ゆる》されなかった。八人《にん》もの子《こ》どもがいるというのに、家《いえ》はあっというまに静《しず》けさに包《つつ》まれた。十時半《じはん》には、廊下《ろうか》に落《お》ちたピンの音《おと》さえ聞《き》こえそうだった。

「起《お》きてる？　ローズ・リタ？」アギーがひそひそ声《ごえ》で言《い》った。

「もちろんよ、あたりまえじゃない。もう少《すこ》ししたら、下《した》におりていって、ジョナサンおじさんの家《いえ》に電話《でんわ》するんだから」

「いっしょにきてほしい？」

「べつに。ふたりでいったら、音《おと》がうるさいし。ここで待《ま》ってて」

「わかった」

数分《すうふん》が過《す》ぎた。まちがいなくみんなが寝静《ねしず》まったと確信《かくしん》すると、ローズ・リタはベッドからぬけだし、足音《あしおと》をしのばせて下《した》の電話《でんわ》までおりていった。電話台《でんわだい》の横《よこ》は戸棚《とだな》で、運《うん》よく電話《でんわ》のコードは長《なが》かった。ローズ・リタは電話《でんわ》を持《も》って戸棚《とだな》に入《はい》ると、扉《とびら》を閉《し》め、コートの下《した》にしゃがみこんだ。できるだけ大《おお》きなささやき声《ごえ》で、ローズ・リタはジョナサンの番号《ばんごう》を告《つ》げた。オペレーターは電話《でんわ》をかけた。十回《かい》、十五回《かい》、二十回《かい》。だめだ。いない。きっとどこかへ泊《と》まりにいっているんだ。

ローズ・リタは電話《でんわ》を切《き》ると、台《だい》の上《うえ》に戻《もど》した。それからそっと階段《かいだん》をのぼって、アギーの部屋《へや》に戻《もど》った。

「どうだった？」

「だめ」ローズ・リタはささやいた。「オシー・ファイヴ・ヒルズに住《す》んでる妹《いもうと》のところにいってるのかも。しょっちゅういくのよ。でも、そっちの番号《ばんごう》は知《し》らないの。名前《なまえ》もわからないんだもの。ああ、どうすればいいんだろう？」

「さあ」

ローズ・リタは両手《りょうて》で髪《かみ》の毛《け》をひっつかみ、考《かんが》えようとした。もし頭《あたま》をしぼっていい考《かんが》えが出《で》てくるというのなら、そうしただろう。なにかあるはずだ、なにか……

「アギー？」

「しい。声《こえ》が大《おお》きい。かあさんに聞《き》こえるよ」

ローズ・リタは声《こえ》をもう少《すこ》し小《ちい》さくしようとした。「ごめん。気《き》をつける。あのね、アギー。聞《き》いて。ビガー夫人《ふじん》ってお店《みせ》に住《す》んでるの？　つまりあの裏《うら》か上《うえ》に家《いえ》があるの？」

「ううん。あそこから二マイルくだったところにある、道路《どうろ》から引《ひ》っ込《こ》んだ小《ちい》さい家《いえ》に住《す》んでる。どうしてそんなこと知《し》りたいの？」

「アギー」ローズ・リタは興奮《こうふん》してささやき声《ごえ》が大《おお》きくなった。「いっしょにビガー夫人《ふじん》のお店《みせ》に忍《しの》びこまない？　今夜《こんや》！」

第《だい》10章《しょう》　秘密《ひみつ》の部屋《へや》

　ローズ・リタの計画《けいかく》を理解《りかい》したとたん、アギーはなんとかして仲間《なかま》にくわわらずにすまそうとした。今夜《こんや》だろうとほかの日《ひ》だろうと、ともかくビガー夫人《ふじん》のところにいけない理《り》由《ゆう》を次《つぎ》から次《つぎ》へとならべたてたのだ。つかまって少年院《しょうねんいん》に入《い》れられるかもしれない。アギーのかあさんに見《み》つかって、しかられて、ローズ・リタの親《おや》にも言《い》いつけられるかもしれない。ビガー夫人《ふじん》が戸棚《とだな》のなかで待《ま》ちぶせしているかもしれない。お店《みせ》はかぎがかかっていて入《はい》れないかもしれないし、ビガー夫人《ふじん》のイヌにかまれるかもしれない。こんなことがあるかもしれない、あんなことがあるかもしれない。けれどもローズ・リタはなにを言《い》われても眉毛《まゆげ》一本《いっぽん》動《うご》かさなかった。まだアギーのことを知《し》ってちょっとしかたっていなかったけれど、アギーが心配性《しんぱいしょう》だということはもうわかっていた。心配性《しんぱいしょう》のひとというのは、いつも恐《おそ》ろしいことが起《お》こると信《しん》じている。なにもないところに危険《きけん》があると思《おも》いこんでいるのだ。ルイスも心配性《しんぱいしょう》で、四六時中《しろくじちゅう》つまらないことで騒《さわ》いだり、くよくよしたりしていた。今《いま》のアギーは、ルイスとそっくりだった。

ローズ・リタには、なにもかもがはっきりしているように思《おも》えた。ビガー夫人《ふじん》は魔女《まじょ》で、いつも魔法《まほう》の本《ほん》を読《よ》んでいる。きっと例《れい》のマレウスなんとかという本《ほん》も持《も》っているはずだ。ツィマーマン夫人《ふじん》を助《たす》けるためには、どうしてもその本《ほん》を手《て》に入《い》れなければならない。家《いえ》か店《みせ》のどこかに隠《かく》してあるはずだが、ビガー夫人《ふじん》が一日《にち》のほとんどを店《みせ》で過《す》ごしていることを考《かんが》えると、店《みせ》にある可能性《かのうせい》は高《たか》い。おおかた仕事《しごと》の合間《あいま》に読《よ》んでいるのだろう。そうよ、とローズ・リタは考《かんが》えた。会計簿《かいけいぼ》のあいだに魔法《まほう》の図形《ずけい》の書《か》かれた紙《かみ》がはさまっているのも見《み》つけたのだ。あれを見《み》つけたんだから、ほかのものだって見《み》つけられるにきまってる。ローズ・リタは自分《じぶん》の論理《ろんり》にある穴《あな》を無視《むし》した。見《み》ようとしなかった。あの小部屋《こべや》でガート・ビガーに大胆《だいたん》に戦《たたか》いを挑《いど》むという考《かんが》えにすっかりとりつかれていたのだ。おおいなる魔法《まほう》の本《ほん》をたずさえ、恐《おそ》ろしい呪文《じゅもん》を読《よ》みあげる。ガート・ビガーをひざまずかせ、ツィマーマン夫人《ふじん》を呼《よ》びもどす……そう、ガート・ビガーが送《おく》りこんだところから呼《よ》び戻《もど》すのだ。もちろん、ツィマーマン夫人《ふじん》がビガー夫人《ふじん》の魔法《まほう》ですでに殺《ころ》されてしまっている可能性《かのうせい》も頭《あたま》をかすめた。もしそうだったとしても……ローズ・リタは決意《けつい》した。ぜったいにツィマーマン夫人《ふじん》をとりもどす。そう、生《い》きかえらせるのだ。それが不可能《ふかのう》なら、ビガー夫人《ふじん》に自分《じぶん》がやったことの報《むく》いを受《う》けさせてやる。ローズ・リタのなかで怒《いか》りがどんどんふくらんだ。これは正義《せいぎ》の怒《いか》りだ。あのがっちりした大《おお》きな体《からだ》の女《おんな》が憎《にく》かった。ひとをばかにしたようないやらしい態度《たいど》、無礼《ぶれい》な言葉《ことば》やうそ、ひとをだますきたないやり口《くち》。あの女《おんな》に仕返《しかえ》ししてやる。罰《ばつ》を受《う》けさせてやる。しかしまずは、計画《けいかく》に協力《きょうりょく》してくれるようアギーを説得《せっとく》しなければならなかった。これがたいへんだった。ローズ・リタはあの手《て》この手《て》を使《つか》って説得《せっとく》したけれど、アギーはローズ・リタにまけずおとらず頑固《がんこ》だった。おまけにアギーの場合《ばあい》、こわいときはなおさらだった。

「わかった」ローズ・リタは腕《うで》を組《く》んでアギーをにらみつけた。「それがあんたの考《かんが》えだっていうなら、ひとりでいくから！」

アギーはショックを受《う》けた顔《かお》をした。「ほんとうに？　本気《ほんき》なの？」

ローズ・リタはきっぱりとうなずいた。「ええ。止《と》めたいなら止《と》めてみれば？」

実際《じっさい》のところ、アギーは止《と》めようと思《おも》えば簡単《かんたん》に止《と》めることができたし、ローズ・リタにもそれはわかっていた。ただ大《おお》きな声《こえ》をあげさえすればいいのだ。そうすれば、眠《ねむ》りの浅《あさ》いサイプス夫人《ふじん》が飛《と》んできて、騒《さわ》ぎの原因《げんいん》を問《と》いただすだろう。しかし、アギーはさけばなかった。ほんとうはこの冒険《ぼうけん》に参加《さんか》したかったのだ。でもそれと同《おな》じくらい、こわがっていた。

「お願《ねが》い、アギー」ローズ・リタは訴《うった》えた。「ぜったいつかまったりしないから。約束《やくそく》する。それにもしさっき話《はな》した本《ほん》さえ手《て》に入《い》れることができれば、ビガー夫人《ふじん》をやっつけられるのよ。あなただって、そうしたいでしょ？」

アギーはおでこにしわを寄《よ》せた。眉毛《まゆげ》がもう少《すこ》しでくっつきそうだ。「ねえ、まだわからないことがあるの、ローズ・リタ。どうしてそのなんとかかんとかって本《ほん》がビガー夫人《ふじん》のところにあるって知《し》ってるの？」

「もちろん、知《し》ってるわけじゃないけど。でも、一晩《ひとばん》じゅうここで寝《ね》てたって、わからないじゃない。お願《ねが》い、アギー！　お願《ねが》いよ！」

アギーはまだ半信半疑《はんしんはんぎ》だった。「じゃあ、どうやってなかに入《はい》るつもり？　ドアや窓《まど》はかぎがかかっているはずよ」

「向《む》こうについてから考《かんが》える。窓《まど》ガラスを割《わ》るとかなんとかできるわよ」

「そんなことしたら、すごい音《おと》がしちゃう。それにガラスでけがをするかも」

「じゃあ、かぎをこじあける。よく映画《えいが》でやってるじゃない」

「これは映画《えいが》じゃない。現実《げんじつ》だよ。かぎのあけかたなんて知《し》ってるの？　え？　どうなのよ？　知《し》ってるわけないでしょ」

ローズ・リタはかっとなった。「いい、アギー。向《む》こうへいって、入《はい》る方法《ほうほう》が見《み》つからなかったら、あきらめて帰《かえ》るから。それでいいでしょ？　それにもしなんとかして入《はい》れたとしても、あんたはついてこなくていいから。外《そと》で待《ま》ってて、見《み》はりをしてちょうだい。ねえ、アギー。どうしてもあんたにきてほしいの。お願《ねが》いよ。いいでしょ？」

アギーはためらうように頭《あたま》をかいた。「ほんとうにいっしょになかに入《はい》らなくていいのね？　あと、もし入《はい》れなかったら、すぐに帰《かえ》ってくるのね？」

ローズ・リタはおなかの上《うえ》で十字《じゅうじ》を切《き》った。「約束《やくそく》する。神《かみ》さまにかけてちかう」

「わかった」アギーは言《い》った。「懐中電灯《かいちゅうでんとう》をとってくるから待《ま》ってて。必要《ひつよう》でしょ？」

なるべく音《おと》をたてないように、ふたりは服《ふく》に着《き》がえ、スニーカーをはいた。アギーは洋《よう》服《ふく》ダンスのなかから柄《え》の長《なが》い懐中電灯《かいちゅうでんとう》を探《さが》しあて、鏡台《きょうだい》の引《ひ》きだしをがちゃがちゃひっかきまわして古《ふる》いボーイスカウトのナイフを見《み》つけた。柄《え》は波形《なみがた》の黒《くろ》いプラスティックで、柄《え》のはしにある小《ちい》さな半球形《はんきゅうがた》のガラスのなかにコンパスがついている。どうして持《も》っていくのにこれを選《えら》び出《だ》したのか、アギーは自分《じぶん》でも説明《せつめい》できなかったけれど、なにかと便利《べんり》だろうと考《かんが》えたのだった。

すべて用意《ようい》が整《ととの》うと、ふたりの少女《しょうじょ》は足音《あしおと》をしのばせて寝室《しんしつ》のドアまでいった。アギーが先《さき》にいって、ドアを細《ほそ》くあけ外《そと》のようすをうかがった。

「だいじょうぶ！」アギーはささやいた。「ついてきて」

ふたりはそっと廊下《ろうか》を歩《ある》いて、階段《かいだん》をおりた。そして月明《つきあ》かりでかすかに明《あか》るい部屋《へや》から部屋《へや》へそっとぬけて、裏口《うらぐち》までできた。その夜《よる》は暑《あつ》かったから裏口《うらぐち》のドアはあけてあって、網戸《あみど》のかぎもかかっていなかった。ふたりは外《そと》へ出《で》ると、そっとドアを閉《し》めた。

「やった！」ローズ・リタはふうっと息《いき》をはいた。「ここまではうまくいったね」

アギーは恥《は》ずかしそうな笑《え》みを浮《う》かべた。「うん。実《じつ》はまえにもやったことがあるんだ。そこの小川《おがわ》ににいさんと槍《やり》でカエルを突《つ》きにいってたの。でも、かあさんにつかまって大《おお》目玉《めだま》をくらっちゃって。それから真夜中《まよなか》に外《そと》に出《で》たことはなかったんだ。さあいこう」

アギーとローズ・リタは耕《たがや》された畑《はたけ》のあいだをぬけるわだちだらけの農道《のうどう》を歩《ある》きはじめた。低《ひく》い塀《へい》を乗《の》り越《こ》え、大通《おおどお》りと平行《へいこう》に走《はし》っている野道《のみち》を走《はし》るようにくだっていく。ローズ・リタはすぐに、トウモロコシ畑《ばたけ》の横《よこ》で、アギーと会《あ》ったあとにきた道《みち》を、逆《ぎゃく》に歩《ある》いていることに気《き》づいた。左手《ひだりて》にその畑《はたけ》が見《み》えてきた。夜風《よかぜ》にふかれてサラサラと音《おと》をたてている。星《ほし》が満天《まんてん》に輝《かがや》き、背《せ》の高《たか》い草《くさ》むらのなかでコオロギが鳴《な》いていた。

まもなく、ふたりははじめて出会《であ》った場所《ばしょ》までやってきた。枝《えだ》のたれさがったニレの木《き》と、平《たい》らな岩《いわ》が見《み》える。ふたりともそれまでは興奮《こうふん》しておしゃべりしながら歩《ある》いていたけれど、だんだんと口数《くちかず》が少《すく》なくなってきた。もう少《すこ》しでビガー夫人《ふじん》の店《みせ》だ。

砂利道《じゃりみち》のはずれまでくると、ふたりは立《た》ちどまった。ガート・ビガーの食料品店《しょくりょうひんてん》だ。夜《よる》で店《みせ》は閉《し》まっていた。入口《いりぐち》の誘蛾灯《ゆうがとう》の黄色《きいろ》い光《ひかり》と、広《ひろ》いガラス窓《まど》からお店《みせ》の奥《おく》で光《ひか》っている常夜灯《じょうやとう》が見《み》える。まっかな飛《と》ぶ馬《うま》を描《えが》いた看板《かんばん》が風《かぜ》にゆられてキィキィと鳴《な》り、ガソリンの給油《きゅうゆ》ポンプがふたりの番兵《ばんぺい》のように立《た》っていた。

「着《つ》いた」アギーがささやいた。

「うん」ローズ・リタは答《こた》えた。おなかのあたりがぎゅうっとしめつけられるような気《き》がする。バカな計画《けいかく》だったかもしれない。アギーにほんとうに計画《けいかく》どおりにやる気《き》なのか、もう少《すこ》しできそうになったけれど、ローズ・リタはぐっと恐怖《きょうふ》を飲《の》みこんで道路《どうろ》を渡《わた》った。アギーはちらちらとまわりを見《み》まわしながら、ついてきた。

「だいじょうぶそう」道路《どうろ》の反対側《はんたいがわ》に渡《わた》ると、アギーが言《い》った。「あのひとがいるときは、いつも車《くるま》があそこに止《と》まってるの。今《いま》はないから」

「やった！　入口《いりぐち》が開《ひら》いてるかどうか見《み》たほうがいいかな？」

「うん、やりたいなら試《ため》してみれば？　かぎはかかってると思《おも》うけど」

ローズ・リタは早足《はやあし》で階段《かいだん》をあがると、ドアをガチャガチャさせた。かぎがかかっている。がっちりと。ローズ・リタは肩《かた》をすくめて、走《はし》って戻《もど》ってきた。

「いこう、アギー。裏《うら》にもひとつドアがあるし、ほかにも入《はい》るところはあるはず。こんなに暑《あつ》い夜《よる》だから、ひとつくらい窓《まど》があけてあるかも。窓《まど》から見《み》てみよう」ローズ・リタは勇気《ゆうき》と生来《せいらい》の楽観主義《らっかんしゅぎ》が戻《もど》ってくるのを感《かん》じた。ぜんぶうまくいく。なかに入《はい》る方法《ほうほう》はきっと見《み》つかる。

どうやらローズ・リタの楽観主義《らっかんしゅぎ》が伝染《でんせん》したようだった。アギーは顔《かお》を輝《かがや》かせ、(アギーにしては)自信《じしん》に満《み》ちてきた。「うん、いい考《かんが》えだね！　わかった、やってみよう」

建物《たてもの》の横《よこ》にまわると、コケーコッコと大《おお》きな鳴《な》き声《ごえ》が聞《き》こえた。柵《さく》の後《うし》ろに、例《れい》のうすぎたない白《しろ》いメンドリがいた。このまえ見《み》たときよりさらに、骨《ほね》ばってやつれている。まえと同《おな》じで、メンドリはひどく興奮《こうふん》していた。柵《さく》の後《うし》ろを走《はし》りまわって、コッココッコと鳴《な》きたて、羽《はね》をばたつかせた。

「だまって！」ローズ・リタはささやいた。「あんたの首《くび》を切《き》りにきたんじゃないわよ！　お願《ねが》いだから静《しず》かにして」

ふたりの少女《しょうじょ》は家《いえ》のわきの窓《まど》を調《しら》べはじめた。一階《かい》の窓《まど》はぜんぶぴたりと閉《し》められていた。このぶんではほかも同《おな》じだろう。ためしにローズ・リタはオレンジの箱《はこ》にのぼって、ひとつ押《お》してみた。ピクリとも動《うご》かなかった。

「なんなのよ！」ローズ・リタはオレンジの箱《はこ》からおりながらぶつぶつ言《い》った。

「あきらめるのははやいよ」アギーが言《い》った。「まだあそこのを……あ、気《き》をつけて！」

ローズ・リタがぱっとふりむくと、車《くるま》が一台通《だいとお》りすぎた。ヘッドライドがさあっと店《みせ》を照《て》らし、走《はし》り去《さ》っていった。運転《うんてん》していたひとが注意《ちゅうい》していれば、店《みせ》の横《よこ》に立《た》っているふたつの人影《ひとかげ》を見《み》たにちがいない。しかし気《き》がつかなかったようだ。ローズ・リタは急《きゅう》にガラスの金魚鉢《きんぎょばち》のなかにいるような気《き》がしてきた。危《あぶ》ないことをしているのだとはじめて実《じっ》感《かん》したのだ。

「いくわよ」ローズ・リタはそわそわしてアギーの腕《うで》をひっぱった。「裏《うら》にまわろう」

ふたりの少女《しょうじょ》は店《みせ》の裏《うら》にまわった。小《ちい》さな白《しろ》いメンドリは、ふたりがきてからずっと騒《さわ》いでいたが、ふたりが建物《たてもの》の角《かど》を曲《ま》がって見《み》えなくなるまでギャアギャア鳴《な》きつづけていた。ようやくメンドリがだまると、ローズ・リタはほっとした。鳴《な》き声《ごえ》を聞《き》いていると、よけいに神経《しんけい》がいらだつ。

裏口《うらぐち》のドアを試《ため》してみたが、かぎがかかっていた。ふたりは後《うし》ろに下《さ》がって、建物《たてもの》の壁《かべ》全体《ぜんたい》を眺《なが》めてみた。一階《かい》の窓《まど》はどっしりとした鉄格子《てつごうし》がはめてある。きっと商品《しょうひん》が置《お》いてある物置《ものおき》の窓《まど》も同《おな》じだろう。二階《かい》にも窓《まど》がひとつある……ローズ・リタはさらに後《うし》ろにさがって確《たし》かめた。やっぱり。開《ひら》いてる！　大《おお》きくあけてあるわけではなかったけれど、まちがいなく開《ひら》いていた。

「ほら！」ローズ・リタは指《ゆび》さした。「見《み》える？」

アギーは眉《まゆ》をひそめた。「うん、だけどどうやってあんな隙間《すきま》からもぐりこむつもり？」

「あんな隙間《すきま》から入《はい》りはしないわよ、ばかね！　隙間《すきま》があいてるってことは、窓《まど》のかぎがかかっていないってことでしょ。だからあそこまでのぼれば、あけられるはずよ」

「どうやってのぼるの？」

ローズ・リタはまわりを見《み》まわした。「これから考《かんが》えるのよ。なにかのぼるのに使《つか》えるものがないか探《さが》してみよう」

ローズ・リタとアギーはしばらくガート・ビガーの店《みせ》の裏《うら》を探《さが》しまわったけれど、はしごのようなものはなにも見《み》つからなかった。物置小屋《ものおきごや》があったけれど、扉《とびら》には南京錠《なんきんじょう》がかかっていた。ローズ・リタはもう一度戻《いちどもど》って、窓《まど》を見《み》あげ、あごをなでた。

店《みせ》の横《よこ》にりんごの木《き》がはえていた。なかの枝《えだ》が一本《ぽん》、ローズ・リタがねらっている窓《まど》の枠《わく》にもう少《すこ》しで届《とど》きそうだ。でもローズ・リタは木登《きのぼ》りにかけてはプロだったから、あの枝《えだ》はのぼろうとした先《さき》からしなりだすということをすぐ見《み》ぬいた。先端《せんたん》までいくまえに、枝《えだ》は折《お》れまがってしまうだろう。つまりあの枝《えだ》は使《つか》えない。逆《ぎゃく》に、壁《かべ》にとりつけてあるトレリス（植物《しょくぶつ》をからませるための格子状《こうしじょう》のフェンス）はどうだろう。窓《まど》のすぐ横《よこ》まで高《たか》さがある。あれにのぼれば、なんとか窓枠《まどわく》まで手《て》を伸《の》ばしてとびうつることができるかもしれない。やってみる価値《かち》はあった。

ローズ・リタは大《おお》きく深呼吸《しんこきゅう》して、手《て》を曲《ま》げたり伸《の》ばしたりした。そしてトレリスのほうへ歩《ある》いていった。とげのはえたつるがびっしり巻《ま》きついていたけれど、あちらこちらに手《て》をかけられそうな場所《ばしょ》がある。ローズ・リタは横木《よこぎ》に足《あし》をかけ、手《て》でべつの横木《よこぎ》をつかんだ。そして勢《いきお》いをつけて体《からだ》を持《も》ちあげ、全体重《ぜんたいじゅう》をかけてようすを見《み》た。トレリスは壁《かべ》からはがれだし、釘《くぎ》がギイギイきしんだ。

「うまくいかないよ」アギーは口《くち》をすぼめて心配《しんぱい》そうな顔《かお》をした。「それ以上《いじょう》のぼったら、首《くび》の骨《ほね》を折《お》っちゃう」

ローズ・リタはなにも言《い》わなかった。トレリスはまだ壁《かべ》にくっついていたので、ローズ・リタはもう一段《だん》のぼった。そしてまた一段《だん》のぼり、手《て》をひとつ上《うえ》にかけた。そのとたんバキッと音《おと》がして、ギシギシ、メリメリ、ズザザザーッという音《おと》とともに、トレリスがぐうっと横《よこ》に傾《かたむ》いた。釘《くぎ》や木《き》の破片《はへん》がぱらぱらと落《お》ち、ローズ・リタはさっと手《て》をはなして地面《じめん》に着地《ちゃくち》した。アギーは小《ちい》さなさけび声《ごえ》をあげて、草《くさ》むらにナイフをほうりなげるとローズ・リタに走《はし》りよった。ローズ・リタは立《た》って、切《き》れた親指《おやゆび》を吸《す》いながらにくにくしげにこわれたトレリスをにらみつけた。

「あのとげ！」ローズ・リタはうなるように言《い》った。

「ああ、きっとめちゃくちゃ怒《おこ》るよ！」アギーが言《い》った。「ビガー夫人《ふじん》のことよ」

ローズ・リタは聞《き》いていなかった。建物《たてもの》の壁《かべ》をよじのぼることはできないだろうか？二階《かい》まではそんなにない。それに白《しろ》い羽目板《はめいた》は手《て》をかけるのにちょうどよさそうだ。ローズ・リタはさっそくのぼろうとしたが、すべりおちた。もう一度《いちど》やってみた。結果《けっか》は同《おな》じだった。ローズ・リタはまっかな顔《かお》をしてハアハアしながら立《た》ちつくした。はじめて自分《じぶん》の計画《けいかく》があまりにも浅《あさ》はかだったのではないかと疑《うたが》いはじめていた。

「帰《かえ》ろう」ローズ・リタははきすてるように言《い》った。涙《なみだ》で目《め》がチクチクするのがわかった。

「もうあきらめるつもり？」アギーは言《い》った。「まだはやいよ。店《みせ》の反対側《はんたいがわ》を見《み》てないじゃない」

ローズ・リタは驚《おどろ》いてアギーを見《み》た。アギーの言《い》うとおりだ！　ローズ・リタは二階《かい》の窓《まど》にばかりに気《き》をとられて、建物《たてもの》の反対側《はんたいがわ》のまだ調《しら》べていない壁《かべ》のことをすっかり忘《わす》れていた。一気《いっき》にまた楽観《らっかん》と希望《きぼう》がわきあがってきた。

「わかった。見《み》にいこう」ローズ・リタはにやっと笑《わら》って言《い》った。

店《みせ》の反対側《はんたいがわ》には、窓《まど》のそばまでやぶがおいしげっていた。しかし下《した》はトンネルになっていて、ちょっとしゃがめばなんとかゆっくり通《とお》れそうだ。ローズ・リタとアギーはかがんでやぶの下《した》をじりじりと進《すす》んだ。見《み》あげると、こちらがわの窓《まど》にも店《みせ》の裏《うら》と同《おな》じ鉄格子《てつごうし》と南京錠《なんきんじょう》がついていた。ところが、下《した》を見《み》ると、地面《じめん》に地下室《ちかしつ》の入口《いりぐち》がある。むかしふうのもので、ななめになった木《き》の扉《とびら》がふたつついている。アギーは懐中電灯《かいちゅうでんとう》で扉《とびら》を照《て》らしてみた。扉《とびら》の合《あ》わせ目《め》に一組《ひとくみ》の金属製《きんぞくせい》の板《いた》が見《み》える。南京錠《なんきんじょう》をつけるためなのはまちがいないけれど、穴《あな》に南京錠《なんきんじょう》はささっていなかった。扉《とびら》のかぎはあいていた。

ローズ・リタはおそるおそる重《おも》い木《き》の扉《とびら》の取《と》っ手《て》をにぎった。ぐっと持《も》ちあげると、土《つち》とかびのにおいがたちのぼってきた。墓《はか》からの呼気《こき》のようだ。ローズ・リタはぶるっとふるえて、後《うし》ろにさがった。そのひょうしに手《て》をはなしたので、扉《とびら》はバタンと大《おお》きな音《おと》をたてて閉《し》まった。

アギーはおびえた顔《かお》でローズ・リタを見《み》た。「どうしたの、ローズ・リタ？　なにかいたの？」

ローズ・リタは額《ひたい》をぬぐった。めまいがした。「わたし……ううん、だいじょうぶ、アギー。ただ……ただこわかっただけ。どうしてかはわからないけど。臆病風《おくびょうかぜ》にふかれちゃった。それだけ」

「おかしいと思《おも》わない？」アギーは考《かん》えこんだように言《い》って、扉《とびら》を見《み》おろした。「ほかのところにはみんな格子《こうし》やかぎがかかっていたのに、ここだけあけっぱなしだなんて。なにかへんよ」

「たしかにね。こんなやぶの下《した》を探《さが》すひとなんていないと思《おも》ったんじゃないかな」言《い》いながら、ローズ・リタ自身説得力《じしんせっとくりょく》のない説明《せつめい》だと思《おも》ったけれど、それくらいしか思《おも》いつかなかった。この扉《とびら》はなにかへんだ。でも、なにがへんだかはわからない。

ローズ・リタは心《こころ》を決《き》めた。そしてもう一度地下室《いちどちかしつ》の扉《とびら》を持《も》ちあげると、最後《さいご》まであけた。それからもう一方《いっぽう》の扉《とびら》もあけ、アギーから懐中電灯《かいちゅうでんとう》を受《う》けとると、暗《くら》い穴《あな》のなかへおりていった。石段《いしだん》はすぐにおわり、黒《くろ》いドアが現《あらわ》れた。クモの巣《す》でおおわれたきたない窓《まど》がついている。磁器《じき》のノブに手《て》をかけると、驚《おどろ》くほど冷《つめ》たかった。ローズ・リタはノブをまわして、おそるおそる押《お》した。最初《さいしょ》かぎがかかっていると思《おも》ったけれど、強《つよ》く押《お》すと、陰気《いんき》なギィーッという音《おと》をたててドアはあいた。

地下室《ちかしつ》のなかは墨《すみ》を流《なが》したようにまっくらだった。ローズ・リタが懐中電灯《かいちゅうでんとう》の光《ひかり》で照《て》らすと、暗《くら》がりにうずくまるようにいくつかの影《かげ》が見《み》えた。

「だいじょうぶ？」アギーが心配《しんぱい》そうに呼《よ》びかけた。

「うん、た……たぶん。いい、アギー。あんたはそこにいて、見《み》はってて。わたしはなかに入《はい》って、見《み》てくるから」

「すぐ帰《かえ》ってきてね」

「だいじょうぶ。じゃあいってくる」

「わかった」

ローズ・リタはふりかえって、光《ひかり》を上《うえ》に向《む》けた。アギーが心配《しんぱい》そうな顔《かお》をして立《た》っている。アギーは力《ちから》なく手《て》を振《ふ》った。ローズ・リタはごくりとつばを飲《の》みこむと、ツィマーマン夫人《ふじん》のことを思《おも》い浮《う》かべた。そして向《む》き直《なお》ると、奥《おく》に入《はい》っていった。

ローズ・リタは落《お》ちつきなく左右《さゆう》に視線《しせん》を走《はし》らせながら、冷《つめ》たい石《いし》の床《ゆか》の上《うえ》を歩《ある》いていった。すみにかまどが置《お》いてある。金属《きんぞく》の腕《うで》を高《たか》く持《も》ち上《あ》げた姿《すがた》は、まるでなにかの怪《かい》物《ぶつ》のようだ。そのとなりの冷凍庫《れいとうこ》は、墓石《はかいし》を思《おも》わせた。ローズ・リタは神経質《しんけいしつ》に笑《わら》った。どうしてなにもかも恐《おそ》ろしく見《み》えるんだろう？　どこから見《み》たってごく普通《ふつう》の地下室《ちかしつ》なのに。幽霊《ゆうれい》や怪物《かいぶつ》なんていないのに。ローズ・リタは歩《ある》きつづけた。

いちばん奥《おく》までいくと、上《うえ》にあがる木《き》の階段《かいだん》があった。ゆっくりとローズ・リタはのぼった。階段《かいだん》は、ギシッギシッと大《おお》きな音《おと》をたててきしんだ。上《うえ》までのぼるとドアがあった。ローズ・リタはドアをあけてのぞいた。店《みせ》のなかだった。

暗《くら》い棚《たな》の上《うえ》に食料品《しょくりょうひん》が積《つ》み重《かさ》ねてある。缶《かん》やビンやつぼや箱《はこ》が、レジの上《うえ》の小《ちい》さな電球《でんきゅう》にぼんやりと照《て》らされている。正面《しょうめん》の大《おお》きな窓《まど》の外《そと》を車《くるま》が通《とお》った。時計《とけい》がゆっくりと時《とき》を刻《きざ》む音《おと》が聞《き》こえる。けれども時計《とけい》は見《み》えなかった。店《みせ》を横切《よこぎ》ってドアをあけると、二階《かい》にあがる階段《かいだん》があった。ローズ・リタはのぼりはじめた。

はんぶんほどあがったところで、ローズ・リタはあるものに気《き》をとられて立《た》ちどまった。絵《え》が壁《かべ》に向《む》けてかけてある。興味《きょうみ》をひかれて、ローズ・リタは手《て》を伸《の》ばして絵《え》をひっくりかえした。光輪《こうりん》をいただいた聖人《せいじん》が描《えが》かれていた。聖人《せいじん》は十字架《じゅうじか》をにぎりしめ、神々《こうごう》しい大《おお》きな目《め》で天国《てんごく》のほうを見《み》あげていた。ローズ・リタはあわてて絵《え》を壁《かべ》のほうに向《む》けた。体《からだ》をふるえが突《つ》きぬけた。なにをそんなにおそれているんだろう？　わからなかった。気《き》持《も》ちを静《しず》めると、ローズ・リタはまた階段《かいだん》をのぼりはじめた。

階段《かいだん》をあがりきると鉤型《かぎがた》になった廊下《ろうか》があり、はんぶんほどいったところに鏡板《かがみいた》のドアがあった。ドアにはかぎがさしっぱなしになっていた。ローズ・リタがかぎをまわすと、ドアは勢《いきお》いよく開《ひら》いた。ローズ・リタはなかをぐるりと懐中電灯《かいちゅうでんとう》で照《て》らした。小《ちい》さな寝室《しんしつ》だった。

ドアを入《はい》ったところに電気《でんき》のスイッチがあった。ローズ・リタはそちらのほうへ手《て》を伸《の》ばしかけて、ふっととめた。電気《でんき》をつけてもだいじょうぶだろうか？　ローズ・リタは窓《まど》のほうに視線《しせん》を走《はし》らせた。窓《まど》はひとつしかなかった。さっきトレリスにのぼって入《はい》ろうとしていた窓《まど》だ。窓《まど》は、店《みせ》の裏《うら》に黒々《くろぐろ》と茂《しげ》っていた木《き》に面《めん》していた。ガート・ビガーははるかかなたにいる。もし電気《でんき》をつけたところで、見《み》たひとはばあさんがお金《かね》でも数《かぞ》えているんだと思《おも》うだけだろう。ローズ・リタはパチンと電気《でんき》をつけて、部屋《へや》を見《み》まわした。

ごく平凡《へいぼん》な部屋《へや》だった。ひとつだけ妙《みょう》なのは人《ひと》が住《す》んでいるような気配《けはい》があることだ。きっと冬《ふゆ》のあいだ、天気《てんき》がひどくて家《いえ》まで車《くるま》で帰《かえ》れないようなときにガート・ビガーが泊《と》まっているのだろう、とローズ・リタは思《おも》った。すみに小《ちい》さな鉄製《てつせい》のベッドがある。緑色《みどりいろ》で、頭板《あたまいた》にピンク色《いろ》に塗《ぬ》られた鉄《てつ》の花飾《はなかざ》りがついている。ベッドの横《よこ》には、扉《とびら》のついていないたんすがある。なかにかかっているのはありふれた女《おんな》のひとの洋服《ようふく》で、床《ゆか》に置《お》かれた黒《くろ》いがっしりとした女物《おんなもの》の靴《くつ》の横《よこ》にストッキングがまるめて置《お》いてあった。たんすのなかの棚《たな》には、毛布《もうふ》のようなものがたたんで置《お》かれている。怪《あや》しいものはひとつもなかった。

ローズ・リタは鏡台《きょうだい》のほうへ歩《ある》いていって、調《しら》べはじめた。上《うえ》に鏡《かがみ》がついていて、その前《まえ》にいろいろなビンや容器《ようき》がずらりとならべてある。ジャーゲンスのローション、ノグゼマのクリーム、ポンズのローション、〝パリの夜《よる》〟の青《あお》い香水《こうすい》ビン。白《しろ》いリネンの敷物《しきもの》の上《うえ》には、毛《け》ぬきにクシにブラシ、それからティッシュが少《すこ》しと、濃《こ》い茶色《ちゃいろ》のつけ毛《げ》。クリネックスの箱《はこ》もあった。

ローズ・リタはふりかえって、じっと部屋《へや》を見《み》まわした。ほかになにがあるだろう？あった。枕《まくら》もとの低《ひく》いテーブルの上《うえ》に、大《おお》きな本《ほん》がある。型《かた》おしの革表紙《かわびょうし》のついた大《おお》きくて重《おも》い本《ほん》だった。なかの紙《かみ》は金色《きんいろ》に縁《ふち》どられ、背表紙《せびょうし》と表紙《ひょうし》にもやや凝《こ》りすぎの金色《きんいろ》の装《そう》飾《しょく》がほどこされている。本《ほん》のあいだから、手垢《てあか》のついた赤《あか》いしおりが突《つ》きだしていた。

心臓《しんぞう》がバクバクしはじめた。ごくりとつばを飲《の》みこむ。あれはもしかして？　ローズ・リタは近《ちか》くへ寄《よ》って、重《おも》い表紙《ひょうし》をめくった。そしてがっかりした顔《かお》になった。探《さが》していた本《ほん》ではない。『古代《こだい》ユダヤの遺物百科辞典《いぶつひゃっかじてん》』とかいう本《ほん》で、著者《ちょしゃ》は名誉神学博士兼文学博《めいよしんがくはかせけんぶんがくはか》士《せ》のメリーウェザー・バーチャード牧師《ぼくし》……ともかくそういったたぐいの本《ほん》だ。ローズ・リタはパラパラとページをめくった。

本《ほん》はおそろしく小《ちい》さな文字《もじ》の二段組《にだんぐ》みで、どこか神秘的《しんぴてき》な感《かん》じのする暗《くら》い色調《しきちょう》の版画《はんが》がたくさんのっていた。説明文《せつめいぶん》によれば、絵《え》はソロモン王《おう》の宮殿《きゅうでん》や契約《けいやく》の箱《はこ》（モーゼの十戒《じっかい》を刻《きざ》んだ石《いし》を収《おさ》めた櫃《ひつ》）、青銅《せいどう》の洗盤《せんばん》（ユダヤの祭司《さいし》が足《あし》や手《て》を清《きよ》めるのにもちいたたらい）、七枝《えだ》の燭台《しょくだい》といったもののらしかった。なかにはローズ・リタが知《し》っているものもあった。おばあさんの家庭用聖書《かていようせいしょ》に同《おな》じような版画《はんが》がのっていたからだ。ローズ・リタはあくびをした。恐《おそ》ろしく退屈《たいくつ》そうな本《ほん》だ。そしてまわりを見《み》まわしてため息《いき》をついた。ここは魔女《まじょ》の秘密《ひみつ》の部屋《へや》なんかじゃない。ガート・ビガーが魔女《まじょ》だと思《おも》ったのは、まちがいだったかもしれない。魔女説《まじょせつ》はかなりのあて推量《すいりょう》によったものだったことに気《き》づいて、ローズ・リタの心《こころ》は沈《しず》んだ。たしかにビガー夫人《ふじん》はモーディカイ・ハンクスの写真《しゃしん》を壁《かべ》に飾《かざ》っていた。でも、それがなにを証明《しょうめい》するっていうの？　ツィマーマン夫人《ふじん》が見《み》つけた写真《しゃしん》だって、ただの偶然《ぐうぜん》かもしれない。あの奇妙《きみょう》な図《ず》や、ビガー夫人《ふじん》が読《よ》んでいた本《ほん》だって――そう、ビガー夫人《ふじん》はよくいる魔女《まじょ》に憧《あこが》れているひとのひとりなのかもしれない。ツィマーマン夫人《ふじん》はまえに、魔法《まほう》の力《ちから》をほしがるひとは山《やま》ほどいるけど、ほんとうに魔力《まりょく》を得《え》られるひとはひとにぎりもいないと言《い》っていた。そういうひとが魔法使《まほうつか》いになれるかもしれないと思《おも》って、魔《ま》法《ほう》の本《ほん》を読《よ》んだっておかしくない。でしょ？

わたしはもしかしたら恐《おそ》ろしいまちがいを犯《おか》したのかもしれない。わたしとツィマーマン夫人《ふじん》にふしぎなことが起《お》こったのはたしかだけど、だからと言《い》って、ビガー夫人《ふじん》がやったとはかぎらないのだ。ローズ・リタはベッドに置《お》いた懐中電灯《かいちゅうでんとう》をひろいあげると、下《した》におりようとした。そのとき音《おと》がした。寝室《しんしつ》のドアをカリカリと引《ひ》っかくような音《おと》だった。

一瞬《いっしゅん》ローズ・リタは恐怖《きょうふ》におそわれた。が、すぐに思《おも》いだして、ふっと笑《わら》った。ビガー夫人《ふじん》はイヌをかっている。あの小《ちい》さな黒《くろ》イヌ。きっと夜《よる》は店《みせ》のなかに入《い》れているのだろう。

ほっとため息《いき》をついて、ローズ・リタはドアをあけた。やっぱりあのイヌだった。イヌはトコトコと部屋《へや》に入《はい》ってきて、ベッドに飛《と》びのった。ローズ・リタはにっこり笑《わら》って、ドアのほうに向《む》かおうとした。が、また立《た》ちどまった。イヌがひどく奇妙《きみょう》な声《こえ》を出《だ》したからだ。まるで人間《にんげん》が咳《せき》をしたような声《こえ》だった。動物《どうぶつ》というのは、時々人間《ときどきにんげん》みたいな声《こえ》を出《だ》す。猫《ねこ》もそうだ。赤《あか》ん坊《ぼう》の泣《な》き声《ごえ》にそっくりなときがある。そんなことはわかっていたけれど、それでもなお、その声《こえ》はローズ・リタを立《た》ちどまらせた。首《くび》の後《うし》ろの毛《け》が逆立《さかだ》つ。

そしてローズ・リタはゆっくりとふりむいた。ベッドの上《うえ》にガート・ビガーがすわっていた。獣《けもの》のように残忍《ざんにん》な口元《くちもと》に、この世《よ》のものとは思《おも》われない邪悪《じゃあく》な笑《え》みを浮《う》かべて。

第《だい》11章《しょう》　黒《くろ》いイヌ

　ローズ・リタは暗闇《くらやみ》のなかにいた。目《め》の上《うえ》にかすかな重《おも》みを感《かん》じたので、なにかで目《め》をおおわれていることはわかったけれど、なにかはわからない。手《て》を持《も》ち上《あ》げておおいをとろうとしたけれど、できなかった。手《て》は胸《むね》の上《うえ》で組《く》まれていて、それはわかるのに、動《うご》かすことはできない。体《からだ》じゅうどこも動《うご》かせないし、しゃべることもできない。けれども耳《みみ》は聞《き》こえたし、感覚《かんかく》もあった。横《よこ》たわっていると、ハエが一匹《ぴき》——たぶんハエだろう——おでこにとまって、鼻《はな》まで歩《ある》いてから飛《と》び去《さ》った。

　ここはどこだろう？　おそらくガート・ビガーの店《みせ》の寝室《しんしつ》だろう。ともかくベッドの上《うえ》にいるようだ。それと毛布《もうふ》かそれに似《に》たようなものが体《からだ》にかけてある。毛布《もうふ》は重《おも》く、部屋《へや》は蒸《む》し暑《あつ》かった。小《ちい》さな汗《あせ》の粒《つぶ》が体《からだ》を流《なが》れ落《お》ちた。どうして動《うご》けないの？　麻痺《まひ》してるんだろうか、それとも？　すると悪夢《あくむ》のような恐怖《きょうふ》がよみがえってきた。ベッドの上《うえ》からガート・ビガーがじっと眺《なが》めているのを見《み》たときの恐《おそ》ろしさが。あのとき気《き》を失《うしな》ってしまったにちがいない。そのあとのことはなにひとつ思《おも》いだせなかった。かぎがカチリと鳴《な》った。ドアがキィーッと開《ひら》いて、重《おも》い足音《あしおと》が部屋《へや》を横切《よこぎ》って、頭《あたま》のわきでとまった。いすがきしんだ。

「さて、さて、さて。気分《きぶん》はどうだい、でしゃばり娘《むすめ》？　ん？　口《くち》がきけないって？　そりゃあ残念《ざんねん》だ。あたしのことを侮辱《ぶじょく》したかったんだろ？　あんたが家《いえ》に忍《しの》びこんで、ひっかきまわしたやり口《くち》から見《み》ればね。あたしが魔女《まじょ》だって証拠《しょうこ》でも見《み》つけようとしたのかい？　それなら安心《あんしん》しな。そのとおりだから」

ガート・ビガーはヒィーヒッヒッヒと笑《わら》った。その笑《わら》い声《ごえ》は、ガート・ビガーみたいながっしりした大女《おおおんな》から想像《そうぞう》する声《こえ》とはまるでちがって、かんだかくて薄《うす》っぺらかった。頭《あたま》がおかしい人間《にんげん》の笑《わら》いだった。

「そうだとも」ガート・ビガーは続《つづ》けた。「なにもかも、あのばかなガンダーソンのじじいがここに寄《よ》った夜《よる》からはじまったんだ。あいつはずいぶん酔《よ》っぱらってて、農場《のうじょう》で見《み》つけた魔法《まほう》の指輪《ゆびわ》のことをぺらぺらしゃべりだしたのさ。ああ、もちろん最初《さいしょ》は、やつがくだらないたわごとを言《い》ってるんだと思《おも》ったよ。でもそのあとで、待《ま》てよ、と思《おも》った。もしほんとうだったらってね。あたしゃ昔《むかし》から魔法《まほう》を使《つか》えるようになりたいと思《おも》ってた。いろいろ勉強《べんきょう》もしたさ。それで、じいさんがくたばると、さっそく家《いえ》に忍《しの》びこんで見《み》つけたんだ。今《いま》あたしの指《ゆび》にはまってるこれをね。あのバーチャードとかいうやつが書《か》いた本《ほん》を読《よ》んだかい？　あれはぜんぶほんとうさ。ひとつのこらずね。いいかい、読《よ》んでやろう」

ローズ・リタは指《ゆび》がページをパラパラとめくる音《おと》を聞《き》いた。「ここだよ。しおりをはさんでおいたところさ。この部屋《へや》をかぎまわっていたときに見《み》たはずだ。まあ、おまえさんみたいなでしゃばりは、目《め》と鼻《はな》の先《さき》にあるものを見《み》のがすがね」ガート・ビガーはまたヒッヒと笑《わら》った。「いいかい、ここからだ……〝古代《こだい》ユダヤの遺物《いぶつ》に関《かん》して語《かた》るなら、ソロモン王《おう》の伝説《でんせつ》の指輪《ゆびわ》についてふれぬわけにはいかない。偉大《いだい》な歴史家《れきしか》であるフラビウス・ヨセフスによれば、ソロモン王《おう》は魔法《まほう》の指輪《ゆびわ》を所有《しょゆう》していた。その指輪《ゆびわ》は王《おう》があらゆる偉大《いだい》な技《わざ》を行《おこ》なうのを可能《かのう》にしたという。念力移動《ねんりきいどう》の力《ちから》、すなわちだれにも見《み》られることなくある場所《ばしょ》からほかの場所《ばしょ》へ瞬間移動《しゅんかんいどう》できる能力《のうりょく》や、魔術《まじゅつ》や予言《よげん》の力《ちから》を与《あた》え、敵《てき》を卑《いや》しい獣《けもの》に変《か》えて貶《おとし》める技《わざ》も授《さず》けた。この技《わざ》をもちいて、ソロモン王《おう》はヒッタイトの王《おう》を雄《お》牛《うし》の姿《すがた》に変《か》え、その力《ちから》を減《げん》じたという。また指輪《ゆびわ》によって、王自身自由《おうじしんじゆう》にその姿《すがた》を変《か》えることができた。王《おう》がもっとも気《き》に入《い》っていた姿《すがた》は、小《ちい》さな黒《くろ》イヌだと言《い》われている。その姿《すがた》で王《おう》は町《まち》をうろつき、敵《てき》のようすを探《さぐ》り、さまざまな秘密《ひみつ》をかぎあてた。しかし、指輪《ゆびわ》の持《も》つもっとも強大《きょうだい》な力《ちから》に関《かん》しては、賢《かしこ》き王《おう》ソロモンは使《つか》わぬことを選《えら》んだ。指輪《ゆびわ》は、もし指《ゆび》にはめたものが望《のぞ》めば、永遠《えいえん》の命《いのち》と美《うつく》しさを授《さず》けることができるのだ。しかしこの贈《おく》り物《もの》を手《て》にするには、指輪《ゆびわ》の主《ぬし》、悪魔《あくま》アスモダイを呼《よ》びださねばならない。ソロモン王《おう》がこの指輪《ゆびわ》の力《ちから》を使《つか》うことをこばんだのは、おそらくこれが理由《りゆう》であろう。なぜなら、悪魔《あくま》と組《く》むものは……〟」

本《ほん》がバタンと閉《と》じられた。「よけいなことはいらないよ、牧師《ぼくし》め」ガート・ビガーはつぶやいた。「まあ、そういうことさ、でしゃばり娘《むすめ》！　面白《おもしろ》いだろう？　だがもっと面白《おもしろ》いことを教《おし》えてやろう。おまえさんはまさにちょうどいいときにやってきたんだよ。ほんとうは、このまえおまえさんが奥《おく》の部屋《へや》をかぎまわっているのをとっつかまえたときに、してやるつもりだったんだが。でも、あとで自分《じぶん》に言《い》いきかせたのさ。〝あの娘《むすめ》は、またくるに決《き》まってる！〟ってね。そしたらあんのじょう戻《もど》ってきた。戻《もど》ってきた、戻《もど》ってきた！」ガート・ビガーはかんだかい笑《わら》い声《ごえ》をあげた。「地下室《ちかしつ》の南京錠《なんきんじょう》をわざとあけておいたら、おまえさんはのこのこ入《はい》ってきた。とんだばか者《もの》さ。さあこれから、魔女《まじょ》にちょっかいを出《だ》すとどんな目《め》にあうかよくわからせてやるよ。フローレンスのようにね。まだやつの最後《さいご》の仕上《しあ》げは終《お》わってないがね」ガート・ビガーは一瞬《いっしゅん》だまり、つばを吐《は》いたようないやな音《おと》がした。「ハ！　まったく、わからないとでも思《おも》ってんのかね？　このあたしがわからないとでも？　あいつがなにをしようとしていたか？　ガソリンがなくなったふりをしてやってくるなんて！　あいつのことも、あいつの魔法《まほう》のことも、大学《だいがく》の学位《がくい》のことも、みんな知《し》ってんだ。あたしは言《い》ったさ。〝あいつは指輪《ゆびわ》をとりにきたんだ！〟ってね。それからはほんとうに不安《ふあん》だったよ。そのときはまだ、どうやって指輪《ゆびわ》を使《つか》ったらいいのか、ちゃんとわかってなかったからね。黒《くろ》いイヌにばけることだけさ。おまえたちが北《きた》のほうへいっちまってから、いろいろ覚《おぼ》えたんだ。あの写真《しゃしん》をあそこに置《お》いておいたのもあたしだし、おまえさんがフローレンスの部屋《へや》で見《み》たのもこのあたしさ。車《くるま》の後《うし》ろの座席《ざせき》にも何度《なんど》かおじゃましたしね。心臓《しんぞう》が凍《こお》るほどこわかっただろう、え？」ビガー夫人《ふじん》ははげしく笑《わら》った。そしてまたしばらくだまってから、ぞっとするような声《こえ》で話《はな》しはじめた。「さあて、なかなか楽《たの》しかったがね。それもここまでのようだ。フローレンスはあたしの手《て》のなかにいる。かたをつけないとね。あたしの指輪《ゆびわ》はなにがあっても渡《わた》しやしないよ！　なにがあってもね！」

「もちろん」ガート・ビガーはつけくわえた。「あたしの人生《じんせい》をめちゃくちゃにされたことで、うらんでるのもたしかさ。もしモルディと結婚《けっこん》できてたら、もっといい人生《じんせい》を送《おく》れたんだ。死《し》んだばか亭主《ていしゅ》はしょっちゅうあたしを殴《なぐ》ってた。どんなだかわかるかい？　おまえはなにもわかってないんだ」ガート・ビガーの声《こえ》はかすれていた。泣《な》いている？

ローズ・リタにはわからなかった。

ガート・ビガーははげしい怒《いか》りに満《み》ちた声《こえ》でとりとめもなくしゃべりつづけた。おまえに死《し》の呪文《じゅもん》をかけてやった、とガート・ビガーは言《い》った。夜明《よあ》けがきたら、おまえは死《し》ぬ。あたしの魔法《まほう》の道具《どうぐ》に囲《かこ》まれたおまえの死体《したい》が発見《はっけん》されるだろう。でも、そのときあたしはいない。そもそもガート・ビガーという人間《にんげん》はいなくなってるんだ。あたしは若《わか》くて美《うつく》しい女《おんな》に生《う》まれ変《か》わる。ガート・ビガーはすべて計画《けいかく》していた。どこか別《べつ》の場所《ばしょ》へいって、名前《なまえ》も変《か》える。お金《かね》もぜんぶ銀行《ぎんこう》から引《ひ》きだして、店《みせ》の安全《あんぜん》なところに隠《かく》してある。新《あたら》しい名前《なまえ》と新《あたら》しい人生《じんせい》を手《て》に入《い》れて、今《いま》までの不幸《ふこう》をすべてとりもどすんだ、とガート・ビガーは言《い》った。だがいくまえに、フローレンス・ツィマーマンとのけりはつけてくつもりさ。これで決着《けっちゃく》だ。

ガート・ビガーはしゃべり終《お》わると、部屋《へや》を出《で》てかぎをかけた。ローズ・リタは絶望的《ぜつぼうてき》な気持《きも》ちになって、まわりに広《ひろ》がる暗闇《くらやみ》を見《み》つめた。ローズ・リタはアギーのことを思《おも》い浮《う》かべた。今《いま》やアギーだけが、唯一《ゆいいつ》の希望《きぼう》だった。地下室《ちかしつ》の扉《とびら》の外《そと》にアギーをのこしてきてからどのくらいたったのか、見当《けんとう》もつかない。アギーもつかまっていないといいけど。ローズ・リタは祈《いの》った。口《くち》は閉《と》ざされていたから、声《こえ》は出《だ》せなかった。神《かみ》さま、お願《ねが》いします。アギーがわたしのことを見《み》つけてくれますように。アギーをお助《たす》けください。手遅《ておく》れになるまえに。どうか、どうか神《かみ》さま……

長《なが》い時間《じかん》が過《す》ぎた。少《すく》なくとも、長《なが》い時間《じかん》がたったように思《おも》えた。でもローズ・リタにはそれを計《はか》るすべもなかった。手首《てくび》にはまだ腕時計《うでどけい》がはめてあって時《とき》を刻《きざ》んでいたけれど、なんの役《やく》にも立《た》たない。どうやったら夜明《よあ》けがきたってわかる？　死《し》ねばわかるってことか。カチカチカチカチカチ。体《からだ》の感覚《かんかく》がなくなっていくのがわかる。もう胸《むね》の上《うえ》に組《く》まれた手《て》の感覚《かんかく》もない。頭《あたま》だけ切《き》り離《はな》されて枕《まくら》の上《うえ》に寝《ね》かされている自分《じぶん》の幻《まぼろし》が浮《う》かんできた。その光景《こうけい》があまりにもおそろしかったので、ふりはらおうとしたが、ふりはらってもふりはらっても戻《もど》ってくる。ああ、神《かみ》さま、アギーをおよこしください。だれかを。カチカチカチカチ……

ブブブブブー。玄関《げんかん》のベルが鳴《な》った。ベルが何回《なんかい》か鳴《な》ったあと、お店《みせ》のドアについている小《ちい》さなベルのくぐもったチリンチリンという音《おと》が聞《き》こえた。そのあとはなにも聞《き》こえなかった――もしだれかがしゃべっていたとしても、ローズ・リタには聞《き》こえないだろう。あたりは静《しず》まりかえった。さらに時間《じかん》が過《す》ぎた。すると寝室《しんしつ》のドアのかぎがカチリと鳴《な》った。足音《あしおと》がして、いすがきしんだ。重《おも》い人物《じんぶつ》だった。

「なんてこったい。世《よ》の中《なか》にはいろんなやつがいるんだねえ」ガート・ビガーだった。「だれと話《はな》していたと思《おも》うかい？　だれだ？　わからないかい？　サイプス夫人《ふじん》さ。この先《さき》に住《す》んでるんだ。夫人《ふじん》と娘《むすめ》の……たしかアギーとかいったね。すっかり興奮《こうふん》してたよ。アギーが、あたしがおまえさんを誘拐《ゆうかい》したって言《い》ったらしいよ。まったく！」ガート・ビガーはくすくす笑《わら》った。「おまけに、ここを探《さが》すためにおまわりまでつれてきたよ。だが、あたしゃ自分《じぶん》の権利《けんり》くらいわかってるよ。おまわりは捜索令状《そうさくれいじょう》を持《も》ってなかったからね、そう言《い》ってやったよ。自分《じぶん》の権利《けんり》はわかってる、ここには入《はい》れないよって。いえいえ、そんな女《おんな》の子《こ》のことなんてなにも知《し》りません、てね。ざまあみろ。あんなふうにやってくるなんて、まったく図々《ずうずう》しいやつらだよ」ガート・ビガーはまたけたけたと笑《わら》った。笑《わら》いながら体《からだ》を前後《ぜんご》にゆすったから、いすがキイキイきしんだ。ローズ・リタの心《こころ》のなかで燃《も》えていた小《ちい》さな希望《きぼう》の炎《ほのお》が消《き》えた。わたしは死《し》ぬんだ。もうだれにもどうにもできない。

ガート・ビガーは部屋《へや》を出《で》ていった。ふたたび、闇《やみ》に閉《と》ざされた長《なが》い沈黙《ちんもく》が訪《おとず》れた。かすかな音《おと》が聞《き》こえていたが、なんの音《おと》だかわからなかった。とうとうドアがギィーッと開《ひら》き、続《つづ》いて、ガート・ビガーが部屋《へや》を歩《ある》きまわる音《おと》が聞《き》こえた。鼻歌《はなうた》を歌《うた》いながら、引《ひ》きだしをあけたり閉《し》めたりしている音《おと》がする。ここを出《で》ていくために荷造《にづく》りしているのだ。長《なが》い時間《じかん》がたったと思《おも》われてから、ようやくスーツケースのかぎがカチリと閉《し》まる音《おと》が聞《き》こえた。ガート・ビガーはまた枕《まくら》もとのいすまで歩《ある》いてきて、どさりと腰《こし》をおろした。

「気分《きぶん》はどうだい？　え？　まだなにか感《かん》じるかい？　この呪文《じゅもん》はだんだんきいてくるんだ。そう言《い》われている。だが夜明《よあ》けがくるまでは完了《かんりょう》しない。まだそれまでずいぶんある。

さあ、いく用意《ようい》はできた。まだフローレンスの始末《しまつ》は終《お》わってないが、最後《さいご》ここを出《で》るときにすればいいだろう。変《か》わったあとのあたしの姿《すがた》を見《み》せておきたいからね。いいかい、おまえさんは静《しず》かにお行儀《ぎょうぎ》よくしてるようだから、ちょっとした早変《はやが》わりの術《じゅつ》をお目《め》にかけよう。まあ、もちろん、お目《め》にかけようっていったって、ほんとうに見《み》せるわけにはいかないがね。その目《め》の上《うえ》のものを取《と》っちまったら、呪文《じゅもん》がとけてしまう。そういうわけにはいかないだろう？　ねえ。だから代《か》わりに、これからやることを話《はな》してやろう。これからこのいすにすわって、悪魔《あくま》のアスモダイを呼《よ》びだすんだ。そしたらおまえさんにもやつの声《こえ》が聞《き》こえるだろう。どうだい？　さあてと、どうするんだっけ？　そうそう……」

ガート・ビガーは三回手《かいて》をたたくと、大声《おおごえ》で命令《めいれい》した。「アスモダイを我《わ》がもとへ送《おく》りたまえ！　今《いま》すぐに！」

最初《さいしょ》はなにも起《お》こらなかった。それから、じわじわと邪悪《じゃあく》なものの存在《そんざい》が感《かん》じられはじめた。その感覚《かんかく》に体《からだ》が反応《はんのう》した。体《からだ》じゅうに鳥肌《とりはだ》が立《た》ち、寒気《さむけ》がおそってきた。空気《くうき》が重《おも》くなり、呼吸《こきゅう》が苦《くる》しい。そして暗闇《くらやみ》のなかから、ざらついたささやくような声《こえ》がした。

「アスモダイを呼《よ》んだのはだれだ？」

「あたしだよ。あたしはソロモン王《おう》の指輪《ゆびわ》をはめてんだ。あたしは変《か》わりたい。若《わか》くて美《うつく》しくなりたい。そして千年生《ねんい》きたい」そう言《い》ってからガートはあわててつけくわえた。「だけど、年《とし》とりたくないんだよ。ずっと若《わか》いままでいたいんだ」

「そのとおりになるだろう」ささやき声《ごえ》は言《い》った。

ささやき声《ごえ》がやんだとたん、小《ちい》さな音《おと》がした。二十五セント玉《だま》が床《ゆか》に落《お》ちたような音《おと》だった。それから強《つよ》い風《かぜ》がゴーッと部屋《へや》をふきぬけるような音《おと》がして、建物《たてもの》の下《した》の地面《じめん》がゆれたかのように部屋全体《へやぜんたい》がふるえた。あたりはガタガタゴロゴロものすごい音《おと》に包《つつ》まれた。ベッドがゆれ、ローズ・リタの目《め》をおおっていたものがずれおちた。ローズ・リタは起《お》きあがって、ふらふらしながら頭《あたま》をふった。そしてまわりを見《み》まわした。メガネは？わたしのメガネはどうした？　枕《まくら》もとの机《つくえ》の上《うえ》を探《さぐ》ると、見《み》つかった。ローズ・リタはメガネをかけて、もう一度《いちど》まわりを見《み》まわした。ガート・ビガーの姿《すがた》はなかった。でも部屋《へや》を出《で》ていく音《おと》はしなかったし、かぎはドアの内側《うちがわ》にささったままになっている。横《よこ》を見《み》ると、ベッドの上《うえ》に銀貨《ぎんか》が二枚落《まいお》ちていた。これが目《め》の上《うえ》にかぶせてあったにちがいない。体《からだ》の上《うえ》には、黒《くろ》くて重《おも》い毛布《もうふ》がかけられていた。縁《ふち》に白《しろ》い線《せん》が入《はい》っていて、まんなかに大《おお》きな白《しろ》い十字《じゅうじ》の模様《もよう》がついている。ローズ・リタにはそれがなにかすぐわかった。ニュー・ゼベダイでカトリック教会《きょうかい》のお葬式《そうしき》に出《で》たとき、お棺《かん》にまったくこれと同《おな》じ毛布《もうふ》がかけられていた。ローズ・リタは身《み》ぶるいして、毛布《もうふ》をはねのけて起《お》きあがった。

気分《きぶん》が悪《わる》かった。まるでインフルエンザで二週間《しゅうかん》寝《ね》たきりになっていたような気分《きぶん》だ。立《た》とうとしたけれど、またすぐにどさっとしりもちをついてしまった。顔《かお》から汗《あせ》がどっとふきだした。ぼんやりした頭《あたま》で部屋《へや》を見《み》まわしながら、いったいビガー夫人《ふじん》はどうしたんだろうと考《かんが》えた。きっと願《ねが》いをかなえて、ハリウッドかどこかでラナ・ターナーとかエスター・ウィリアムズ（二人《ふたり》とも一九四〇～五〇年代《ねんだい》のアメリカの女優《じょゆう》）みたいな連中《れんちゅう》と面白《おもしろ》おかしく遊《あそ》びくらしにいったんだ。ローズ・リタにはわからなかったし、どうでもよかった。めまいがして、ふるえがとまらない。頭《あたま》が籐《とう》のかごみたいに軽《かる》く感《かん》じる。やっとのことで、なんとか立《た》ちあがった。すると、なにか……なにか気《き》になることがあるのを思《おも》いだした。あの音《おと》、さっきしたコインが床《ゆか》に落《お》ちたみたいな音《おと》。あれはなに？　ローズ・リタは手足《てあし》を床《ゆか》について、ベッドの下《した》をのぞきこんだ。そのとたん、階下《かいか》からドンドンドンドンとなにかをたたくものすごい音《おと》が聞《き》こえた。玄関《げんかん》のベルがたてつづけに八回《かい》ほど鳴《な》り、くぐもった声《こえ》がさけんだ。「あけろ！　警察《けいさつ》だ！」戻《もど》ってきたんだ！　アギーとおかあさんと警察《けいさつ》だ。ローズ・リタはちらりとドアのほうを見《み》た。もしかしたら、ビガー夫人《ふじん》は指輪《ゆびわ》を置《お》いていったかもしれない。ソロモン王《おう》の指輪《ゆびわ》を手《て》に、アギーのところにおりていけたら！　ローズ・リタはかがんで、ベッドの下《した》のほこりをひっかきまわした。あった！

ローズ・リタは手《て》を伸《の》ばして指《ゆび》に指輪《ゆびわ》をひっかけた。そして、自分《じぶん》のほうにひきよせ、指《ゆび》輪《わ》をにぎりしめた。

そのとたん、なにかが起《お》こった。ローズ・リタの体《からだ》をふるえがかけぬけ、なにか……そう、おかしな気持《きも》ちになった。尊大《そんだい》で、冷酷《れいこく》になり、怒《いか》りが沸《わ》きあがった。自分《じぶん》をむかしの生活《せいかつ》にひきもどしにきたやつらが許《ゆる》せなかった。

「よし、ビガー夫人《ふじん》」声《こえ》が響《ひび》いた。「十数《かぞ》える。そうしたら突入《とつにゅう》するぞ！」

ローズ・リタは立《た》ちあがって、きっとドアをにらみつけた。その顔《かお》は憎《にく》しみにあふれ、まるで別人《べつじん》のようだった。目《め》には荒々《あらあら》しい光《ひかり》がやどっている。そう、わたしをつかまえにくるってわけね！　でもそのまえに見《み》つけられるかしら？　ローズ・リタはドアに突進《とっしん》すると、かぎをあけた。そして指輪《ゆびわ》をぎゅっとにぎったまま廊下《ろうか》へ飛《と》びだした。廊下《ろうか》のつきあたりの半開《はんびら》きになったドアから、下《した》におりる階段《かいだん》があるのが見《み》えた。あがってくるときに使《つか》った階段《かいだん》ではなくて、べつの、建物《たてもの》の裏《うら》におりる階段《かいだん》だった。ローズ・リタはそちらのほうへ走《はし》りだした。

「七、八……」

ドンドンドンドン。ローズ・リタは階段《かいだん》をかけおりた。下《した》におりると、ドアはかぎとチェーンがかかっていた。ローズ・リタは狂《くる》ったように、しかし一瞬《いっしゅん》たりとも指輪《ゆびわ》ははなさずに、かぎをあけてチェーンと差《さ》し錠《じょう》をひきぬいた。

「十!」すさまじい音《おと》がして、口々《くちぐち》にどなる声《こえ》が聞《き》こえた。その声《こえ》に交《ま》じってアギーのさけび声《ごえ》が聞《き》こえた。「ローズ・リタ! だいじょうぶ?」ローズ・リタは一瞬《いっしゅん》ためらった。そして店《みせ》の入口《いりぐち》の、音《おと》が聞《き》こえてくるほうへ迷《まよ》うように視線《しせん》を走《はし》らせた。しかし、次《つぎ》の瞬《しゅん》間《かん》ローズ・リタの顔《かお》がひきしまり、指輪《ゆびわ》を持《も》つ手《て》がかたくにぎられた。ローズ・リタは向《む》きなおって、走《はし》りだした。物置《ものおき》を過《す》ぎ、物干《ものほ》し網《あみ》の横《よこ》をぬけ、裏庭《うらにわ》のすぐ後《うし》ろまで迫《せま》ってきている暗《くら》い森《もり》のほうへ。松《まつ》の木《き》の影《かげ》がローズ・リタを飲《の》みこもうと伸《の》びてくるようだった。

第《だい》12章《しょう》　森《もり》のなか

ローズ・リタは森《もり》のなかを走《はし》りつづけた。足《あし》がパタパタパタパタと地面《じめん》をける音《おと》がひびく。景色《けしき》の断片《だんぺん》が飛《と》ぶように過《す》ぎていく。木《き》の枝《えだ》、切《き》り株《かぶ》、黒《くろ》い幹《みき》に階段状《かいだんじょう》にはえるきのこ。茶色《ちゃいろ》の松《まつ》の葉《は》におおわれた道《みち》はくねくねと森《もり》の奥深《おくふか》くへ入《はい》っていく。ローズ・リタは転《ころ》んでも、切《き》り株《かぶ》でむこうずねをすりむいても、そのたびに起《お》きあがって走《はし》りつづけた。はやく、もっとはやく。枝《えだ》が顔《かお》や腕《うで》にぴしぴしとあたり、ヒリヒリと焼《や》けるような跡《あと》を残《のこ》した。しかし切《き》れた傷《きず》の痛《いた》みはローズ・リタをますます駆《か》りたてるだけだった。走《はし》っているあいだ、とりとめのない考《かんが》えが次々《つぎつぎ》と浮《う》かんできた。様々《さまざま》なイメージが閃光《せんこう》のようにひらめく。ローズ・リタは、そうしたイメージをまるで空気《くうき》に焼《や》きつけられたようにはっきりと見《み》ることができた。「おまえみたいにへんな女《おんな》ははじめてだ！」とさけんでいるクルーカットの男《おとこ》の子《こ》。土曜《どよう》のダンスパーティをしていた体育館《たいいくかん》のサイドラインにたたずむ女《おんな》の子《こ》たち。

来年《らいねん》の秋《あき》から通《かよ》う刑務所《けいむしょ》のような中学《ちゅうがく》の黒《くろ》い校舎《こうしゃ》。ふりふりのドレスを着《き》て、ストッキングをはいて、口紅《くちべに》とマスカラをつけた女《おんな》の子《こ》たちが口々《くちぐち》にきいた。「どうしちゃったの？デートしたくないの？　デートって楽《たの》しいわよ！」

走《はし》っていくローズ・リタの後《うし》ろから、だれかが呼《よ》ぶ声《こえ》が聞《き》こえたような気《き》がした。声《こえ》ははるかかなたからかすかに聞《き》こえるだけだったけれど、ローズ・リタは一度《いちど》か二度《にど》自分《じぶん》の名前《なまえ》をたしかに聞《き》いた。いやよ、ローズ・リタはハアハアしながら考《かんが》えた。つかまるのはいや。もうたくさんよ。もうたくさん。わたしは自分《じぶん》がほしいものを手《て》に入《い》れる……

ローズ・リタは暗《くら》い松林《まつばやし》をやみくもに走《はし》りつづけた。道《みち》からそれ、はんぶん落《お》ちるように急《きゅう》な土手《どて》を駆《か》けおりた。土手《どて》は松葉《まつば》でおおわれ、すべりやすかった。ローズ・リタは足《あし》をとられ、頭《あたま》から倒《たお》れこんで、そのまま下《した》までごろごろと転《ころ》げ落《お》ちた。頭《あたま》はくらくらし、体《からだ》はぶるぶるふるえている。が、最初《さいしょ》に確《たし》かめたのは指輪《ゆびわ》だった。指輪《ゆびわ》はかたく閉《と》じた手《て》のなかにしっかりとにぎられていた。ローズ・リタは手《て》を開《ひら》くと、ちらっと指輪《ゆびわ》があるかどうか確《たし》かめた。そしてまた手《て》をぎゅっとにぎると、ふらふらしながら立《た》ちあがって、走《はし》りだした。頭《あたま》のなかになにかがあって、ピストンのように機械的《きかいてき》に、執拗《しつよう》に、ローズ・リタをかりたてた。走《はし》れ、走《はし》れ、その声《こえ》は言《い》った。走《はし》りつづけるんだ、走《はし》りつづけるんだ、走《はし》りつづけるんだ……。

ローズ・リタは浅《あさ》い小川《おがわ》をばしゃばしゃと渡《わた》ると、反対側《はんたいがわ》の土手《どて》をのぼりはじめた。しかし斜面《しゃめん》は急《きゅう》で、片方《かたほう》の手《て》をにぎったままのぼるのは至難《しなん》の技《わざ》だった。ローズ・リタはとちゅうでとまるとハアハアと息《いき》をついた。指輪《ゆびわ》をはめたらどうだろう？ ローズ・リタは手《て》を開《ひら》いて、ぼうぜんと小《ちい》さな重《おも》い物体《ぶったい》を見《み》つめた。大《おお》きすぎる。これでは指《ゆび》からぬけてしまう。ポケットに入《い》れようか？ だめだ。ポケットに穴《あな》があいている可能性《かのうせい》もある。なくなってしまうかもしれない。常《つね》に指輪《ゆびわ》があることを確《たし》かめられないと。ローズ・リタはまた手《て》を閉《と》じると、片手《かたて》でのぼりつづけた。

のぼるのは得意《とくい》だったし、あちこちにはしごの横木代《よこぎか》わりになる根《ね》が顔《かお》を出《だ》していた。ローズ・リタはどんどんのぼった。上《うえ》までのぼると、いったんとまって息《いき》を整《とと》えた。

「ローズ・リタ！ ローズ・リタ！ とまって！」

ローズ・リタはぱっとふりかえった。あれはだれ？ よく知《し》っている声《こえ》だ。ローズ・リタがひきかえそうとした瞬間《しゅんかん》、また頭《あたま》のなかのピストンが動《うご》きだした。走《はし》れ、走《はし》れ、いくんだ、いくんだ、いくんだ。ローズ・リタはぎらぎらした目《め》で向《む》こう岸《ぎし》をふりかえった。その目《め》にはなにかがのりうつったような怒《いか》りがやどっていた。「つかまえてごらん！」

ローズ・リタは歯《は》をむきだしてどなった。そして向《む》き直《なお》ると、また走《はし》りだした。

ローズ・リタは森《もり》のなかにつっこんだ。しかしだんだん足《あし》が動《うご》かなくなりだした。まるでゴムのようだ。ガート・ビガーの呪文《じゅもん》で金縛《かなしば》りになっていたため、長《なが》い病《やまい》にむしばまれたあとのようにローズ・リタは弱《よわ》っていた。わきばらが痛《いた》み、息《いき》を吸《す》おうとすると唾液《だえき》の泡《あわ》がふつふつと口《くち》にあふれだす。ローズ・リタは汗《あせ》まみれになって身《み》をよじった。メガネが白《しろ》くくもった。とまりたかったが、ピストンはそれを許《ゆる》さなかった。ローズ・リタはかりたてられるように進《すす》み、とうとうよろめきながら森《もり》の開《ひら》けたところに出《で》た。ローズ・リタはひざをついて、まわりを見《み》まわした。ここはどこ？　わたしはなにをしているの？　ああ、そうだ、いこうとしてるんだ……いこうとしてる……いこうと……世界《せかい》がぐるぐるまわりはじめた。黒々《くろぐろ》とした木《き》や星《ほし》の輝《かがや》く空《そら》や灰色《はいいろ》の草《くさ》が、飛《と》ばしている車《くるま》の窓《まど》から見《み》る景色《けしき》のように通《とお》りすぎていく。ローズ・リタはあおむけに倒《たお》れ、気《き》を失《うしな》った。

やがて目《め》を覚《さ》まして最初《さいしょ》に見《み》たのは、頭上《ずじょう》でこうこうと輝《かがや》く青白《あおじろ》く冷《つめ》たい月《つき》だった。ローズ・リタは起《お》きあがって、頭《あたま》をふった。黒々《くろぐろ》とした木々《きぎ》がまわりを取《と》りかこみ、影《かげ》が逃《に》げ道《みち》をふさいでいた。でも、逃《に》げたいわけではなかった。それとも？　いいえ、わたしはここになにかをしにきたのよ。しかし、それがなんだかどうしても思《おも》いだせなかった。左手《ひだりて》がヒリヒリと痛《いた》む。ローズ・リタは草《くさ》の上《うえ》についていたこぶしを持《も》ち上《あ》げ、まるで他《た》人《にん》の手《て》を見《み》るようにしげしげと眺《なが》めた。そして硬直《こうちょく》して痛《いた》む指《ゆび》をゆっくりと開《ひら》いた。手《て》のひらに大《おお》きな古《ふる》い指輪《ゆびわ》がのっていた。あまりにも長《なが》いあいだ、あまりにもきつくにぎりしめていたせいで、手《て》に赤《あか》いみみずばれのあとがくっきりと浮《う》かびあがっていた。

ローズ・リタは顔《かお》をしかめて、指輪《ゆびわ》をひっくりかえしてみた。金《きん》でできている——少《すく》なくともそう見《み》えた。認証《にんしょう》つきの指輪《ゆびわ》だ。表面《ひょうめん》の平《たい》らなところに、模様《もよう》が彫《ほ》りこんである。顔《かお》だ。からっぽの眼窩《がんか》と冷《つめ》たい邪悪《じゃあく》な笑《わら》いを浮《う》かべた口《くち》を持《も》つ顔《かお》がじっとこちらを見《み》つめていた。ローズ・リタは魂《たましい》をうばわれたようになった。まるで生《い》きているようだ。今《いま》にもくちびるが開《ひら》いて、しゃべりだしそうな気《き》がした。

ローズ・リタはどうして自分《じぶん》がここにいるか思《おも》いだした。

ローズ・リタはふらつきながら立《た》ちあがった。地面《じめん》は灰色《はいいろ》の月光《げっこう》に照《て》らされていた。左《ひだり》手《て》の中指《なかゆび》に指輪《ゆびわ》をはめ、落《お》ちないようにぎゅっとにぎりしめる。そして息《いき》を飲《の》んだ。指輪《ゆびわ》がするすると縮《ちぢ》んで指《ゆび》にぴったりはまったのだ！　でも、ゆっくり考《かんが》えている暇《ひま》はない。頭《あたま》のなかの声《こえ》が、どうするべきか告《つ》げていた。ビガー夫人《ふじん》の見《み》よう見《み》まねで三回手《かいて》をたたくと、できるかぎり大《おお》きな声《こえ》をしぼりだして言《い》った。「ア……アスモダイよきたれ！　我《わ》がもとにきたれ！　今《いま》すぐに！」

灰色《はいいろ》の星明《ほしあ》かりに照《て》らされた草《くさ》の上《うえ》にさあっと影《かげ》が落《お》ちた。そしてガート・ビガーの部屋《へや》で聞《き》いた、ざらざらしたささやくような声《こえ》が言《い》った。

「わたしがアスモダイだ。なんの用《よう》だ？」

ローズ・リタは寒《さむ》さと恐怖《きょうふ》と孤独《こどく》にふるえた。指輪《ゆびわ》をひきぬいて投《な》げ捨《す》てたい。でも、できなかった。頭《あたま》のなかで怒《いか》りに満《み》ちた声《こえ》が——自分《じぶん》の声《こえ》が、執拗《しつよう》に言《い》いつづけた。声《こえ》はローズ・リタがすべきことを告《つ》げていた。自分自身《じぶんじしん》を変《か》えるんだ。すべての問題《もんだい》を解決《かいけつ》できる。勇気《ゆうき》さえ出《だ》せば。これが唯一《ゆいいつ》のチャンスだ。もう二度《にど》とこんなチャンスはやってこない。

ささやくような声《こえ》がふたたび聞《き》こえた。心《こころ》なしか、いらいらしているようだった。「わたしはアスモダイ。なんの用《よう》だ？　ソロモン王《おう》の指輪《ゆびわ》の主《ぬし》よ。なにが望《のぞ》みだ？」

「わたしは……わたしは……なにが望《のぞ》みかと言《い》うと……その……」

「ローズ・リタ、やめて！　そんなことをするのはやめて、わたしを見《み》なさい！」

ローズ・リタはふりかえった。森《もり》の空《あ》き地《ち》のはずれにツィマーマン夫人《ふじん》が立《た》っていた。ドレスのひだというひだにオレンジの炎《ほのお》が燃《も》えさかり、いつもは優《やさ》しいしわだらけの顔《かお》が見《み》えない光《ひかり》に照《て》らされてこうこうと輝《かがや》いていた。そのまわりを紫《むらさき》の光輪《こうりん》が取《と》りかこみ、灰色《はいいろ》の草《くさ》を照《て》らしている。

「やめなさい、ローズ・リタ！　やめて、わたしの言《い》うことを聞《き》きなさい！」

ローズ・リタはためらった。そして親指《おやゆび》と人差《ひとさ》し指《ゆび》で指輪《ゆびわ》をつかむとひきぬこうとした。指輪《ゆびわ》はぴったりはまっていたけれど、動《うご》かすことはできた。すると、頭《あたま》のなかの声《こえ》が一段《いちだん》と大《おお》きくなった。ツィマーマン夫人《ふじん》の言《い》うことなど聞《き》くな、おまえは幸《しあわ》せになる権利《けんり》がある。自分《じぶん》がしたいことをする権利《けんり》がある。

ローズ・リタはごくりとつばを飲《の》みこみ、くちびるをなめた。そしてゆらゆらとただよいながら待《ま》っている影《かげ》のほうを向《む》いた。「わたし……わたしがなりたいのは……」

ツィマーマン夫人《ふじん》が、空《あ》き地《ち》じゅうに響《ひび》き渡《わた》るような堂々《どうどう》とした声《こえ》で言《い》った。「これは命令《めいれい》です、ローズ・リタ。その指輪《ゆびわ》をよこしなさい。今《いま》すぐに！」

ローズ・リタはどうしていいのかわからずに立《た》ちつくした。目《め》が恐怖《きょうふ》で見開《みひら》かれた。そして、夢遊病者《むゆうびょうしゃ》のようにゆっくりとふりむくとツィマーマン夫人《ふじん》のほうへ向《む》かって歩《ある》きはじめた。歩《ある》きながら、ローズ・リタは指輪《ゆびわ》をはずそうとした。痛《いた》かったが、指輪《ゆびわ》は動《うご》いた。第二《だい》関節《かんせつ》、第《だい》一関節《かんせつ》。そしてころんとローズ・リタの右手《みぎて》の上《うえ》に転《ころ》がった。ツィマーマン夫人《ふじん》は手《て》を伸《の》ばすと、指輪《ゆびわ》をひろいあげた。そしてさげすむような目《め》で見《み》て、ポケットにすべりこませた。だんだんと光輪《こうりん》が薄《うす》くなり、足元《あしもと》の光《ひかり》が消《き》えた。洋服《ようふく》のひだも、いつのまにかただの黒《くろ》いしわに戻《もど》っていた。

「ハーイ、ローズ・リタ」ツィマーマン夫人《ふじん》は言《い》って、にっこり笑《わら》った。「ひさしぶりね」

ローズ・リタはびくびくしながら後《うし》ろをふりかえった。影《かげ》はいなくなっていた。ローズ・リタはツィマーマン夫人《ふじん》の腕《うで》のなかに崩《くず》れ落《お》ちて、すすり泣《な》いた。全身《ぜんしん》をふるわせて泣《な》いていると、体《からだ》のなかから毒《どく》やけがれが流《なが》れ出《で》ていくような気《き》がした。ようやく泣《な》き疲《つか》れると、ローズ・リタは後《うし》ろにさがって、改《あらた》めてツィマーマン夫人《ふじん》を眺《なが》めた。青白《あおじろ》くげっそりしていたけれど、目《め》は生気《せいき》に満《み》ちていた。ツィマーマン夫人《ふじん》はツィマーマン夫人《ふじん》らしい姿《すがた》で、ツィマーマン夫人《ふじん》らしくしゃべった。

「いったいなにがあったの、ツィマーマン夫人《ふじん》？」それしか言《い》うことが思《おも》いつかなかった。

ツィマーマン夫人《ふじん》は優《やさ》しくほほえんだ。「それはこっちが聞《き》きたいわ。今《いま》、わたしが現《あらわ》れたとき、こわかった？」

「ええ。こわかったわ。もし杖《つえ》をふって……あれ？」ローズ・リタははっとした。ツィマーマン夫人《ふじん》の杖《つえ》は失《うしな》われてしまった。新《あたら》しい杖《つえ》もない。ツィマーマン夫人《ふじん》は魔女《まじょ》としての力《ちから》はほとんどないはずだ。なら、なぜ……？

ツィマーマン夫人《ふじん》はローズ・リタがなにを考《かんが》えているか理解《りかい》すると、また笑《わら》った。その楽《たの》しそうな笑《わら》い声《ごえ》は、ガートート・ビガーの狂《くる》ったような高笑《たかわら》いとはまるでちがった。「ローズ・リタ」ツィマーマン夫人《ふじん》はくすくす笑《わら》いながら言《い》った。「あなたはいっぱい食《く》わされたのよ。だまされたってわけ。わたしはまだ足元《あしもと》の光《ひかり》や光輪《こうりん》を使《つか》って、自分《じぶん》をおそろしい姿《すがた》に見《み》せることくらいできる。でももしあのとき、あなたがそのまま願《ねが》いをかけることを選《えら》んでいたら、とめる手立《てだ》てはなかった。どうしようもなかったはずよ」

ローズ・リタは地面《じめん》を見《み》つめた。「だましてくれてよかった。わたし、もう少《すこ》しで恐《おそ》ろしいことをするところだった。でも……でもなにがあったの？　あの夜《よる》のことよ。今《いま》はいったいどこからきたの？」

「ニワトリ小屋《ごや》からよ」ツィマーマン夫人《ふじん》は皮肉《ひにく》な笑《わら》いを浮《う》かべた。「どういうことかわからない？」

ローズ・リタはあんぐりと口《くち》をあけた。「まさか……まさかあの……？」

ツィマーマン夫人《ふじん》はうなずいた。「そうですよ。もう生《い》きているかぎり、チキンサラダのお皿《さら》をまともに見《み》られそうにないわ。ガーティはあの指輪《ゆびわ》を使《つか》ったんですよ。もとの姿《すがた》に戻《もど》ったってことは、ガーティになにかあったにちがいないわ。知《し》ってる？」

ローズ・リタはなにがなんだかわからなくなった。「わたしは……そのツィマーマン夫《ふ》人《じん》がどうにかしてガート・ビガーのかけた呪文《じゅもん》を破《やぶ》る方法《ほうほう》を見《み》つけたんだと思《おも》ってた。そうじゃないの？」

ツィマーマン夫人《ふじん》は首《くび》をふった。「いいえ、ちがいますよ。魔《ま》法《ほう》の杖《つえ》があったときでさえ、あんな指輪《ゆびわ》を持《も》った者《もの》をほろぼす力《ちから》はなかった。だからちがうの、ローズ・リタ。わたしにわかるのはこれだけ。わたしはあの柵《さく》のなかで、その……（ツィマーマン夫人《ふじん》は咳払《せきばら》いをした）つまり……ニワトリの生活《せいかつ》を送《おく》ってた。そしたら次《つぎ》の瞬間《しゅんかん》、もとの姿《すがた》に戻《もど》って立《た》っていたってわけ。なにかが起《お》こったにちがいないわ。あなたにはわかるはずよ」

ローズ・リタは頭《あたま》をかいた。「見当《けんとう》もつかない。ビガー夫人《ふじん》は魔法《まほう》の呪文《じゅもん》でわたしを殺《ころ》そうとしてた。でもそのさいちゅうに、とつぜん消《き》えたの。あのひとは指輪《ゆびわ》を使《つか》って、呼《よ》びだそうとしてた……あれを……あの……」奇妙《きみょう》なことに、あの指輪《ゆびわ》が指《ゆび》にはまっていない今《いま》、ローズ・リタはビガー夫人《ふじん》が呼《よ》びだした悪魔《あくま》の名前《なまえ》を思《おも》いだせなかった。

「アスモダイね？」ツィマーマン夫人《ふじん》が言《い》った。

「ああ、そう、それよ。どうしてわかったの？」

「だてにゲッティンゲン大学《だいがく》で魔術博士号《まじゅつはかせごう》をとったわけじゃありませんよ。それで？」

「うん、それでビガー夫人《ふじん》はそのなんとかとかいうのを呼《よ》びだして、若《わか》くてきれいになって、ずっと……千年《ねん》生《い》きたいって言《い》ったの。たしかそんなことだったわ。ともかくそうしたら、ビガー夫人《ふじん》は消《き》えた。だからきっと、願《ねが》いがかなったのよ。でもそのあとに地震《じしん》があっていきなりなにもかも変《か》わっちゃったことは知《し》らないはずよ。目《め》の上《うえ》に置《お》いてあったコインがずれ落《お》ちて、それでわたしは自由《じゆう》になったの」

「運《うん》がよかったわ」ツィマーマン夫人《ふじん》は言《い》った。「ガーティがそんなことを想像《そうぞう》していなかったのはたしかよ。それにほかにも、あのひとが考《かんが》えてもいなかったことがあるはず」

「え？　どういうこと？」

「今《いま》の時点《じてん》では、まだ確信《かくしん》は持《も》てないわ。ともかく、今《いま》は店《みせ》に戻《もど》ったほうがいいでしょう。ニワトリ小屋《ごや》からぬけだしたとき、店《みせ》のほうはものすごい騒《さわ》ぎになってたから。上《うえ》を下《した》への大騒《おおさわ》ぎよ。でも、あのときはまずあなたのほうが先《さき》だって思《おも》ったの。矢《や》のように森《もり》へかけこんでいくのがちらりと見《み》えたんですよ。でもわたしはおばあさんだし、足《あし》も速《はや》くないから、あなたのほうがどんどん先《さき》へいってしまったってわけ。けど、あとをつけていくのはそう難《むずか》しくなかったわ。下草《したくさ》にあなたが通《とお》ったあとがくっきり残《のこ》っていましたからね。これでも、むかしはガールスカウトのリーダーだったんですから。さあ、いきますよ」

たしかに、ローズ・リタとツィマーマン夫人《ふじん》はそう手間《てま》どらずに店《みせ》に戻《もど》る道《みち》を見《み》つけることができた。踏《ふ》みしだかれた草《くさ》や、折《お》れた小枝《こえだ》や、泥《どろ》だらけの足跡《あしあと》でできた線《せん》をたどると、すぐに小道《こみち》に出《で》た。そのあとは簡単《かんたん》だった。

松葉《まつば》の散《ち》らばっている小道《こみち》を足早《あしばや》に歩《ある》いていると、とつぜんツィマーマン夫人《ふじん》がさけんだ。「見《み》て！」ツィマーマン夫人《ふじん》は左《ひだり》のほうを指《さ》していた。ローズ・リタが見《み》ると、ほっそりした柳《やなぎ》の若木《わかぎ》が、高《たか》い松《まつ》に囲《かこ》まれてぽつんとはえていた。

「なにを？」ローズ・リタはふしぎそうにたずねた。

「柳《やなぎ》の木《き》ですよ」

「ああ、あれ？　ただの木《き》じゃない。あれがどうしたの？」

「どうしたのですって？　いいですか、まず、松林《まつばやし》にあんなふうに柳《やなぎ》の木《き》が一本《ぽん》だけはえているのを見《み》たことがある？　たいていは、川《かわ》や湖《みずうみ》や小川《おがわ》の岸辺《きしべ》にならんではえてるものでしょう。それにほかにもあるわ。あの柳《やなぎ》の葉《は》はふるえている。今《いま》、風《かぜ》は吹《ふ》いているでしょう？」

「ううん。ほんと、たしかにへんだわ。あっちでは吹《ふ》いているけど、こっちは吹《ふ》いていないとか？」

ツィマーマン夫人《ふじん》はあごをさすった。「教《おし》えてちょうだい、ローズ・リタ」ツィマーマン夫人《ふじん》はとつぜん言《い》った。「ビガー夫人《ふじん》が使《つか》った言葉《ことば》をそのまま言《い》える？　あのひとが変身《へんしん》したときのことよ」

ローズ・リタは考《かんが》えた。「うーん、正確《せいかく》には思《おも》いだせない。たしか若《わか》くてきれいで長生《ながい》きしたいとかそんなことだったわ、さっきも言《い》ったけれど」

「あの木《き》はまだ若《わか》いわ。そしてきれいよね」ツィマーマン夫人《ふじん》は静《しず》かな声《こえ》で言《い》った。「寿命《じゅみょう》については、とてもわからないほどですよ」

ローズ・リタは木《き》を見《み》て、ツィマーマン夫人《ふじん》を見《み》た。「つまり……つまりあれは……」

「さっきも言《い》ったとおり、わたしにもはっきりとはわからないんですよ。確《たし》かなことはなにもね。けど、わたしが今《いま》の姿《すがた》に戻《もど》るためには、なにかがあったはずなんです。もし魔女《まじょ》がべつの姿《すがた》になったら――たとえば木《き》とか――もう魔女《まじょ》は魔女《まじょ》ではなくて、それまでにかけた魔法《まほう》はすべてとかれる。さあ、ローズ・リタ。ぐずぐずしている暇《ひま》はないわ。早《はや》く戻《もど》らないと」

ようやくローズ・リタとツィマーマン夫人《ふじん》がガート・ビガーの店《みせ》の裏庭《うらにわ》へ入《はい》っていったころには、すっかり日《ひ》がのぼっていた。正面《しょうめん》へまわると、アギー・サイプスとおかあさんが立《た》って、おまわりさんがかわるがわる入口《いりぐち》の階段《かいだん》に重《かさ》ねてあるものを調《しら》べているのを、見守《みまも》っていた。かなり奇妙《きみょう》な寄《よ》せ集《あつ》めだった。棺《ひつぎ》にかける黒《くろ》い布《ぬの》、大《おお》きな木《き》の十字架《じゅうじか》、茶《ちゃ》色《いろ》の蜜蝋《みつろう》のろうそく、さびた銀《ぎん》の香炉《こうろ》、金《きん》メッキの舟形香入《ふながたこうい》れ、アスペルギルム——つまり、聖水《せいすい》の散水器《さんすいき》。山《やま》のような本《ほん》もあった。そのなかには、ローズ・リタがガート・ビガーの枕《まくら》もとの机《つくえ》で見《み》た例《れい》の本《ほん》もあった。

ローズ・リタが店《みせ》の角《かど》から姿《すがた》を現《あらわ》したとたん、アギーは狂喜《きょうき》のさけびをあげて、走《はし》りよってきた。

「ローズ・リタ、無事《ぶじ》だったのね！　ああ、死《し》んじゃったかと思《おも》った。わーい！　やったー！　よかった！」アギーはローズ・リタをだきしめて、ぴょんぴょんとびはねた。サイプス夫人《ふじん》もにこにこしながらやってきた。

「あなたがツィマーマン夫人《ふじん》ですか？」サイプス夫人《ふじん》は言《い》った。

「ええ」ツィマーマン夫人《ふじん》は答《こた》えて、ふたりは握手《あくしゅ》した。

ふたりのおまわりさんもやってきて、喜《よろこ》びの輪《わ》にくわわった。ふたりとも、おまわりさんらしく疑《うたぐ》りぶかい顔《かお》をしていて、ひとりはノートとエンピツを持《も》っていた。

「さあて」おまわりさんはぶっきらぼうに言《い》った。「あなたが昨日《きのう》の晩《ばん》、森《もり》で迷《まよ》ったツィグフィールド夫人《ふじん》？」

「ええ。名前《なまえ》はツィマーマンですけど。こんなかっこうで失礼《しつれい》します。ひどい目《め》にあったものですから」実際《じっさい》、ツィマーマン夫人《ふじん》はまさにまるまる二晩森《ばんもり》のなかで過《す》ごしたような姿《すがた》をしていた。ドレスは破《やぶ》れてぼろぼろになり、そこいらじゅうにかぎざきができていた。靴《くつ》は濡《ぬ》れて泥《どろ》だらけだったし、髪《かみ》はくしゃくしゃで、手《て》と顔《かお》には松《まつ》やにがくっついていた。

「そうなんです」ローズ・リタは言《い》った。「わたしたち……あの……」とつぜんローズ・リタはこのひとたちにはほんとうのことが言《い》えないことに気《き》づいて、がく然《ぜん》とした。言《い》ったところで、信《しん》じてもらえるはずがない。

「わたしたち、その、たいへんな目《め》にあってしまって」ツィマーマン夫人《ふじん》はすかさずわって入《はい》った。「つまり、おとといの晩《ばん》、わたしはガンダーソン農場《のうじょう》の裏《うら》を散歩《さんぽ》しているうちに、迷《まよ》ってしまったんです。あんな雨《あめ》のなかに出《で》ていくなんて、なんてばかだとお思《おも》いでしょうね。でもほんとうのことを言《い》って、わたしは雨《あめ》のなかを散歩《さんぽ》するのがすきなんです。雨《あめ》がかさをたたく音《おと》がすきなんですの。テントの屋根《やね》に雨《あめ》がふっているような、なんともいえない居心地《いごこち》のいい音《おと》がしますでしょう？　そんなに遠《とお》くまでいくつもりはなかったんですけれど、気《き》がついたら、道《みち》から外《はず》れて迷《まよ》ってしまっていたんです。さらに悪《わる》いことに、風《かぜ》がどんどん強《つよ》くなってきて、かさがひっくりかえって捨《す》てるはめになってしまって。まったくひどいことだわ、気《き》に入《い》っていたのに。でもさっきも言《い》いましたとおり、道《みち》がわからなくなっていたものですから、そのまま二日間《かかん》も森《もり》のなかをさまよわなきゃならなかったんです。運《うん》よく大学《だいがく》で植物学《しょくぶつがく》の勉強《べんきょう》をしていたものですから、ハーブや食《た》べても平《へい》気《き》なベリー類《るい》を知《し》っておりましてね。だから多少疲《たしょうつか》れておりますけれど、ほかはだいじょうぶですわ。それで偶然《ぐうぜん》ローズ・リタに会《あ》って、人《ひと》の住《す》むところへ戻《もど》ってこられたってわけなんです。この子《こ》から聞《き》いたところによりますと、この子《こ》も恐《おそ》ろしい目《め》にあったようですわ。このお店《みせ》を経営《けいえい》している女性《じょせい》が、この子《こ》を縛《しば》ってさるぐつわをはめて、たんすのなかに閉《と》じこめたらしいんです。それからなにかの薬《くすり》を飲《の》ませて、森《もり》のなかへ連《つ》れだして、飢《う》え死《じ》にさせようとしたんです！　けれど運《うん》のいいことにローズ・リタは森林生活術《しんりんせいかつじゅつ》を多《た》少《しょう》かじっていましてね、戻《もど》るとちゅうでわたしに会《あ》ったってわけなんですの」それからツイマーマン夫人《ふじん》はポケットに手《て》を伸《の》ばしながらつけくわえた。「これを森《もり》の中《なか》で見《み》つけたんです。帰《かえ》る道《みち》を探《さが》すのにずいぶん役《やく》にたちましたわ」

アギーのボーイスカウトのナイフ！　柄《え》にコンパスのついているナイフだった。アギーがガート・ビガーの裏庭《うらにわ》で落《お》としたのを見《み》つけたにちがいない。

ローズ・リタはすっかり感心《かんしん》してツィマーマン夫人《ふじん》を見《み》つめた。ローズ・リタだって、上手《じょうず》なうそをたくさんついてきたけれど、ツィマーマン夫人《ふじん》ほど完璧《かんぺき》なうそはついたことがなかった。でもそのとき、アギーのことを思《おも》いだした。アギーはツィマーマン夫人《ふじん》が消《き》えたほんとうの理由《りゆう》を知《し》っている。それにナイフのことも。落《お》とした本人《ほんにん》なんだから。ほんとうのことを言《い》ったらどうしよう？　ローズ・リタは不安《ふあん》そうにアギーのようすをうかがった。すると驚《おどろ》いたことに、アギーは笑《わら》いをこらえるのに一生懸命《いっしょうけんめい》だった。ローズ・リタは気《き》がもめてしょうがなかったけれど、アギーが笑《わら》うのを見《み》たのははじめてだった。

でもアギーはなにも言《い》わなかったし、運《うん》よくアギーのおかあさんはアギーが笑《わら》いの発作《ほっさ》におそわれていることに気《き》づかなかった。ノートを持《も》っているおまわりさんも、ツィマーマン夫人《ふじん》が言《い》ったことを一言《ひとこと》ももらさず書《か》きとめるのに忙《いそが》しくて、気《き》がついていなかった。

「わかりました」おまわりさんは顔《かお》をあげると言《い》った。「ツィグフィールド夫人《ふじん》、この店《みせ》の持《も》ち主《ぬし》の行方《ゆくえ》について、なにかわかることがありますか？」

ツィマーマン夫人《ふじん》は首《くび》をふった。「見当《けんとう》もつきませんわ、おまわりさん。見《み》つからないんですか？」

「ええ、でも逮捕《たいほ》に向《む》けて全国指名手配《ぜんこくしめいてはい》をいたします。まったく頭《あたま》がどうかしてますよ！これを見《み》りゃあわかるでしょう！」おまわりさんは階段《かいだん》の下《した》の山《やま》を指《ゆび》さした。

サイプス夫人《ふじん》は心配《しんぱい》そうに目《め》を見開《みひら》いてツィマーマン夫人《ふじん》を見《み》つめた。「ツィマーマン夫人《ふじん》、これをどうお思《おも》いになります？」ビガー夫人《ふじん》は魔女《まじょ》だったのかしら？」

ツィマーマン夫人《ふじん》はまっすぐサイプス夫人《ふじん》を見《み》つめた。「なんですって？」

「魔女《まじょ》ですわ。だって、これをご覧《らん》になって。ほかにどんなことにこんなものを使《つか》うのか……」

ツィマーマン夫人《ふじん》は歯《は》で舌《した》を軽《かる》くはさんで、チッチッと鳴《な》らした。そしてゆっくりと首《くび》をふった。「サイプス夫人《ふじん》」ツィマーマン夫人《ふじん》は信《しん》じられないといった調子《ちょうし》で言《い》った。「娘《むすめ》さんにどんなふうにお話《はな》ししているかぞんじあげませんけど、今《いま》は二十世紀《せいき》ですよ。魔女《まじょ》なんてものはいませんわ」

第《だい》13章《しょう》　ルイスのおみやげ

その日《ひ》、昼近《ひるちか》くになって、ポッティンガー夫妻《ふさい》はサイプス農場《のうじょう》に着《つ》いた。着《つ》いてみると、家《いえ》の玄関《げんかん》ポーチで、サイプス家《け》の八人《にん》の子《こ》どもたちとツィマーマン夫人《ふじん》とローズ・リタがラジオを取《と》りかこんでいた。このあと〝ペトスキー・魔女事件《まじょじけん》〟として有名《ゆうめい》になる事件《じけん》のニュースを聴《き》いていたのだ。もちろん、夫妻《ふさい》は最初《さいしょ》からかなり心配《しんぱい》していたけれど、自分《じぶん》たちの娘《むすめ》が少《すこ》しのあいだとはいえ自分《じぶん》を魔女《まじょ》だと思《おも》っている頭《あたま》のおかしな老女《ろうじょ》にとらわれていたと知《し》ると、ひどい騒《さわ》ぎになった。ツィマーマン夫人《ふじん》はなんとかしてふたりを落《お》ちつかせようとした。けっきょく自分《じぶん》もローズ・リタも無事《ぶじ》だったことだし、事件《じけん》も恐《おそ》ろしいものだったとはいえ、もう終《お》わったのだ。ローズ・リタのおとうさんは明《あき》らかに、なんとしてでもすべてをツィマーマン夫人《ふじん》の〝変人《へんじん》ぶり〟のせいにしたがっていた。けれど、まわりは涙《なみだ》の再会《さいかい》やらなんやらで大騒《おおさわ》ぎで、ついぞそんな時間《じかん》はなかった。その朝早《あさはや》く、仕《し》事《ごと》から帰《かえ》ってきたサイプスさんがおとうさんを納屋《なや》を案内《あんない》しに連《つ》れだし、ポッティンガー夫妻《ふさい》をお昼《ひる》に招待《しょうたい》した。

こうして二時《じ》ごろ、ポッティンガー夫妻《ふさい》はローズ・リタを連《つ》れてニュー・ゼベダイに戻《もど》ることになった。ローズ・リタとアギーは車《くるま》の窓《まど》をあけて涙《なみだ》の別《わか》れを言《い》い、来年《らいねん》になっても手紙《てがみ》を書《か》こうとちかいあった。ローズ・リタたちが車《くるま》を出《だ》そうとしたとき、最後《さいご》にアギーが言《い》った言葉《ことば》は「タイヤがパンクしないといいけど。直《なお》すのがたいへんだから」だった。ツィマーマン夫人《ふじん》はのこった。ちょっとなぞめいた口調《くちょう》で、「やらなければならない仕事《しごと》があるから」とツィマーマン夫人《ふじん》は言《い》った。ローズ・リタはなにか魔法《まほう》の指輪《ゆびわ》に関係《かんけい》することだろうと思《おも》ったけれど、今《いま》までの経験《けいけん》からツィマーマン夫人《ふじん》がその気《き》にならないかぎり、これ以上《いじょう》なにも話《はな》してくれないことがわかっていた。

ニュー・ゼベダイに帰《かえ》ってから一週間《しゅうかん》ほどたって、ローズ・リタは紫《むらさき》の縁《ふち》どりの入《はい》った封筒《ふうとう》を受《う》けとった。なかにはラベンダー色《いろ》の便箋《びんせん》が入《はい》っていて、次《つぎ》のように書《か》いてあった。

親愛《しんあい》なるロージィ

わたしは戻《もど》ってきました。ルイスも戻《もど》ってきたんですよ。しばらくのあいだだけですけど。キャンプ場《じょう》の給水器《きゅうすいき》がこわれてしまって、直《なお》るまで子《こ》どもたちは家《いえ》に返《かえ》されたそうです。いずれルイスは残《のこ》りのキャンプのために戻《もど》りますが、なにはともあれ「とりあえずお帰《かえ》りなさいパーティ」をするのでぜひいらっしゃい。次《つぎ》の土曜日《どようび》に、わたしのリヨン湖《こ》のコテージで一泊《ぱく》の予定《よてい》です。もしご両親《りょうしん》のお許《ゆる》しが出《で》たら、お昼《ひる》ご飯《はん》のあとにベッシィで迎《むか》えにいきます。きっと楽《たの》しい会《かい》になるでしょう。水《みず》着《ぎ》を持《も》ってくるのを忘《わす》れずに。

フローレンス・ツィマーマン

追伸《ついしん》　ルイスにはプレゼントを持《も》ってこないでください。ルイスはもうすでに、キャンプから山《やま》ほどおみやげを持《も》ってかえってきたんですから。

ローズ・リタは、すんなりと母親《ははおや》からツィマーマン夫人《ふじん》のコテージに泊《と》まる許可《きょか》をもらった。そして土曜日《どようび》になり、ローズ・リタは旅行《りょこう》かばんをさげてリヨン湖《こ》へ出発《しゅっぱつ》した。コテージに向《む》かうあいだ、例《れい》の指輪《ゆびわ》のことでなにかわかったことがあるかどうか聞《き》きだそうとしたけれど、ツィマーマン夫人《ふじん》はなにも言《い》わなかった。コテージの車寄《くるまよ》せに車《くるま》をとめると、前《まえ》にもう一台車《だいくるま》がとまっていた。ジョナサンの車《くるま》だった。

「やあ、ローズ・リタ！　元気《げんき》そうだね！」ルイスだった。ルイスは水着《みずぎ》を着《き》ていた。「元気《げんき》？」ローズ・リタはさけんで手《て》をふった。「どこで日《ひ》に焼《や》けたの？　キャンプ？」

ルイスはうれしそうににっこりした。気《き》づいてもらいたかったのだ。「うん。さあ、急《いそ》いで着《き》がえておいでよ。ことわざでも〝ビリッけつは、濡《ぬ》れたメンドリ〟って言《い》うだろ！」

そう言《い》ったとたん、ルイスはまっかになって口《くち》をふさいだ。ジョナサンからガート・ビガーと指輪《ゆびわ》の話《はなし》は聞《き》いていたから、しまったと思《おも》ったのだ。

ローズ・リタはちらりとツィマーマン夫人《ふじん》のほうを見《み》た。ツィマーマン夫人《ふじん》はいやに大《おお》きくゴホゴホと咳《せき》をすると、鼻《はな》をかもうとした。

水着《みずぎ》を着《き》るとすぐに、ローズ・リタは長《なが》い芝生《しばふ》の斜面《しゃめん》を下《くだ》って、湖《みずうみ》に飛《と》びこんだ。ルイスはずっと先《さき》にいた。ルイスが泳《およ》いでる！　前後左右《ぜんごさゆう》、自由自在《じゆうじざい》だ。ただのいぬかきだったけれど、ルイスとしてはたいしたものだった。知《し》り合《あ》ったころから、ルイスはずっと水《みず》をこわがっていた。今《いま》までは水《みず》に入《はい》っても、ただ立《た》って水《みず》をパシャパシャさせるか、浮《う》き輪《わ》でぷかぷか浮《う》いているだけだったのだ。

ローズ・リタは大喜《おおよろこ》びだった。ずっとルイスに泳《およ》げるようになってほしいと思《おも》っていた。そうすればいっしょに泳《およ》ぎにいけるからだ。もちろん、まだ深《ふか》いところはこわがっていたけれど、だんだんと大胆《だいたん》になっていた。来年《らいねん》は水泳《すいえい》の中級《ちゅうきゅう》をとるつもりなんだ、とルイスは言《い》った。

そのあとローズ・リタとルイスはタオルにくるまって、芝生《しばふ》の上《うえ》に腰《こし》をおろした。そばのローンチェアには、ジョナサンとツィマーマン夫人《ふじん》がすわっていた。ジョナサンは、夏《なつ》の特別《とくべつ》なときにしか着《き》ない白《しろ》のリネンのスーツを着《き》ていた。そのまえの特別《とくべつ》なときは対日《たいにち》戦争記念日《せんそうきねんび》だったから、スーツはやや黄《き》ばんでいてナフタリンのにおいがした。ツィマーマン夫人《ふじん》は新《あたら》しい紫《むらさき》のドレスを着《き》ていた。夏休《なつやす》みに着《き》ていたものは、いやな思《おも》い出《で》がしみついたので捨《す》ててしまったのだ。ツィマーマン夫人《ふじん》はすっかり元気《げんき》になっていた。ふたりのあいだにある小《ちい》さなテーブルには、レモネードの入《はい》った水差《みずさ》しとチョコレートチップ・クッキーが山盛《やまも》りになったお皿《さら》が置《お》かれていた。

ルイスはツィマーマン夫人《ふじん》を恐《おそ》れの入《い》りまじった目《め》で見《み》ていた。ニワトリになるってどんな気分《きぶん》なのか、ききたくてききたくて死《し》にそうだったけれど、どうやったら失礼《しつれい》にならずにきけるのかわからなかった。そうでなくても、ツィマーマン夫人《ふじん》はこの話題《わだい》にはひどく敏感《びんかん》だった。だからルイスは黙《だま》ってクッキーを食《た》べながら、レモネードを飲《の》んだ。

「もういいだろう、フローレンス」ジョナサンはしびれをきらしてふっと煙《けむり》をはくと、言《い》った。「みんな知《し》りたくてたまらんのだ。指輪《ゆびわ》についてなにかわかったのかい？　ん？」

ツィマーマン夫人《ふじん》は肩《かた》をすくめた。「あまりわかっていませんよ。オレーの家《いえ》を上《うえ》から下《した》まで探《さが》したけれど、見《み》つかったのはこれだけですよ」ツィマーマン夫人《ふじん》はポケットに手《て》をつっこむと、ジョナサンにさびだらけの鉄《てつ》の輪《わ》を二、三個渡《こわた》した。

「なんだいこれは？」ジョナサンは鉄《てつ》の輪《わ》をひっくりかえしながらきいた。「オレーの魔《ま》法《ほう》の指輪《ゆびわ》工場《こうじょう》で出《で》た欠陥品《けっかんひん》かい？」

ツィマーマン夫人《ふじん》は笑《わら》った。「いいえ……少《すく》なくともわたしはちがうと思《おも》いますよ。これはオレーの台所《だいどころ》の食器棚《しょっきだな》の奥《おく》にあったボウルに入《はい》ってたんです。わたしがなんだと思《おも》っているか、聞《き》きたい？」

「え？」

「さて、バイキングたちは革《かわ》の胸《むね》あてをつけていたけれど、それには鉄《てつ》の輪《わ》がぬいつけてありました。たしか鎖《くさり》よろいと呼《よ》ばれていたと思《おも》うわ。この鉄《てつ》の輪《わ》はまえにオスロの美術《びじゅつ》館《かん》で見《み》たものとそっくりなんですよ。オレーは、矢《や》じりといっしょにこの輪《わ》を掘《ほ》りだしたんだと思《おも》うんです。それからあの指輪《ゆびわ》と」

「ちょっと待《ま》ってくれよ、フローレンス。たしかにわたしはひげがはえてるが、まだ長《なが》くも白《しろ》くもなっとらん。頭《あたま》はしっかりしとる。おまえさんは、バイキングたちがあの指輪《ゆびわ》をアメリカに持《も》ってきたと言《い》いたいのかい？」

「べつにこうだ、と言《い》おうとしてるんじゃありませんよ、ひげじいさん。ただ見《み》つけたものを見《み》せているだけです。あとはあなたが好《す》きなように考《かん》えればいいでしょう。わたしはただ、この鉄《てつ》の輪《わ》はバイキングの工芸品《こうげいひん》に似《に》ていると言《い》っただけです。バイキングたちは世界中《せかいじゅう》を旅《たび》した。コンスタンティノープルにまでいったんですよ。そして彼《かれ》らが訪《おとず》れたあとには、たくさんの古代《こだい》の宝物《たからもの》が見《み》つかっている。もちろん、ほかにもあの指輪《ゆびわ》がここにある理由《りゆう》はいくらだってありますよ。わたしにはわからないわ。さっきも言《い》ったとおり、どうぞ好《す》きなように考《かんが》えてくれてけっこうよ」

ツィマーマン夫人《ふじん》とジョナサンは、バイキングがアメリカまできたかどうかについて無《む》意味《いみ》な論争《ろんそう》を長々《ながなが》とはじめた。その最中《さいちゅう》に、ルイスがわって入《はい》った。

「あの、悪《わる》いんだけど、ツィマーマン夫人《ふじん》……」

ツィマーマン夫人《ふじん》はルイスににっこりほほえんだ。「なに、ルイス？　言《い》ってごらんなさい」

「あの、ふしぎに思《おも》ってたんだけど……これがソロモン王《おう》の指輪《ゆびわ》だっていうのはたしかなの？」

「いいえ、たしかじゃありませんよ」ツィマーマン夫人《ふじん》は言《い》った。「ただわたしはそうにらんでいるとだけ言《い》っておくわ。なにしろ、指輪《ゆびわ》はソロモン王《おう》の指輪《ゆびわ》が持《も》っていると考《かんが》えられている力《ちから》と同《おな》じ力《ちから》を持《も》っていたわけだし。だから、同《おな》じものである可能性《かのうせい》は高《たか》いでしょうね。とはいえ、実在《じつざい》したと言《い》われている魔法《まほう》の指輪《ゆびわ》の話《はなし》は山《やま》のようにあるんですよ。そのなかには、ほんとうの話《はなし》もあれば、まったくでたらめなものもある。だから、あの指《ゆび》輪《わ》が、たとえばニーベルングの指輪《ゆびわ》（ゲルマン神話《しんわ》に出《で》てくる侏儒族《しゅじゅぞく》の王《おう》がラインの黄金《おうごん》から作《つく》った世界支配権《せかいしはいけん》を象徴《しょうちょう》する指輪《ゆびわ》）とか、べつの指輪《ゆびわ》である可能性《かのうせい》もあるでしょうね。それは謎《なぞ》よ。でも、あれが魔法《まほう》の指輪《ゆびわ》だったってことだけはまちがいないわ」

「その恐《おそ》ろしい指輪《ゆびわ》をどうしたんだね？」ジョナサンがきいた。

「は！　いつきくのかと思《おも》ってましたよ。やっぱりね。知《し》りたいなら申《もう》し上《あ》げますけど、指輪《ゆびわ》はオレーの料理用《りょうりよう》オーブンで溶《と》かしましたよ。金《きん》は、かなり低《ひく》い温度《おんど》でも溶《と》ける性質《せいしつ》を持《も》ってますから。それにわたしの魔術学《まじゅつがく》の知識《ちしき》によれば、魔法《まほう》の指輪《ゆびわ》は一度《いちど》もとの形《かたち》を失《うしな》ってしまえば、その力《ちから》も同時《どうじ》に失《うしな》われるはずなんです。でも念《ねん》には念《ねん》を入《い》れて、指輪《ゆびわ》——というか指輪《ゆびわ》の残骸《ざんがい》は、鉛《なまり》のおもりといっしょにベビーフードのビンに入《い》れて、貸《か》しボートでリトル・トラヴァース・ベイの沖《おき》まで出《で》て湖《みずうみ》に捨《す》ててきましたよ。わたしの父《ちち》がよく言《い》っていたように、なくなってせいせいした！ってところね」

ルイスはこれ以上我慢《いじょうがまん》できなかった。ルイスはローズ・リタから、ツィマーマン夫人《ふじん》はもう二度《にど》と魔法《まほう》のかさを作《つく》ることはできないと聞《き》いて、ひどくショックを受《う》けていた。ツィマーマン夫人《ふじん》には世界一偉大《せかいいちいだい》な魔法使《まほうつか》いでいてほしかったのだ。「ツィマーマン夫人《ふじん》！」ルイスは思《おも》わずさけんだ。「どうして指輪《ゆびわ》をこわしちゃったりしたの？　自分《じぶん》で使《つか》うこともできたじゃない。だって、指輪《ゆびわ》は邪悪《じゃあく》なものってわけじゃないんでしょ？　ツィマーマン夫人《ふじん》なら、その指輪《ゆびわ》ですごくすばらしいことができたはずだよ！」

ツィマーマン夫人《ふじん》はルイスを厳《きび》しい目《め》つきで見《み》た。「自分《じぶん》が言《い》っているのがどんなことだかわかる、ルイス？　核爆弾《かくばくだん》はすばらしいものだ、今《いま》では邪悪《じゃあく》な目的《もくてき》で使《つか》われてきたかもしれないけれど、それじたいは邪悪《じゃあく》なものじゃないんだ、って言《い》っているひとたちと同《おな》じよ」ツィマーマン夫人《ふじん》はふうっと大《おお》きなため息《いき》をついた。「たしかに」ツィマーマン夫人《ふじん》はゆっくりと口《くち》を開《ひら》いた。

「たしかにソロモン王《おう》の指輪《ゆびわ》は――もしあれがほんとうにソロモン王《おう》の指輪《ゆびわ》だとしてだけど――いい目的《もくてき》にも使《つか》えたと思《おも》いますよ。わたしも溶《と》かすまえにそれは考《かんが》えたわ。だけど、こう言《い》いきかせたんです。〝おまえはほんとうに、この指輪《ゆびわ》で悪《わる》いことをしたいっていう衝動《しょうどう》に打《う》ち勝《か》てるほど立派《りっぱ》な人物《じんぶつ》なの？〟そしてこうもきいた。〝ほんとうに一生《いっしょう》この恐《おそ》ろしいものを抱《かか》えて、ガート・ビガーみたいなやからがとっていくんじゃないかって不安《ふあん》にさいなまれながら過《す》ごすの？〟答《こた》えは両方《りょうほう》ともノーよ。だから指輪《ゆびわ》を捨《す》てようって決心《けっしん》したの。あなたも知《し》っていると思《おも》うけどね、ルイス、わたしにはもう魔法《まほう》の力《ちから》はそんなにのこっていないの。それでどうだと思《おも》う？　肩《かた》の荷《に》をおろした感《かん》じよ！　これからは空中《くうちゅう》からマッチをとりだしたり、このひげじいさんをポーカーでやっつけることだけを考《かんが》えて過《す》ごすわ。もちろん」ツィマーマン夫人《ふじん》はジョナサンをいたずらっぽい目《め》で見《み》ながらつけくわえた。「どっちもたいした能力《のうりょく》がなくたってできますけどね」

ジョナサンはツィマーマン夫人《ふじん》に向《む》かって舌《した》を突《つ》きだした。そしてふたりとも笑《わら》いはじめた。楽《たの》しそうなくつろいだ笑《わら》い声《ごえ》につられて、ルイスとローズ・リタも笑《わら》いだした。

さらに泳《およ》いだり食《た》べたりしたあと、太陽《たいよう》が沈《しず》むと、ジョナサンが湖畔《こはん》で火《ひ》を起《お》こし、みんなでマシュマロを焼《や》いて歌《うた》を歌《うた》った。ルイスはみんなにおみやげを配《くば》った。ぜんぶ、ルイスがキャンプで作《つく》ったものだった。ジョナサンには銅《どう》の灰皿《はいざら》、ツィマーマン夫人《ふじん》には紫《むらさき》がかった白《しろ》の貝《かい》で作《つく》ったネックレス。そしてローズ・リタには革《かわ》のベルトと木《き》を削《けず》って作《つく》ったスカーフ止《ど》めだった。緑《みどり》に黄色《きいろ》の水玉模様《みずたまもよう》で、前《まえ》についたこぶみたいなものはヒキガエルのつもりだ。とにかく目《め》はあった。

その夜遅《よるおそ》く、ルイスとジョナサンが帰《かえ》ったあと、ローズ・リタとツィマーマン夫人《ふじん》はたき火《び》の残《のこ》り火《び》の前《まえ》にすわっていた。暗《くら》くなった湖《みずうみ》の対岸《たいがん》で、ほかのコテージの明《あ》かりがまたたいている。どこからか、モーターボートの眠《ねむ》そうなプーンという音《おと》がしていた。

「ツィマーマン夫人《ふじん》？」ローズ・リタは言《い》った。

「なに？　言《い》ってごらんなさい」

「いくつかきいておきたいことがあるの。まずね、どうしてツィマーマン夫人《ふじん》には指輪《ゆびわ》の魔力《まりょく》はきかなかったの？　わたしは持《も》ったとたん、とりこになっちゃったのに。指輪《ゆびわ》を渡《わた》したときも、たいした物《もの》でもないように見《み》て、ポケットにつっこんだだけだったでしょ。どうして？」

ツィマーマン夫人《ふじん》はため息《いき》をついた。ツィマーマン夫人《ふじん》が指《ゆび》をぱちんと鳴《な》らすと、マッチの小《ちい》さな炎《ほのお》が燃《も》え上《あ》がり、葉巻《はまき》の香《かお》りがただよった。「どうしてわたしがだいじょうぶだったかってこと？」ツィマーマン夫人《ふじん》は言《い》って、葉巻《はまき》をふうっとふかした。「いい質問《しつもん》ね。たぶん、わたしが今《いま》の自分《じぶん》に満足《まんぞく》しているからだと思《おも》いますよ。ああいった指輪《ゆびわ》は、自分《じぶん》に不満《ふまん》を持《も》っているひとだけに力《ちから》を及《およ》ぼすものなの。男《おとこ》だろうと、女《おんな》だろうとね」

ローズ・リタは顔《かお》を赤《あか》らめた。指輪《ゆびわ》でしようとしていたことを、まだ恥《は》ずかしく思《おも》っていたのだ。「あの……わたしをとめてくれたとき、わたしがなにをしようとしていたか……その、ジョナサンおじさんには言《い》った？」

「いいえ」ツィマーマン夫人《ふじん》は優《やさ》しく言《い》った。「言《い》っていませんよ。ジョナサンが知《し》っているのは、あの指輪《ゆびわ》が、あなたをむりやり悪魔《あくま》と会《あ》わせようとしたってことだけ。忘《わす》れてない？　あなたはじっさいに自分《じぶん》の望《のぞ》みを口《くち》に出《だ》してはいないのよ。もちろん、わたしには想像《そうぞう》はつくけれど。それに、そんなに恥《は》ずかしく思《おも》うことはありませんよ。あなたよりも恐《おそ》ろしいことをのぞんでいるひとなんて山《やま》ほどいるわ。それもはるかに恐《おそ》ろしいことを」

ローズ・リタはしばらくだまっていた。それからようやく口《くち》を開《ひら》いた。「ツィマーマン夫人《ふじん》、わたし、秋《あき》から学校《がっこう》でみじめな毎日《まいにち》を送《おく》ることになるのかな？　大人《おとな》になったらどうなるだろう？　いろいろ変《か》わると思《おも》う？」

「ロージィ」ツィマーマン夫人《ふじん》はゆっくりと言葉《ことば》を選《えら》びながら言《い》った。「わたしは魔女《まじょ》かもしれませんけど、預言者《よげんしゃ》じゃない。未来《みらい》を見《み》とおすことは、専門《せんもん》じゃないの。魔法《まほう》のかさがあったときでさえね。でもこれだけは言《い》っておくわ。あなたはすばらしい資質《ししつ》をたくさん持《も》っている。たとえば、ベッシィを運転《うんてん》したとき。あなたくらいの年《とし》の女《おんな》の子《こ》だったら、しりごみしてやってみさえしない子《こ》はたくさんいるでしょうね。勇気《ゆうき》がなくちゃできないことよ。それに、わたしを助《たす》けるためにビガー夫人《ふじん》の店《みせ》に忍《しの》びこんだのだって、勇気《ゆうき》がいるわ。それにね、歴史《れきし》に名《な》を残《のこ》した女性《じょせい》、たとえばジャンヌ・ダルクとかモリー・ピッチャー（アメリカ独立戦争《どくりつせんそう》で、兵士《へいし》たちに水《みず》を運《はこ》び、夫《おっと》の代《か》わりに大砲《たいほう》の砲手《ほうしゅ》をつとめたという女傑《じょけつ》）は、しょっちゅう鼻《はな》のおしろいを塗《ぬ》りなおしていたから名《な》を残《のこ》したんじゃないでしょう？　あとの質問《しつもん》に関《かん》しては、ただ待《ま》ってどんな人生《じんせい》が待《ま》ちうけているのか見《み》てみるしかありませんよ。今《いま》言《い》えるのはそれだけね」

ローズ・リタはなにも言《い》わなかった。ツィマーマン夫人《ふじん》が葉巻《はまき》をふかしているあいだ、枝《えだ》でたき火《び》の灰《はい》をつっついていた。やがてふたりは立《た》ちあがり、足《あし》でのこった火《ひ》に砂《すな》をかけると、寝《ね》にいった。

訳者《やくしゃ》あとがき

日本語版初版《にほんごばんしょはん》によせて（二〇〇一年《ねん》十一月《がつ》）

ルイスと魔法使《まほうつか》い協会《きょうかい》シリーズも三作目《さくめ》となりました。ちょっと太《ふと》めでひっこみじあんのルイス、気《き》が強《つよ》くておてんばなローズ・リタ、おっちょこちょいで明《あか》るいジョナサン、聡明《そうめい》で冷静《れいせい》だけれども優《やさ》しいツィマーマン夫人《ふじん》。この四人《にん》とも、もうすっかりおなじみになりました。ルイスがニュー・ゼベダイの町《まち》に引《ひ》っ越《こ》してきてから二年《ねん》、ローズ・リタと仲良《なかよ》くなってからも一年《ねん》が過《す》ぎましたが、四人《にん》は相変《あいか》わらずしょっちゅう集《あつ》まり、チョコレートチップ・クッキーをつまみながら、おしゃべりやトランプやジョナサンのちょっとした魔法《まほう》のショーを楽《たの》しんでいます。四人《にん》のメンバーの中《なか》に魔法使《まほうつか》いが二人《ふたり》もいるのですから、なにか事件《じけん》が起《お》こらないわけがありません。今回《こんかい》は、ツィマーマン夫人《ふじん》のところに、謎《なぞ》の手紙《てがみ》が舞《ま》い込《こ》みます。ツィマーマン夫人《ふじん》のちょっと変《か》わったいとこからだというこの手紙《てがみ》には、魔法《まほう》の指輪《ゆびわ》のありかが記《しる》してありました。最初《さいしょ》ツィマーマン夫人《ふじん》は笑《わら》って、本《ほん》気《き》にしないのですが……

さて、四人《にん》は相変《あいか》わらずだと書《か》きましたが、少《すこ》しずつ変《か》わってきていることもあります。最初《さいしょ》十歳《さい》だったルイスも十二歳《さい》、同《おな》じ学年《がくねん》ですが誕生日《たんじょうび》の早《はや》いローズ・リタはもう十三歳《さい》です。この夏休《なつやす》みが終《お》われば、二人《ふたり》は中学生《ちゅうがくせい》になるのです。中学生《ちゅうがくせい》ともなれば、女《おんな》の子《こ》はお化粧《けしょう》をはじめますし、ダンス・パーティやデートに出《で》かける子《こ》もでてきます。ルイスもローズ・リタもいつまでも同《おな》じでいられるわけはありません。ルイスがボーイ・スカウトのキャンプにいく決心《けっしん》をしたのも、彼《かれ》らがティーンエイジャー、つまり思春期《ししゅんき》に足《あし》を踏《ふ》み入《い》れたことと関係《かんけい》しています。長《なが》い夏休《なつやす》み、ひとりぼっちでニュー・ゼベダイに残《のこ》されることになったローズ・リタはかんかんに怒《おこ》りますが、そんなローズ・リタにツィマーマン夫人《ふじん》は、ルイスの気持《きも》ちを説明《せつめい》してやります。ルイスが男《おとこ》の子《こ》らしくなりたがっていること、そしてそうローズ・リタに認《みと》めてもらいたがっていること。一方《いっぽう》、ローズ・リタは女《おんな》の子《こ》らしくなることに、強《つよ》い抵抗《ていこう》を持《も》っています。お化粧《けしょう》をしたり、おしゃれをしたりするのはまっぴらごめん、いつまでも木登《きのぼ》りをしたり野球《やきゅう》をしたりしていたい、とツィマーマン夫人《ふじん》に訴《うった》えます。ましてや、親友《しんゆう》であるルイスとデートに出《で》かけるような関係《かんけい》になるなんて絶対《ぜったい》にありえない、と言《い》いはるのです。しかし、たまたま通《とお》りかかったダンス・パーティの会場《かいじょう》で見《み》た壁際《かべぎわ》にたたずむ女《おんな》の子《こ》たちの姿《すがた》や、意地悪《いじわる》な男《おとこ》の子《こ》の「へんな女《おんな》」という言葉《ことば》は、ローズ・リタの心《こころ》に深《ふか》く突《つ》き刺《さ》さります。前《まえ》にジョン・ベレアーズは、子《こ》どものときの空想《くうそう》や恐怖《きょうふ》、感《かん》じかたを鮮明《せんめい》に覚《おぼ》えている作家《さっか》だと書《か》きましたが、こんな描写《びょうしゃ》にも、ベレアーズの特質《とくしつ》がよく現《あらわ》れていると思《おも》います。

そんなローズ・リタの強《つよ》い不安《ふあん》を見抜《みぬ》いて、さりげなくとるべき道《みち》を示《しめ》してやるのがツィマーマン夫人《ふじん》です。ツィマーマン夫人《ふじん》は言《い》います。人生《じんせい》は何通《なんとお》りもある、唯一絶対《ゆいいつぜったい》の正《ただ》しいやり方《かた》なんてものはない、好《す》きな人生《じんせい》を自分《じぶん》で選《えら》びなさい、と。けれども、ローズ・リタがそれ以上《いじょう》の助言《じょげん》を求《もと》めると、ぴしゃりと〝人生《じんせい》に処方箋《しょほうせん》などない〟と突《つ》き放《はな》します。ジョナサンと共《とも》に、ツィマーマン夫人《ふじん》というすてきな大人《おとな》が登場《とうじょう》するところも、このシリーズの児童書《じどうしょ》としての大《おお》きな魅力《みりょく》です。また、ツィマーマン夫人《ふじん》は紫《むらさき》のドレスが大好《だいす》きな料理上手《りょうりじょうず》の未亡人《みぼうじん》ですが、葉巻《はまき》を吸《す》ったり、ピンボールをやったり、当時《とうじ》の女性《じょせい》としては型破《かたやぶ》りな面《めん》があります。おまけに家《いえ》にモネやマチスからのプレゼントされたという絵《え》が飾《かざ》ってあるような、ミステリアスな部分《ぶぶん》もあわせもっています。一方《いっぽう》、本作品《ほんさくひん》に登場《とうじょう》するビガー夫人《ふじん》は、意地悪《いじわる》で執念深《しゅうねんぶか》い女性《じょせい》ですが、夫《おっと》の暴力《ぼうりょく》に苦《くる》しめられたという過去《かこ》を持《も》っています。そして、ほかの人《ひと》と結婚《けっこん》していれば今《いま》ごろ幸《しあわ》せだったのに、とぼやき、若《わか》くきれいになりさえすれば幸《しあわ》せになれる、と信《しん》じているのです。いい魔法使《まほうつか》いと邪《よこしま》な魔女《まじょ》という昔《むかし》からの善《ぜん》と悪《あく》の図式《ずしき》に、こうした背景《はいけい》を持《も》ちこんだところが、ベレアーズという作家《さっか》の面白《おもしろ》いところだと思《おも》います。

もちろん、このシリーズの最大《さいだい》の魅力《みりょく》である魔法《まほう》と驚異《きょうい》もたっぷり楽《たの》しめます。魔法《まほう》の指輪《ゆびわ》、魔術《まじゅつ》の本《ほん》、魔女《まじょ》、動物《どうぶつ》への変身《へんしん》、黒魔術《くろまじゅつ》、とベレアーズらしい魔法《まほう》の世界《せかい》が展開《てんかい》し、独特《どくとく》のものおそろしい、不気味《ぶきみ》な雰囲気《ふんいき》が味《あじ》わえます。また今回《こんかい》は、ローズ・リタとツィマーマン夫人《ふじん》とともに、広大《こうだい》なミシガン州《しゅう》の旅行《りょこう》を楽《たの》しむことができます。五〇年代《ねんだい》の風俗《ふうぞく》や風景《ふうけい》が随所《ずいしょ》に散《ち》りばめられ、過《す》ぎし日《ひ》のアメリカの雰囲気《ふんいき》を堪能《たんのう》させてくれることでしょう。

そうしたシリーズの特徴《とくちょう》は、ベレアーズの死後《しご》、このシリーズを引《ひ》き継《つ》いだSF作家《さっか》ブラッド・ストリックランドの作品《さくひん》でも継承《けいしょう》されています。ベレアーズの熱烈《ねつれつ》なファンであったストリックランドは、ベレアーズの遺稿《いこう》をもとにこの人気《にんき》シリーズの四作目以降《さくめいこう》を書《か》き継《つ》ぎました。四作目《さくめ》『鏡《かがみ》のなかの幽霊《ゆうれい》』では、魔力《まりょく》を失《うしな》ってしまったツィマーマン夫人《ふじん》とローズ・リタが一九世紀《せいき》のペンシルヴァニアにタイムスリップします。そこはペンシルヴァニアダッチと呼《よ》ばれるドイツ移民《いみん》の子孫《しそん》の住《す》む、魔女信仰《ヘックス》や呪術《じゅじゅつ》が息《いき》づく村《むら》でした。果《は》たして二人《ふたり》は無事現代《ぶじげんだい》へ戻《もど》ることができるのでしょうか。ツィマーマン夫人《ふじん》の魔力《まりょく》は？　ルイスとローズ・リタの関係《かんけい》は？　これからも、ルイスたちとの冒険《ぼうけん》は続《つづ》きます。

文庫版《ぶんこばん》によせて（二〇一八年《ねん》十月《がつ》）

本作《ほんさく》『魔法《まほう》の指輪《ゆびわ》』で活躍《かつやく》するのは、ローズ・リタとツィマーマン夫人《ふじん》。二巻《かん》『闇《やみ》にひそむ影《かげ》』のあとがきでも書《か》いたように、二人《ふたり》の女性《じょせい》を描《えが》く作者《さくしゃ》ベレアーズの視点《してん》は、今《いま》、読《よ》んでも、古《ふる》さを感《かん》じさせません。一方《いっぽう》で、ローズ・リタの感《かん》じる「女《おんな》の子《こ》らしくしなきゃ（お化粧《けしょう》しないと。男《おとこ》の子《こ》に好《す》かれて、デートしないと）」といったプレッシャーは、ローズ・リタやルイスが子《こ》ども時代《じだい》を過《す》ごしていた五〇年代《ねんだい》から七〇年近《ねんちか》くたった今《いま》でも、まったくなくなったとは言《い》えません。そんな中《なか》、人生《じんせい》は何通《なんとお》りもあるのだ、というツィマーマン夫人《ふじん》の言葉《ことば》は深《ふか》く胸《むね》に突《つ》き刺《さ》さります。

ゴシック・ファンタジーの名手《めいしゅ》として紹介《しょうかい》されるベレアーズは、もともと大人向《おとなむ》けの作品《さくひん》でデビューしました。代表作《だいひょうさく》『霧《きり》のなかの顔《かお》』（一九六九）は、トールキンの『指輪物《ゆびわもの》語《がたり》』に触発《しょくはつ》されて描《えが》いたと、ベレアーズ本人《ほんにん》が言《い》っています。当時《とうじ》、アメリカでは（実際《じっさい》の出版《しゅっぱん》からは少《すこ》し遅《おく》れて）『指輪物語《ゆびわものがたり》』が若者《わかもの》を中心《ちゅうしん》に爆発的《ばくはつてき》な人気《にんき》を誇《ほこ》っていました。『霧《きり》のなかの顔《かお》』には、ガンダルフからヒントを得《え》たという、魔法使《まほうつか》いプロスペロが登場《とうじょう》します。先日亡《せんじつな》くなった『ゲド戦記《せんき》』の作者《さくしゃ》ル・グウィンも、この作品《さくひん》を絶賛《ぜっさん》しています。トールキンがベレアーズに影響《えいきょう》を与《あた》え、そして、今度《こんど》はベレアーズが、J・K・ローリングの『ハリー・ポッター』シリーズに影響《えいきょう》を与《あた》え――そんなところにも、ファンタジーの底力《そこぢから》を感《かん》じます。ファンタジーを必要《ひつよう》とする読者《どくしゃ》、特《とく》に若《わか》い読者《どくしゃ》は、いつの時代《じだい》もいるのだとつくづく思《おも》います。そんな読者《どくしゃ》に、この作品《さくひん》が届《とど》いてくれることを願《ねが》っています。

三辺律子《さんべりつこ》

本書は、
二〇〇一年十一月アーティストハウスから刊行された「ルイスと魔法使い協会」第3巻『魔法の指輪』を、静山社ペガサス文庫のために改題・再編集したものです。

ジョン・ベレアーズ 作

『霜のなかの顔』(ハヤカワ文庫FT)など、ゴシックファンタジーの名手として知られる。1973年に発表した『ルイスと不思議の時計』にはじまるシリーズで、一躍ベストセラー作家となる。同シリーズは、“ユーモアと不気味さの絶妙なバランス”“魔法に関する小道具を卓妙に配した、オリジナリティあふれるストーリー”と絶賛され、作者の逝去後は、SF作家ブラッド・ストリックランドによって書き継がれた。

三辺律子《さんべりつこ》 訳

東京生まれ。英米文学翻訳家。聖心女子大学英語英文学科卒業。白百合女子大学大学院児童文化学科修士課程修了。主な訳書に『龍のすむ家』(竹書房)、『モンタギューおじさんの怖い話』(理論社)、『インディゴ・ドラゴン号の冒険』(評論社)、『レジェンド―伝説の闘士ジューン&デイー』(新潮社)など多数。

静山社ペガサス文庫

ルイスと不思議の時計 3
魔法《まほう》の指輪《ゆびわ》

2018年11月7日　初版発行

作者　ジョン・ベレアーズ
訳者　三辺律子
発行者　松岡佑子
発行所　株式会社静山社
〒102-0073 東京都千代田区九段北1-15-15
電話・営業 03-5210-7221
https://www.sayzansha.com
装画　まめふく
装丁　田中久子
印刷・製本　図書印刷株式会社

「静山社《せいざんしゃ》ペガサス文庫《ぶんこ》」創刊《そうかん》のことば

小《ちい》さくてもきらりと光《ひか》る、星《ほし》のような物語《ものがたり》を届《とど》けたい——一九七九年《ねん》の創業以来《そうぎょういらい》、静山社《せいざんしゃ》が抱《いだ》き続《つづ》けてきた願《ねが》いをこめて、少年少女《しょうねんしょうじょ》のための文庫《ぶんこ》「静山社《せいざんしゃ》ペガサス文庫《ぶんこ》」を創刊《そうかん》します。

読書《どくしょ》は、みなさんの心《こころ》に眠《ねむ》っている想像《そうぞう》の羽《はね》を広《ひろ》げ、未知《みち》の世界《せかい》へいざないます。読書体験《どくしょたいけん》をとおしてつちかわれた想像力《そうぞうりょく》は、楽《たの》しいとき、苦《くる》しいとき、悲《かな》しいとき、どんなときにも、みなさんに勇気《ゆうき》を与《あた》えてくれるでしょう。

ギリシャ神話《しんわ》に登場《とうじょう》する天馬《てんま》・ペガサスのように、大《おお》きなつばさとたくましい足《あし》、しなやかな心《こころ》で、みなさんが物語《ものがたり》の世界《せかい》を、自由《じゆう》にかけまわってくださることを願っています。

二〇一四年《ねん》

静《せい》山《ざん》社《しゃ》